O resto é silêncio

Carla Guelfenbein

O resto é silêncio

Tradução de
Luís Carlos Cabral

EDITORA RECORD
RIO DE JANEIRO • SÃO PAULO
2012

CIP-BRASIL. CATALOGAÇÃO NA FONTE
SINDICATO NACIONAL DOS EDITORES DE LIVROS, RJ

Guelfenbein, Carla, 1959-
G96r O resto é silêncio / Carla Guelfenbein; tradução de Luís Carlos Cabral. - Rio de Janeiro: Record, 2012.

Tradução de: El resto es silencio
ISBN 978-85-01-09536-7

1. Romance chileno. I. Cabral, Luis Carlos. II. Título.

12-2981 CDD: 868.99333
CDU: 821.134.2(83)-3

Título original:
EL RESTO ES SILENCIO

Texto revisado segundo o novo Acordo Ortográfico da Língua Portuguesa.

Impresso no Brasil

ISBN 978-85-01-09536-7

Seja um leitor preferencial Record.
Cadastre-se e receba informações sobre nossos lançamentos e nossas promoções.

Atendimento e venda direta ao leitor:
mdireto@record.com.br ou (21) 2585-2002.

EDITORA AFILIADA

Para Micaela e Sebastián

So tell him, with the occurrents, more and less,
*which have solicited. The rest is silence.**

William Shakespeare

*Tradução livre: "Diga-lhe isso e lhe conte mais ou menos o que aconteceu. O resto é silêncio." (*N. do E.*)

PRIMEIRA PARTE

Silêncio branco, silêncio negro

1.♐

Às vezes as palavras são como flechas. Vão e vêm, ferindo e matando, assim como nas guerras. Por isso gosto de gravar as conversas dos adultos. Especialmente quando cada um fala de suas coisas e de repente, como por um ato de magia, todos começam a rir ao mesmo tempo.

O que mais há aqui embaixo são pernas se mexendo de um lado para outro. Há pernas de quase todas as espécies: de camelos, de coelhos, de flamingos, de macacos e de outros animais cujos nomes ainda não aprendi. À minha mesa se sentaram três senhoras de tornozelos tão grossos como patas de elefante, um homem com sapatos de golfista e uma girafa que não demora a tirar suas sandálias douradas. Apesar de todos falarem ao mesmo tempo e de saber que será difícil obter alguma coisa que valha a pena, ponho para funcionar meu mp3 e gravo:

— Você percebeu que a Tere e o marido chegaram em carros separados?

— Não, não vi, mas não me surpreende nem um pouco.

No jardim, com o viveiro de pássaros do avô como pano de fundo, os noivos posam diante de um fotógrafo. Meu primo Miguel sorri como se tivesse um pedaço de pau atravessado na boca. No meio dos vestidos coloridos vejo Alma. Ela mexe as mãos e desenha figuras no ar quando fala. Seus cabelos são vermelhos e ela tem o mesmo nome do maior radiotelescópio do mundo. A principal tarefa do ALMA é estudar a formação de estrelas. Eu e Kájef, meu melhor amigo, descobrimos que é capaz de analisar partículas orgânicas como o carbono, o que resolveria o Grande Enigma de como surgiu a vida. É incrível a quantidade de coisas que o ALMA pode ver. Por sua vez, Alma, a mulher de papai, é muito distraída. Mas para mim não faz diferença, porque não incomoda a ela que eu seja um pouco lento e desajeitado. Às vezes fazemos coisas que papai não aprova. Hoje, por exemplo, foi ela quem o convenceu de que meus primos zombariam do velho terno de menino que costumo usar nas ocasiões importantes. Ambos sabemos, no entanto, que tanto faz como estiver vestido. Não é que meus primos sejam pouco amáveis, mas é que eles têm sempre o aspecto bem-cuidado de quem está indo em busca de um tesouro em um lugar distante, ao qual eu nunca sou convidado.

— *Estou lhe dizendo que não, nem sequer se conhecem.*

A voz da mulher é tão rouca como a de um sapo. Levanto um pouco mais o mp3.

— *Achei que eram amigos. Olhe, ali está, com os noivos, diante do viveiro.*

De todos os pássaros que estão na gaiola do meu avô, gosto mais dos faisões dourados.

— *Está louca, jamais; você sabe como é a Marisol.*

A brisa marinha levanta a toalha. Sapatos de homem param diante da mesa sob a qual me escondo.

— *Carmen, que prazer em vê-la!*

É papai, com a voz de doutor que nunca deixa em casa. Se me encontrar aqui, gravando a conversa dos adultos, ficará muito irritado. Diz que "atento contra a privacidade das pessoas". Mas eu não sei muito bem o que é *privacidade*. Para mim, privado é aquilo que você faz e sente quando está sozinho, e essas conversas não me parecem privadas.

Uma das senhoras mexe um pé de um lado para o outro. Qualquer um diria que tem uma pedra no sapato.

— *Por favor, não se levantem* — diz papai.

Seguro a respiração sem largar o mp3.

— *Não nos vemos há muitos anos* — diz a mulher.

— *Cinco, seis?*

— *Pelo menos.*

— *Você está maravilhosa, Carmen. Que bom que veio. E Jorge?* — Papai fala em um tom calmo e ao mesmo tempo alegre, o mesmo que usa quando alguém lhe pede um conselho.

— *Foi embora com outra há dois anos. A secretária dele* — diz a mulher e solta uma gargalhada. — *Não se preocupe, estou feliz, tirou-o de cima de mim. Era um inútil.*

— *Se você diz...* — responde papai.

— *Todas dizemos a mesma coisa* — intervém rapidamente uma mulher. Parece que havia sido alfinetada.

Depois de um tempo os sapatos de papai se afastam. Tive sorte que não me descobriu. Papai e Alma ficarão aqui e eu terei de voltar a Santiago com um dos meus tios. "Precisamos descansar de vocês", me disse Alma com sua voz doce e um sorriso imenso. Mas, de qualquer maneira, não achei justo.

— *Juan se casou de novo, não é?*

— *Sim, com uma mulher mais jovem.*

— *Um pouco magra e muito branquela para o meu gosto* — intervêm os sapatos de golfe.

Os adultos usam pequenos cartazes na testa com mensagens que dizem coisas do tipo: "Você é a pessoa mais chata que conheço" ou "Você cheira muito mal" ou "Adoraria lhe dar um beijo". Claro que aqui, embaixo da mesa, não posso vê-los. Estou cansado de ficar nesta posição, feito um novelo, mas a essa altura achariam suspeito se saísse caminhando sem mais nem menos.

— *Quem é mesmo magnífica é a noiva* — voltam a falar.

— *Você se refere a Júlia? Sim, é uma garotinha moreninha. A família dela é do sul, ninguém conhece* — comenta a girafa, modulando as palavras como se mastigasse um furão.

— *Em todo caso, por sorte Juan voltou a se casar; a doença de Soledad foi tão triste e fulminante...*

— *Doença? É incrível a quantidade de mentiras que engolimos* — disse a senhora elefanta.

— *De que mentira você está falando?*

— *Ai, meu Deus, não devia ter dito isso. Sinto muito. Não me perguntem mais nada, por favor.*

Como estou embaixo da mesa, não posso ver o pequeno cartaz da elefanta, mas acho que quer continuar falando.

— *Agora você não pode nos deixar assim, sem saber de nada.*

A elefanta fica calada por um segundo e depois diz:

— *Soledad não morreu de uma doença. Se suicidou.*

— *Mas não havia morrido de aneurisma cerebral?*

— *Isso foi o que disseram para evitar um escândalo, mas Soledad se suicidou. Digo e assino embaixo.*

Sinto uma dor no peito. O mp3 escapa das minhas mãos e faz um barulho seco ao cair. Mamãe ficou doente quando eu tinha 3 anos. Adoeceu de repente, me disseram. E partiu.

— *É um dos segredos mais bem guardados da família Montes.*

— *Mas Soledad era maravilhosa... Estava sempre tão alegre, tão feliz.*

— *Ufa! As aparências enganam. Soledad aparentava ser uma mulher feliz, mas não significa que o fosse. De fato, antes de se suicidar passou vários meses em uma clínica. Em Aguas Claras.*

— Não posso acreditar. Eu estive lá uma vez como voluntária. Não era um lugar para Soledad. Tinha um jardim bonito, é verdade, mas o resto era de dar dó.

No começo eu me lembrava da mamãe o tempo todo. Mas um dia descobri que, por mais que me esforçasse, não poderia deixar de crescer, tampouco esquecer. As coisas caminham juntas e não há jeito de desamarrá-las.

— Não queriam que ninguém ficasse sabendo. Se a internassem na clínica La Europea, certamente encontrariam algum conhecido. De fato, nessa mesma época esteve internado o filho de María Elena, mas, claro, em La Europea.

Minhas recordações de mamãe se parecem com os filmes. Há uma imagem que sempre volta. Estamos deitados no chão de um quarto vazio, ela e eu. Mamãe me abraça. No teto há uma janela por onde olhamos o céu. Às vezes fecho os olhos e imagino que estou lá. E sempre acabo desejando que fosse verdade.

— Pobre Juan.

— Alguma responsabilidade deve ter, não é mesmo? Bem ou mal, era sua mulher.

— Não diga besteiras. Juan é um anjo.

— Falando de responsabilidades, vocês souberam da história do ex-marido da Toti?

Se mamãe desistiu da vida, isso significa que não me amava. Prendo a respiração e conto: dez, nove, oito, sete, tenho certeza de que posso voltar no tempo, antes de me esconder debaixo desta mesa, seis, cinco, a mamute é capaz de dizer qualquer coisa para impressionar suas amigas, quatro, três, dois... Minha cabeça gira e sinto mil agulhadas no estômago, como se uma hélice girasse dentro das minhas tripas. Não aguento mais. Saio do meu esconderijo correndo. Escorrego e caio. Dou uma pancada nos joelhos e nas mãos.

Cheguei no fundo, onde o jardim desce verticalmente em direção ao mar. A luz no céu é branca. Meus primos jogam bola no lado mais alto do parque. Sento na grama. Abraço as pernas e enfio a cabeça entre elas. Cheiro muito mal. Não sei em que momento minhas tripas cederam. Agora sim estou encrencado.

Às vezes sei o que é se sentir infeliz, esperar que a noite chegue para me esconder debaixo dos lençóis, fechar os olhos e fugir para sempre no barco de Kájef. É isso o que mamãe sentia?

2.♒

Na pista, os garotos mais jovens começaram a dançar. Tiro as sandálias de salto e me enfio no jardim pelo caminho de cascalho. Quando chego ao bosque de lauráceas, me jogo na relva. É uma tarde quente e as ondas se espalham com prudência pela barreira de algas. Mais além da casa, sobre a extensa superfície verde do Club de Golf, se divisam as silhuetas de um grupo de jogadores. Me lembro da primeira vez em que pisei neste lugar, a casa de veraneio da família Montes. Agora, depois de sete anos, a sensação de encanto e medo que tive desapareceu.

Posso ver nitidamente o pai de Juan sentado em uma poltrona Luís XV, sua testa alta e seu nariz fino de aristocrata mordaz, sua forma indolente de levantar a cabeça e me observar. Tinha uma expressão que, sem deixar de ser afável, preservava a distância de quem jamais reconhece as pessoas que o cercam. O bebê de poucos meses que eu trazia em um carrinho, e que, evidentemente, não era fruto da recente união com seu filho, devia tê-lo impactado. No entanto, seu humor não mudou nem um milímetro. Essa atitude, ao mesmo tempo casual e fria, era uma pantomima perfeita para o pano de fundo da casa e seu mobiliário. Tive dificuldade de imaginar um canto desta casa congelado no tempo, onde pudesse me sentir à vontade; ainda assim, a única coisa que desejei desde o primeiro instante foi encontrá-lo.

Depois do almoço passeamos pelo jardim. Juan pegou o carrinho de Lola e percorremos com seu pai as veredas com suas cercas vivas e seus tanques que refletiam as cores volúveis do céu. Volta e meia, Juan me sorria, avaliando minhas reações com os olhos. Eram infinitos os aspectos que nos separavam, que nos diferenciavam, mas naquela época eu não estava disposta a pensar neles.

Quando voltamos à casa, dom Fernando quis me mostrar sua biblioteca. Juan precisava dar alguns telefonemas e se desculpou por não nos acompanhar. Segui dom Fernando ao longo do amplo corredor de ladrilhos até chegar — no outro extremo — à biblioteca: um salão de teto alto, vigas grossas e paredes de pedra. Depois de me mostrar sua coleção de cachimbos, dom Fernando subiu em uma escadinha e de uma prateleira no alto tirou um álbum de fotos. Quando o entregou para mim, seu tom de voz soou oco e peremptório.

— Abra-o.

Me vi com dezenas de fotografias de Juan, desde sua adolescência até a maturidade. Suas viagens, seus amigos, os esportes que tinha praticado, enfim, sua metamorfose. Mas o que ficaria gravado em minha memória não seriam as imagens, mas os espaços em branco entre elas, as dezenas de fotografias que haviam sido arrancadas de suas páginas.

— São fotos de Soledad — observou dom Fernando. — Conheceram-se quando ainda eram crianças.

O rigor com que Juan havia extirpado as imagens de sua mulher me fez estremecer. Percorri uma a uma as folhas do álbum sob o olhar atento de dom Fernando. Esta tarde me fiz uma pergunta que haveria de voltar: o que jazia sob sua aparência de homem justo e tranquilo? Assim como havia removido as fotografias da esposa morta, devia haver outros aspectos de sua vida que eu jamais conheceria: desejos ocultos, temores, obsessões. Talvez eu mesma viesse a ser um espaço em branco de um álbum de fotografias.

A única pergunta que dom Fernando me fez essa tarde, e que chamou minha atenção, foi se eu tinha ascendência judaica. Respondi que não. Com um sorriso, ele observou que achava ótimo. Então eu acrescentei que, se escavasse o passado, talvez encontrasse um ancestral judeu, como era o caso de tantas outras famílias. Dom Fernando girou a bengala com seu castão de prata no ar e disse que a Terra era redonda antes de Colombo, mas que até então os homens tinham vivido muito bem acreditando que era quadrada. Essa imagem me pareceu confusa. Talvez quisesse dizer que, se eu tivesse alguma ascendência judaica, enquanto não o soubesse poderia viver como se não fosse verdade.

Mais tarde, quando voltamos a encontrar Juan, não comentei com ele que havíamos visto seu álbum. E jamais o fiz. Talvez por medo de descobrir algo que me ferisse ou que nos afastasse. Anos depois, no entanto, por causa de um incidente que não recordo, lhe contei da estranha pergunta de dom Fernando. Com um tom cortante, respondeu que seu pai estava velho e que fazia aquilo para chamar a atenção. Suas palavras não me pareceram convincentes, mas preferi não pensar mais no assunto. Quanto a Soledad, a única fotografia que vi dela é a que Juan guarda cuidadosamente em uma das gavetas de sua escrivaninha.

Antes de voltar para Santiago, dom Fernando abriu uma garrafa de champanhe e nos fez um brinde. Nossa relação não teria sido possível sem o consentimento dele. Mencionei isso uma vez a Juan e ele foi categórico ao responder que nada teria mudado, que a opinião do pai não o afetava em nada e que a única coisa que importava era nosso sentimento em relação ao outro. Contudo, com o passar do tempo fui me dando conta de como as opiniões de sua família são determinantes para ele. Também entendi que a cordialidade de dom Fernando em relação a mim, e por consequência a do resto de sua família, não foi casual. Minha aparência eslava e uma certa cultura que adquiri na Europa me favoreceram. Se fosse morena, baixinha e provinciana, teriam tido mais dificuldade de me aceitar. A época também influiu. Hoje, não dar importância às diferenças é, para aqueles que se consideram cultos, uma forma nobre de agir. Mesmo quando no íntimo estas lhes pareçam deploráveis. Dom Fernando devia ver vantagens em nossa relação. Acolher-me era ser visto por aqueles que integravam seu círculo de relações como um homem moderno, sem ter de correr grandes riscos. Desde o primeiro momento demonstrei ser uma mulher suficientemente dócil para me adaptar aos seus hábitos e à sua vida.

No terraço principal, os casais mais velhos passeiam e se cumprimentam com um gesto de cabeça. Os homens riem e se dão tapinhas nas costas, recordando talvez que cresceram juntos, frequentaram os mesmos colégios e chegaram à vida adulta pelos mesmos caminhos. Algumas mesas continuam ocupadas por pessoas que tomam digestivos e comem docinhos com o rosto suado e um ar de quem quer aproveitar o momento custe o que custar. Juan, sentado a uma mesa com três de seus irmãos, escorrega alguns centímetros na cadeira para esticar as pernas. De repente tira o celular do bolso e leva-o ao ouvido. Levanta-se e se afasta alguns metros. Acena com a cabeça várias vezes. Depois de alguns minutos se aproxima da vereda que corta o jardim e olha de um lado a outro; acho que está me procurando. Observo-o ainda um tempo antes de me fazer ver. Se me avistar, será porque a conexão ainda existe. Eu e Tommy costumamos brincar de nos procurar por telepatia. Ele não sabe que tem um cheiro inconfundível, de criança, como o de Lola, porém mais intenso. Juan não me descobriu. Não vou ajudá-lo. Aproxima-se de seu pai. Sentado sozinho e atento aos movimentos erráticos dos convidados, dom Fernando mantém sua bengala reta, enquanto vigia a decência alheia com um rigor diante do qual é impossível não se sentir intimidado. Juan apoia uma mão em seu ombro e lhe dá um beijo na bochecha. Estará se despedindo dele? Não é possível. Combinamos que passaríamos a noite em Los Peumos. Precisamos ficar sozinhos. Sobretudo mudar — mesmo que seja infimamente — a ordem estabelecida das coisas, criar uma fresta por onde o desejo volte a se infiltrar. A cada dia que passa, o gesto que coloca em movimento o mecanismo da paixão vai se tornando mais difícil. Depositei minhas esperanças nesta noite, mas se fracassarmos não poderemos mais culpar as crianças, as preocupações do cotidiano, o cansaço. Juan atende de novo o celular. Caminha gesticulando. Levanto para ir ao seu encontro e avisto a figura pequena de Tommy no outro extremo do jardim. Está sozinho, como sempre, e agita um galho no ar. Desço a pequena encosta e pego a vereda de cascalho em direção ao terraço. Quando o alcanço, Juan está se despedindo de um de seus irmãos com uma cara preocupada.

— O que está acontecendo? — pergunto, calçando as sandálias.

— Encontraram um coração para o menino. Já está a caminho — responde, olhando a hora.

— Mas, Juan, você me disse que, se isso acontecesse, deixaria que Sergio cuidasse de tudo.

— Sinto muito, Alma.

Procuro em sua expressão severa um sentimento verdadeiro de pesar e não o encontro.

— Você acha que basta dizer "sinto muito"? — enfatizo com ironia. — Você me prometeu. Passamos semanas planejando tudo.

— Tenho que ir, de verdade. É minha obrigação — acrescenta.

— Sergio está esperando há dois anos que você lhe dê, uma vez, uma oportunidade.

— Não é esta.

— Você nunca vai lhe dar. É do que você mais gosta, não é? Abrir as portas da sala de cirurgia e ver aquelas caras que o observam como se você fosse um deus. — Aperto os lábios para sufocar a raiva. — Me perdoe, não quis dizer isso.

— Dá no mesmo — conclui ele, com educação e frieza.

Passa a mão nos cabelos e deixa sua testa larga descoberta. Uma mecha rebelde cai sobre suas sobrancelhas. Respira fundo e, em um tom de agitação contida, declara:

— É um menino de 12 anos, como Tommy.

— Não me diga uma coisa dessas. Sergio é tão capaz quanto você de fazer essa operação; se não, eu não lhe pediria. Quero que você fique porque é importante para nós dois. — Falo aos sussurros, como ele gosta quando estamos diante de outras pessoas. Juan me olha de cima com uma expressão de impaciência.

— Alma, eu lhe imploro, não me pressione. Você torna as coisas mais difíceis para mim. — Uma máscara de inquietação e raiva aparece em seu rosto.

— É o que eu quero, você não percebe? Exatamente isto: tornar as coisas mais difíceis para você. Pelo menos consigo levá-lo a algum tipo de reação.

— Preciso ir. Você viu Tommy? — ouço-o dizer.

— Está ali — indico com um gesto de mão. — Vá lhe dizer que está indo embora.

— Pedi ao meu irmão Rodrigo que leve vocês de volta para Santiago, ok?

— Está bem.

Me dá um beijo e passa a mão em meu rosto, como o homem sensato e bondoso que é. Enquanto o observo se afastar, avisto a silhueta raquítica de Tommy no gramado, enfrentando como sempre um inimigo imaginário.

3.♐

As forças inimigas enviaram um emissário que tem a aparência do meu pai. Tenho que resistir, levantar armas, mas, sobretudo, acreditar que o Bem sempre se impõe ao Mal.

— Olá, campeão — ouço-o dizer a distância.

É um trabalho bem-feito. Foi instruído inclusive na linguagem que compartilhamos. Por sorte, meus poderes para perceber o perigo são mais eficazes. Levanto a arma em posição de alerta.

— Tenho que ir para Santiago, me ligaram do hospital. Você vai voltar para casa com Alma e o tio Rodrigo. Venha se despedir, Tommy.

Não vai me enganar. Nunca mais. Claro que quero abraçá-lo. Gostaria de ouvi-lo dizer que mamãe não tirou a própria vida, que se trata de uma dessas histórias dos adultos que, ao passar de boca em boca, vão se enchendo de monstros e desgraças. O homem que tem a aparência do meu pai pega uma arma que está no chão e a segura em posição de ataque.

— Está bem. Se você quer resolver isto em uma luta corpo a corpo, assim será — diz.

Levanto meu pedaço de pau e bato no dele. Nunca havia atacado antes alguém que não estivesse em minha cabeça. Me lanço contra papai mais algumas vezes. Por sorte, coloquei um par de jeans em minha mochila, para o caso de meus primos, milagrosamente, me convidarem para participar de uma de suas aventuras. Mas mesmo assim temo que o cheiro permaneça grudado em meu corpo e que papai me descubra. Ele não se defende.

— Chega, Tommy. — Ele me detém com um sorriso que não consegue ser um sorriso. — Você sabe que não deve se agitar.

O pequeno cartaz na sua testa diz: "Você sabe que é fraco e que jamais poderá me vencer." Volto a bater. Desobedeci. O homem cruza seu pau. Nossas armas ficam sustentadas no ar, uma contra a outra. Estamos frente a frente. Respiro com certa dificuldade. Olho seu queixo quadrado, sua testa atravessada por longas linhas, ao mesmo tempo que procuro, com todas as minhas forças, disfarçar minha respiração irregular. Posso reproduzir seu rosto milímetro a milímetro com os olhos fechados. Costumo imaginar que são os traços de um guerreiro sábio e duro. O guerreiro em que eu mesmo, com o tempo e a ajuda de meu amigo Kájef, me transformarei. Mas não sei mais o que vejo. Papai mentiu para mim. Meus olhos ardem, pestanejo com força. Devo continuar combatendo.

— Tommy, teremos que continuar outro dia, agora preciso ir. — Joga seu pedaço de pau no chão e se aproxima para se despedir.

— Quem você tem que operar agora?

— Um menino, se chama Cristóbal Waisbluth. Estávamos esperando um coração para ele e finalmente encontramos um. Agora está sendo levando para o hospital.

— Isso quer dizer que alguém está em estado de coma, não é mesmo? Também é uma criança?

— Ainda não sei. Pode ser o coração de um adulto. Amanhã eu lhe conto. Cuide de Alma por mim. Você me promete? — Ele toma minha arma, me dá um beijo na testa e se afasta depressa com o paletó no ombro.

Quando você procura um coração, o que espera na verdade é que alguém morra para que possa viver. Não me parece estranho. Minha vida seria muito melhor se Lola, minha meia-irmã, desaparecesse. Quando comecei a gostar de Alma, também tive que deixar mamãe morrer um pouco. Não podia ter o coração repartido aqui e acolá.

Pego meu pedaço de pau no chão e o despedaço com o pé. Ainda não acabei de destruí-lo quando percebo que o sol está prestes a desaparecer sob o mar. Enquanto desço muito, mas muito rápido, penso que este é o único instante em que nós os seres humanos podemos ver o movimento da Terra. Embora Alma diga que se trata de um fenômeno óptico, eu não tenho certeza de que seja assim. Nos convencemos de que ele está diante dos nossos olhos porque gostamos de vê-lo. Eu sou bom nisso, invento histórias, até mesmo recordações. Se não, como explicar que recordo a morte de mamãe?

Crescer é como subir uma colina com um grande cartaz amarrado no pescoço que diz: ESQUEÇA. Às vezes seguro a respiração para parar o tempo. Assim como dou dois passos para a frente ou para trás, assim como conto de um a cem e depois de cem a um, não entendo por que o tempo não pode recuar àquela época, quando mamãe ainda estava viva.

4.⌛

Na janela, as cabeças vão se tornando cada vez menores. Sei que é impossível, mas de qualquer forma procuro os cabelos vermelhos de Alma. Não era minha intenção brigar com ela. Minha partida não foi premeditada, simplesmente foi assim que aconteceram as coisas. Do alto, tudo se torna insignificante: as desavenças com Alma, o comportamento tão peculiar de Tommy, os ataques de raiva de meu pai, meus irmãos e suas preocupações. A altura — como o tempo — ressalta o que é mais grato. Penso na luta que tivemos com Tommy. Nunca antes o havia visto manifestar o atrevimento típico dos meninos de sua idade. Finalmente está crescendo.

Só consigo pensar que uma coisa especial me vincula a Cristóbal Waisbluth. Ele e Tommy nasceram com a mesma anomalia: um tipo raro de doença cardíaca chamada coração esquerdo hipoplásico. A diferença é que o coração de Cristóbal não reagiu às três operações do procedimento Norwood da mesma forma que o do meu filho.

Emma, sua mãe, me lembra Soledad. Não sua aparência física. Soledad era uma mulher de corpo quase infantil; já a mãe de Cristóbal é uma mulher que, sem ser gorda, tem uma compleição grande, daquelas que parecem feitas para driblar as adversidades. Ambas se viram diante do nascimento de uma criança cujo ventrículo esquerdo, por ser menor do que o normal, era incapaz de manter a circulação necessária para sustentar todo seu corpo. Uma criança que poderia morrer a qualquer momento.

Nem Soledad nem eu estávamos preparados para o que nos coube viver. Mas, ao contrário de Soledad, eu tinha uma válvula de escape. Foi quando descobrimos a doença de Tommy que resolvi me especializar em cirurgia cardíaca. Sempre tinha um dilema a resolver, uma medida a tomar, uma informação a obter. De alguma maneira, minha atividade e meu caráter prático me eximiam de ficar remexendo minhas emoções. Foi Soledad quem viveu esses momentos, e foi talvez quando descobriu como eram estéreis seus esforços para se sobrepor a eles. Durante os primeiros meses de vida de Tommy, Soledad passou a maior parte do tempo ao lado de seu berço no hospital. Uma vez chegou a passar três dias e três noites sem se afastar, nem mesmo para tomar banho. Foi sua mãe quem acudiu à clínica e exigiu que se cuidasse. "Você também quer morrer?", encarou-a gritando. "Meu filho não vai morrer, mamãe, quero que você enfie isso bem dentro da sua cabeça. Não enquanto eu estiver viva." O brilho feroz de seus olhos nos deixou atemorizados. Parecia capaz de arrancar o que fosse de quem fosse para salvaguardar a vida de seu filho. Quem dera tivéssemos sabido nesse momento quanta obscuridade suas palavras escondiam.

⌛

A operação está prevista para daqui a uma hora. Começo a me sentir inquieto. Um estado no qual se conjugam sensações tão díspares como o domínio de mim mesmo e a incerteza. Não posso ignorar o fato de que a qualquer minuto a situação pode tomar um rumo imprevisível, esse elemento que nós crentes chamamos de força divina; os fatalistas, de destino; e outras pessoas, de azar.

Estou perto da capital. As primeiras luzes das ruas traçam linhas retas sobre a superfície escurecida da terra. Santiago, cuja aparência diurna é de modo geral caótica, ao entardecer adquire a beleza de um desenho. E entre essas linhas regulares, em algum lugar desta cidade, há menos de duas horas se espatifou a jovem que doou seu coração.

5.♒

O avião de Juan atravessa nuvens esgarçadas, se torna um ponto no espaço e depois desaparece. No meio da pista, Miguel e Júlia fazem volteios de valsa enquanto seus amigos os cercam e aplaudem. Um jovem pálido e de rosto alongado se aproxima e começa a girar em torno deles. Estala os dedos ao ritmo da música, franzindo a boca em forma de trompa. Com uma expressão desesperada, abraça o casal com os dois braços e deixa a cabeça cair nos ombros de Júlia. Miguel abre os cotovelos tentando se safar, mas o rapaz, com os punhos fechados, parece apertá-los com mais energia ainda. No meio dos dois homens, Júlia levanta a cabeça buscando ar. A força cega da salva de palmas continua em torno deles. Um estrondo de vozes femininas repete: "O beijo, o beijo!" De repente um homem se aproxima, pega o rapaz pelo braço e afasta-o do casal. Por um segundo penso que é minha imaginação. Não é a primeira vez que vejo no Leo uma pessoa diferente. O jovem solta um grito e se afasta brandindo um punho levantado. Leo o acompanha. Tem a mesma forma de se mover de outrora: mexendo os ombros levemente de lado a lado, com uma flexibilidade em que se conjugam de forma curiosa altivez e hesitação. Veste um terno escuro, folgado. Ambos se detêm diante do bar. Leo fala ao mesmo tempo em que leva as mãos à cabeça; parece que a comunicação entre ele e seu interlocutor não funciona bem. A distância, não parece ter mudado muito. Conserva sua constituição delgada, seu cabelo curto e crespo. O que não consigo perceber é se conserva ainda a expressão de desdém nos lábios, o rosto moreno e severo, os olhos acinzentados e os caracóis negros desenhados no fundo de suas pupilas. Leo e o rapaz desaparecem do meu campo de visão. Olho a praia. Uma luminosidade prateada emerge das rochas próximas, como se um refletor interno trespassasse sua superfície.

As recordações se amontoam em minha memória. Tudo o que aconteceu depois da última vez em que estivemos juntos. O fim abrupto da minha adolescência.

Até os 16 anos minha percepção do mundo era a de uma casa desabitada cheia de água. Uma construção de dois andares que se erguia no meio de um descampado com suas persianas fechadas e um ar melancólico. Em algum de seus quartos, protegido da luz e dos olhares, morava um peixe. Esse peixe era eu.

Naquela época vivia com minha mãe em um apartamento minúsculo e degradado em uma rua do centro. Papai havia feito sua primeira viagem ao sul em busca de um lugar onde pudéssemos morar, e eu e Maná — nome que um guru deu à minha mãe — nos ajeitávamos como podíamos. Nossas esquálidas receitas provinham das aulas de meditação que Maná dava a senhoras ricas e das que eu obtinha nos fins de semana como empacotadora em um supermercado. Isso não impedia que toda tarde Maná chegasse com novos amigos em nosso apartamento e ficasse com eles até altas horas da noite tocando violão, ouvindo música e fumando baseados. Eu fechava a porta do meu quarto, entrava em minha casa de água e adormecia. Não era difícil para mim. Ali dentro não me chegavam a fumaça nem os amantes de Maná. Às vezes ficava tão submersa em meu aposento que, quando alguém falava comigo, eu não entendia as palavras.

No colégio as coisas não eram muito diferentes. Observava como minhas colegas se olhavam nos espelhos, nas janelas das salas e dos corredores, como suas saias iam se tornando cada vez mais curtas, suas bocas mais vermelhas, seus olhos mais profundos. Não me custava entender o que significam seus olhares carregados de intenções, eu os vira mil vezes nos olhos de minha mãe. Mas eu vivia em uma casa de água e minha pele era imune a esses novos eflúvios que corriam por seus corpos.

Foi uma colega de curso quem me convidou para ir à festa. Em troca prometi fazer seus deveres durante duas semanas. Quando chegamos, a festa estava no auge e a garota desapareceu da minha vista rapidamente. Nosso acordo não estabelecia que ela cuidasse de mim. Era uma casa moderna, que se estendia ao longo de um corredor de vidro. Em cada quarto havia jovens conversando em voz baixa, sentados em poltronas e fumando como se fossem adultos. Na sala principal casais dançavam muito colados. Resolvi ficar em um quarto onde havia uma biblioteca. A conversa estava animada e ninguém notaria minha presença. Encontrei um livro sobre borboletas e me instalei em um canto para folheá-lo. Leo estava sentado em uma poltrona de veludo grená com um copo de Coca-Cola na mão. Tinha um semblante romântico, os olhos retraídos, um tanto irônicos, e, apesar de sua baixa estatura, saltava aos olhos que era mais velho que os outros. Os caras ao seu redor falavam com ímpeto, mas ele não parecia ouvi-los. De vez em quando fazia um gesto de concordância. Em alguma dessas suaves descidas à realidade ele pareceu me ver. Meus olhos estavam grudados nele. Quando nossos olhares se cruzaram, eu sorri, intuindo que sua distância do mundo era parecida com a minha. Pude ver sua ligeira lerdeza, seus olhos que ficaram perdidos por uma fração de segundo, e depois o sorriso fabuloso. Levou as mãos ao pescoço e simulou apertá-lo, ao mesmo tempo que uma careta surgia em seu rosto ainda sorridente. Comecei a rir e os olhares dos demais se voltaram para mim com desconcerto. Com um salto, Leo se levantou de sua poltrona.

— Você gosta de borboletas? — me perguntou, apontando o livro que estava em minhas mãos.

— Devo confessar que sim.

— Eu as detesto — admitiu, rindo.

De novo seu sorriso, que tinha a capacidade de transformar sua expressão taciturna, até mesmo cansada, em um semblante vivaz, cheio de energia. No mesmo rosto pareciam conviver um homem adulto e uma criança. Essa passagem repentina de um para outro era desconcertante, mas ao mesmo tempo atraente, a ponto de ficar difícil não o olhar.

— Deste, por exemplo, gosto muito — declarou, tirando um livro da estante que estava sobre minha cabeça. Era um exemplar de *O amante de Lady Chatterley.*

— Minha mãe adora! — exclamei com entusiasmo infantil. Depois de pronunciar estas palavras, ruborizada, desviei os olhos. — Na verdade, eu também — acrescentei sem levantar o olhar. Movida por um instinto, enunciei algumas linhas: — "Nossa época é essencialmente trágica, por isso nos negamos a encará-la tragicamente."

Virou as páginas de um jeito sério e cuidadoso.

— Sei que você o leu — observou, levantando as sobrancelhas. — Por isso chamou minha atenção.

— Sou tão transparente assim?

— Bem, não é comum que uma garota linda como você fique num canto folheando um livro chato sobre borboletas quando poderia estar dançando com quem quisesse.

Voltei a rir.

— Como você se chama?

— Alma.

— Não acredito. É um desígnio.

Era o tipo de reação que meu nome costumava provocar. Virei o rosto.

— Não me leve a mal, por favor, estou falando sério — afirmou. Pegou meu rosto e me fez olhar para ele. — Está vendo? Estou falando sério. Não é todos os dias que encontro alguém que se chama Alma e sabe de cor *O amante de Lady Chatterley*. Por favor, não me leve a mal.

O contato de seus dedos fez com que minha face começasse a arder. Escorregou sua mão, agarrou meu braço e seu polegar roçou um lado do meu seio através da blusa. Senti uma forte pressão no baixo-ventre. Tinha vontade de me mexer. Um formigamento percorria minha espinha dorsal. Era tão insistente que eu mal conseguia respirar.

— Você não está bebendo nada. Quer alguma coisa? — me perguntou, esboçando um sorriso.

Caminhamos juntos até a cozinha. Pegou uma cerveja para mim e completou seu copo de Coca-Cola. Ofereci-lhe um gole da minha lata.

— Não posso beber álcool. Estive em uma clínica de reabilitação.

Suas palavras me impressionaram, revelavam seus infortúnios e nos irmanavam; lá fora estavam os outros com suas vidas felizes. Ficamos alguns minutos na cozinha ouvindo as conversas e trocando olhares de cumplicidade. Nossos sorrisos, carregados de sarcasmo, reconheciam de forma implícita que éramos os únicos ali presentes capazes de perceber a estupidez humana.

Depois de um tempo fomos para o jardim e nos sentamos na grama para nos afastar da agitação do terraço. Leo acendeu um cigarro. Não havia a menor brisa e a fumaça subia em linha reta, desvanecendo-se na escuridão. Me falou da clínica de reabilitação, de seu quarto com uma imagem de Hieronymus Bosch, de um amigo que morreu intoxicado. Contou do buraco que cavou no fundo do jardim. A cada tarde cavava um pouco mais fundo, até que a cova ficou larga e profunda o suficiente para que se sentasse lá dentro. Voltava para lá todas as tardes, mas um dia encontrou o buraco coberto de terra.

— E por que você fez isso?

— Para ter um lugar que fosse meu — declarou com absoluta seriedade. Notava-se em sua voz o sufoco, a sede que o levara até lá.

Pareceu-me evidente, a ponto de lamentar ter formulado a pergunta. Olhou-me de soslaio, com um traço de timidez, e pensei que suas palavras eram o sinal de um sentimento mais extenso. Deu uma baforada em seu cigarro, jogou-o na grama e esmagou-o com seu sapato. Depois me pediu que falasse sobre mim. Contei-lhe que meu pai estava procurando uma terra no sul onde pudéssemos viver com tranquilidade.

— Tranquilidade. Não sei o que ele quer dizer com isso. Soa como se enterrar vivo — comentei com um tom leve, que, no entanto, deixava transparecer a ansiedade que me provocava o estado precário de nossa vida familiar.

Leo riu. Era difícil imaginar que um garoto com aquele riso pudesse amanhecer bêbado. Continuamos falando. Ele mais do que eu. Sob o influxo de sua voz, tudo parecia mais simples, mais radiante, inclusive as coisas que careciam de forma, como o medo. Mas ainda assim não era fácil para mim sair da minha casa de água. Pouco a pouco, sem dúvida, o entusiasmo tomou conta de mim. De repente, ambos falávamos animadamente, dávamos nossas opiniões, fazíamos perguntas, descobrindo talvez que as palavras eram o único instrumento que tínhamos para tirar nosso ímpeto de sua guarida.

— Tenho que ir — me avisou. — Chegar antes de 1h faz parte do acordo com meus pais. — Um sinal de insolência se esboçou em seu rosto.

Ofereceu-se para me levar em casa, mas eu lhe disse que não era necessário. O lugar onde morava com minha mãe me envergonhava. Nos despedimos com um abraço.

Quando tive certeza de que Leo havia ido embora, saí à rua. Caminhei durante horas; meu senso de direção e meu instinto me ajudaram a encontrar o caminho de casa. Não temi nada, a emoção que tomou conta de mim era mais poderosa que o medo. Quando cheguei, Maná dormia com a porta aberta. Um homem roncava ao seu lado. Fechei a porta com cuidado e entrei na minha casa de água.

6.♐

Alma vem ao meu encontro. Em uma mão traz um prato com dois pedaços de bolo e na outra uma garrafa de Coca-Cola.

— Estou com fome. Você não? Roubei isto na cozinha — aponta.

Sentamos um diante do outro com o prato e a garrafa entre nós. Um casal dança descalço no jardim. Na pista, meus primos lideram a dança do trenzinho.

— Esqueci de trazer os garfos — se desculpa, levanta as sobrancelhas e leva uma mão à boca. Os dois sorrimos porque sabemos que não foi um esquecimento.

Olhamos o mar. Nuvens vermelhas e amarelas se desprendem da água como soldados aquáticos prontos para conquistar o céu. Comemos com as mãos. Alma lambe os dedos, e eu também.

— Papai foi embora outra vez.

— Tinha uma operação muito importante.

Concordo com a cabeça sem olhá-la. Não quero que veja meus olhos porque perceberá que não estou feliz. Alma sempre vê as coisas.

— É o trabalho dele, Tommy. Venha. — Estica um braço e puxa minha cabeça para que a coloque em seu colo.

Fico de boca para cima. Guardamos silêncio, um desses que preenchem o espaço ao invés de esvaziá-lo. Os guerreiros se desfazem no azul-escuro do céu. A batalha está perdida, a noite avança e uma fatia de lua quase invisível se desprende das nuvens. Eu sei que a lua está cheia diante de nós, mas não podemos vê-la. É o que acontece com a maioria das coisas. Só vemos uma parte. Por exemplo, nem papai nem Alma perceberam que Yerfa, minha babá, quando acha que ninguém está olhando, toma um gole de uma garrafinha que carrega no bolso.

— Você sabia que o olho humano pode ver apenas três mil estrelas e que só na nossa galáxia há mais de um bilhão? — perguntou.

— É verdade?

— Absoluta. Existem mais estrelas no universo do que grãos de areia em todas as praias do mundo.

— É difícil imaginar.

Estica o pescoço e olha para cima, como se pudesse avistar alguma estrela. Penteia meus cabelos com os dedos, coloca as mechas mais longas atrás de minhas orelhas e deixa minha testa livre. Kájef vai ficar surpreso quando lhe contar que lutei com papai. Vou lhe contar também que eu e Alma ficamos olhando seu mar. Vai gostar disso. Não lhe direi que ela me acariciava como se faz com as crianças pequenas.

— O seu cabelo é ainda mais suave que o de Lola.

Teria preferido que Alma não a mencionasse. Lola tem 7 anos, é alta e forte, gosta de jogar futebol e, quando pega a bola, todos admiram suas piruetas. Por sorte, ficou em Santiago com a avó, a mãe de Alma, e eu não vou deixar que sua lembrança estrague tudo. Especialmente agora que Alma me diz com as mãos:

Significa TE AMO na linguagem dos surdos-mudos.

Alma aprendeu-a quando vivia na Espanha. Não somos muito bons, mas o suficiente para trocar mensagens secretas sem que papai perceba. É uma pena que Alma a tenha ensinado também a Lola.

— Então é aqui que você se esconde — ouço a voz de um homem atrás de mim.

Levanto a cabeça para ver quem nos interrompeu. É um sujeito que traz os sapatos na mão.

— Olá. — Se inclina e me cumprimenta. — Posso sentar com vocês?

Alma responde que sim. Eu o teria mandado com seus sapatos e seu sorriso ao outro lado do mar. O corpo de Alma fica duro, como se uma bola tivesse atingido sua cabeça. O sujeito fica olhando para ela e depois lhe dá um beijo enquanto a pega por um braço. Levanto e ligo o mp3 em meu bolso.

— *Como você mudou, Alma. Está muito bonita, mesmo.*

Alma mexe a cabeça como fazem as galinhas. Os adultos se sentem muito indefesos quando lhes dizem palavras bonitas.

— *Este é Tommy.*

— *Olá, Tommy, eu sou Leo, um velho amigo de sua mãe.*

Ninguém se refere a Alma como minha mãe porque todo mundo sabe que não é.

— *Eu sabia que você estaria aqui. Matías me avisou* — diz o sujeito.

— *E o que você tem a ver com ele?*

— *Matías, o pai da noiva, e eu frequentamos a mesma escola.*

— *Sim, é verdade, ele me disse que você tinha sido convidado, mas que odeia casamentos.*

— *Me contou que você é uma grande montadora de cinema e a melhor amiga dele.*

— *E o que mais lhe disse?*

— *Bem, quase tudo o que eu queria saber.*

— *Então estou em desvantagem, porque tudo o que sei a seu respeito é o que às vezes aparece na imprensa.*

— *O que não é muito.*

— *Não sobre sua vida pessoal, pelo menos. Li em algum lugar que você estava vivendo em Bogotá e dava aulas em uma universidade.*

Alma tem um riso colado no rosto, como naquela vez em que vimos a cauda de um cometa.

— *E continuo lá.*

Agora ela abre a boca; pareceu que ia intervir, mas em vez disso esfrega a trança no rosto.

— *E você, Tommy, em que ano está?* — pergunta o sujeito.

— *No sexto.*

— *E é daqueles que se sentam na frente ou lá atrás?*

— *Isso é relativo.*

— *Como relativo?*

Levanto as sobrancelhas para fazê-lo entender que sua pergunta é tão imbecil que não merece resposta.

— *Entendo, é melhor ficar calado.*

Concordo com a cabeça. O sujeito, sem parar de sorrir, olha para Alma.

— *Matías me falou do filme que estão fazendo. Escreveram o roteiro juntos, não é? Lembro que você gostava muito de ler, então deve ser uma boa contadora de histórias.*

— *Ótima, melhor que você, inclusive* — responde Alma com energia, sem tirar os olhos dele, como se o desafiasse a brincar de guerra.

Os dois sorriem. Tenho a impressão de que estão se dando bem. Isso significa que ele vai ficar com a gente mais tempo do que eu gostaria. Ao menos tenho o consolo de estar gravando. Com um gesto, Alma me diz para me aproximar mais dela. Obedeço. Passa sua mão em meu peito uma e outra vez, como se enviasse sinais aos meus pulmões.

— *O que estava acontecendo com o rapaz com quem você estava falando?* — perguntou Alma.

— *Quer dizer então que você havia me visto? E por que não se aproximou?*

— *Não sei. O que estava acontecendo?*

— *É filho do meu irmão mais velho. Há um ano, era o namorado de Júlia. Pensei que encararia as coisas bem, mas o pobre está arrasado.*

— *Está com o coração partido* — digo por dizer. — *Isso deve doer muito.*

— *E você já sentiu uma coisa dessas?* — me interroga o sujeito.

— *Um monte de vezes* — respondo com ar de expert.

— *E o que faz para suportar a dor?*

— *Brinco de guerra.*

— *Você gosta de guerra?*

— *Sim, porque, quando brinco, minha cabeça se enche de guerra.*

— *Você sabe que os países também funcionam assim?*

Respondo que não sei.

— *É muito simples. Quando os conflitos internos de um país são muito graves e os governantes não sabem como resolvê-los, os presidentes inventam uma guerra com outro país; assim, as pessoas esquecem seus próprios problemas.*

— *Isso eu descobri há muito tempo, quando tinha uns 3 anos.*

— *E você, o que faz nesses casos?* — pergunta o sujeito a Alma.

Sem responder, ela o observa com uma expressão que não parece muito amável.

— *O que vocês preferem, sofrer ou morrer?* — pergunto a eles, pensando em mamãe.

— *Sofrer* — respondem os dois em uníssono.

Eles se entreolham. Alma segura sua trança, aperta os olhos e depois abaixa a cabeça. Sei que são detalhes, mas através deles se descobrem e se entendem as coisas importantes. Basta perguntar a Sherlock Holmes. Gostaria de ter poderes e transformar Alma em uma marmota ou em um escaravelho para que este sujeito sentisse nojo dela. Levanto a mão como fazem os magos. Ambos me olham. Abaixo-a e digo:

— *Eu não. Na guerra, é melhor morrer. O sofrimento leva os guerreiros a se tornar covardes.*

Mamãe escolheu morrer. Seu túmulo fica no cemitério de Los Peumos, não muito longe daqui. Tem uma cruz dourada, que não é de ouro, igual a todos os túmulos da família Montes.

— *Ou os torna mais fortes* — afirma Alma e desarruma meus cabelos.

— *Você quer dançar?* — sugere o sujeito, dirigindo-se a Alma.

Ela me olha. Talvez pense que posso resolver esse assunto, mas a verdade é que começo a ficar irritado. Por isso digo:

— *Quero ir ver meu avô.*

— *Tem certeza?* — me pergunta.

— *Tenho certeza.*

No caminho desligo meu mp3. Não é que esteja com ciúmes. Por que deveria estar? No entanto, enquanto avanço em direção ao terraço, penso que não deveria tê-los deixado sozinhos.

7.♒

Caminhamos em direção à pista de dança. As luzes sincopadas lançando clarões intermitentes e a silhuetas se movendo contra o fundo noturno fazem com que a cena tenha um ar teatral.

— Gostei do seu filho, não sei, tem um olhar adulto, e as coisas que diz... Deve ser fascinante viver com ele.

— E é.

— Você está casada há muito tempo?

— Há oito anos. E Tommy é filho de Juan, meu marido — esclareço com certa secura.

Passamos pelo bar e lhe ofereço uma taça de vinho branco.

— Não voltei a beber. Continuo firme na Coca-Cola — confessa.

Abrimos caminho entre os casais que unem seus quadris ao som da música. Deixamos nossos copos em um canto da pista. Enquanto dançamos, Leo me segue com preguiça. Observa-me com uma expressão concentrada e cheia de curiosidade.

— E seu marido?

— Teve de ir para fazer uma operação de emergência.

Depois de alguns minutos lhe pergunto:

— E você está casado?

— Ah, não. Até agora nenhuma mulher teve paciência suficiente para me suportar; além disso... — sua voz desce um tom, mitigada. Balança a cabeça, como se tivesse avançado além do possível.

— Além disso, o quê? — indago com veemência. Por um instante ínfimo mantemos o olhar. O tempo tornou seus traços mais fortes e ao mesmo tempo mais profundos. Em suas têmporas se distinguem os primeiros cabelos grisalhos.

— Além disso não sirvo para isso, os longos períodos de monogamia me deixam em frangalhos — acrescenta, recuperando seu tom de pilhéria. Cerca meu corpo com um braço. Sua mão aberta abraça minhas costas nuas. — Alma — ouço-o dizer em meu ouvido enquanto dançamos.

Levanto a cabeça e encontro seus olhos incisivos.

— Naquela noite na colina me comportei muito mal, não foi?

As luzes intermitentes da pista não me permitem ver sua expressão, nem avaliar o grau de sinceridade de suas palavras. Porém, me surpreende que se lembre.

— Nada irreparável — respondo com um fingido tom de despreocupação.

— Sim, me comportei mal e lhe peço desculpas. Sei que é um pouco tarde, mas antes tarde do que nunca. Eu... Eu, naquela época, não sabia o que fazia.

As recordações vão se formando delicadamente até se depositar na memória, onde tampouco permanecem imutáveis, continuam se transformando junto com os sentimentos que as acompanham, até que um dia já não é fácil distinguir a cota de verdade que há nelas. Na porta do meu colégio avisto Leo apoiado no capô de um carro. Vejo-o levar o cigarro à boca e depois esmagá-lo no chão com insistência, como se alguma coisa estivesse em jogo. Nos saudamos e depois fico ao seu lado, esperando que diga algo. Na minha recordação, Leo tem o olhar reconcentrado e a testa franzida.

— Acho que este imbecil não vai aparecer. Pensávamos em ir à Pirámide. Você quer vir comigo?

Entramos em seu carro e pegamos o caminho que nos levaria à colina encravada na cidade. Ao chegar ao cume, Leo parou o automóvel. Tirou do bolso um papel dobrado várias vezes e pousou-o aberto sobre as coxas.

— Você quer um pouco? — me ofereceu.

Aceitei, mesmo detestando as drogas que meus pais consumiam. Odiava o cheiro deles de maconha, de álcool. Sentia medo de tudo que distorcesse sua noção da realidade e os afastasse de mim. Inalei o pó branco duas vezes, cada vez por uma narina. Ele fez o mesmo. Os últimos raios do sol desapareciam na escuridão quando peguei sua mão, enfiei-a debaixo da minha blusa e a levei a um dos meus seios. Recordo a superfície pegajosa do assento atrás das minhas costas e o peso de seu corpo sobre o meu, suas investidas, a dor que ocultei com meu riso, minha procura fugaz e dissimulada do fiozinho de sangue que por sorte nunca saiu. Depois, a fumaça de seu cigarro invadindo meu estômago, produzindo-me uma leve náusea que silenciei com outra cheirada, nosso mutismo, seus olhos cravados no teto do carro, como se seus sentidos tivessem se fechado. Leo não se deu conta de que aquela era minha primeira vez, e eu fui incapaz de lhe contar. Fiquei paralisada pelo medo, mas também pela certeza de que o que acontecera não tinha maior importância para ele. Depois de um tempo saímos do carro e sentamos na beira do caminho para olhar a cidade escurecida.

— Você gosta de ler, não é mesmo? — comentou.

— Não há nada de que goste mais.

— Eu também.

— Por quê?

Leo pensou um segundo.

— Acho que é porque quando leio me infiltro em um mundo que existe em paralelo ao meu. Por isso também gosto de escrever.

Eu o ouvia atenta, esperando que continuasse. De repente me olhou e abaixou a cabeça. Sem levantá-la, respirou fundo e disse:

— Por favor, não se iluda comigo, Alma. Você é uma menina, e eu sou um sujeito muito complicado.

— Mas eu tenho 16 anos — esclareci. — E acredite, já vi muito mais do que você pode imaginar.

— E eu tenho 23 e estou enrolado com outra mulher.

Deu de ombros e acendeu um cigarro. Senti-me enjoada. Quando recuperei a noção de mim mesma, tudo havia mudado. Entrei de novo na minha casa de água, e sua voz ficou ressoando no outro lado.

— Você vai ser um ótimo escritor — afirmei enérgica.

— Por que você tem tanta certeza? — Tinha uma expressão incrédula e ao mesmo tempo esperançosa.

— Porque sabe mentir.

♒

Enquanto movo meu corpo ao ritmo cadenciado da música, ouço Leo murmurar:

— Na colina. Pode ser que tenha sido lá que tudo se distorceu. Talvez fosse você *a* mulher, e eu não me dei conta.

— Não projete filmes, Leo — advirto-o com leviandade. — Estou casada com um homem incrível e tenho dois filhos que amo profundamente.

— E é feliz? — pergunta, recuperando seu humor.

— E você acredita nisso?

— Não sei. Feliz, feliz, eu nunca fui, mas imagino que outros tiveram mais sorte do que eu.

— Sim, eu sou — afirmo e mantenho o olhar firme, sem pestanejar, para que não tenha nenhuma dúvida de que digo a verdade.

— Então fico feliz por você, embora espere, de qualquer maneira, que não seja uma felicidade muito completa.

— Você é perverso.

— Não, não, pelo contrário. Você sabe que, como disse nosso amigo Tolstoi, as felicidades são todas iguais e enfadonhas; por sua vez, os infortúnios são de mil tipos.

— Ele não disse que são enfadonhas, disse que são iguais.

— É a mesma coisa. Não há nada mais enfadonho do que a uniformidade.

— Você quer que lhe diga uma coisa?

Leo faz que sim.

— Me contento em sentir o menos possível que estou só, como todo o resto, e que não posso fazer nada para remediar isso. Não soa muito grandioso, eu sei, mas quer saber? Tenho a suspeita de que até as pessoas mais excepcionais são, em última instância, movidas por algo parecido.

Em um impulso, Leo me puxa para si e me abraça.

— Como é bom abraçá-la — sussurra no meu ouvido.

Permanecemos juntos, nos mexendo compassadamente, mergulhados em nosso abraço. Por um instante as delicadezas rituais parecem desaparecer. De repente se solta de mim.

— Quer outra bebida? — diz. Me olha com certo desdém, é evidente que o que aconteceu o incomoda.

— É uma pena que você não possa beber comigo, tenho certeza de que se estivéssemos bêbados nos sentiríamos muito melhor — declaro.

8.♐

Quando acordo penso em mamãe, e um buraco se instala em meu estômago. Um buraco parecido com a cratera de 170 quilômetros deixada pelo maior meteorito que caiu na Terra.

Tiro da Caixa de Tudotudo a única foto de mamãe que eu tinha quando papai tirou de casa todos os pertences dela. Não sei por que tinha pressa de esquecê-la. Eu prefiro sempre recordar, porque assim entendo melhor as coisas. O problema é que às vezes não sei muito bem onde colocar minhas lembranças nem que grau de importância dar a elas. O mesmo acontece com minhas descobertas. Pelo menos desta vez tenho certeza. O fato de mamãe ter tirado a própria vida é sério. Tão sério que papai não me disse nada. Penso nas fendas antárticas. Em um lado da fenda ficou tudo o que conheço e no outro... De qualquer maneira, quando sua mãe morre, a metade dos seres que você mais ama no mundo morre e isso não deveria acontecer com uma criança. Gravo:

Eu acho que quando papai fica olhando para lugar nenhum e parece não ouvir ninguém está pensando em mamãe.

Na foto, mamãe usa uma roupa de festa. Seus olhos escuros me recordam que as pupilas são buracos que conectam o que está Fora com o que está Dentro. Suas sobrancelhas estão levantadas, como se dissessem alguma coisa, mas nunca consegui saber o quê, nem se seu olhar é alegre ou triste. Às vezes lhe faço perguntas sem importância, apenas para o caso de algum dia me mandar um sinal. Como, por exemplo, se irei bem em uma prova ou se algum menino me perguntará pelo cervo voador que carrego em minha mochila. Mas ela nunca fala comigo.

Ouço uma porta se fechar. Deve ser papai voltando da clínica. Gostaria de ser o menino que ele operou, para que passássemos juntos este domingo. Pulo da cama e entro no banheiro. Não me lembro de ter colocado o pijama. Alma deve ter me vestido para dormir quando chegamos tarde da noite do casamento. Levanto a camiseta. Minha barriga é quase tão branca quanto os azulejos da parede. Olho a cicatriz que cruza meu peito. Baixo as calças. A minúscula tripa entre minhas pernas não é um panorama muito mais alentador. Não gosto que Alma, ou quem quer que seja, me veja pelado. Por isso, para tomar banho de piscina no verão, espero que o sol se ponha e o jardim fique deserto. Mas gosto muito da água. Na água, meu corpo deixa de existir. Do meio da piscina vejo minha roupa na borda e imagino que ali estão minha pele e meus ossos. Às vezes desço até o fundo e ao olhar para cima distingo os desenhos feitos pela luz. Na água o silêncio retumba em meus ouvidos e sou poderoso como Netuno. Imagino que Alma me encontra e eu lhe mostro o mundo do fundo da piscina.

Quando Alma chegou em nossa casa, me deu um gravador e me disse que com ele poderia fazer música. "Como música?", perguntei. "É muito fácil, veja." Ligou o gravador e fez a mesa soar com o punho, depois bateu com um lápis no jarro e aí pediu que eu aplaudisse com muita força. Me mostrou o resultado, e era muito bom. "Você pode fazer música assim, vai juntando sons, palavras, o que quiser." Quando lhe perguntei se era suficientemente sensível para captar o som de um peido, ela começou a rir, e seu riso ficou ressoando em nossa casa sempre silenciosa. Então subi as escadas correndo e, antes que papai botasse tudo a perder, trouxe minha Caixa de Tudotudo e espalhei meus tesouros na mesa. Ele nunca os havia visto antes, mas fingiu que não era assim. Eu o ajudei um pouco, dizendo coisas como: você se lembra de quando encontramos esta pedra vulcânica no lago Llanquihue? Nunca havíamos estado juntos nesse lago — em nenhum, na verdade — e a pedra foi Yerfa quem me trouxe do sul, mas, se Alma descobrisse que eu e papai mal conversávamos, teria ido embora. Eu sei que o silêncio, quando você não o conhece, dá medo. Acionei de novo meu mp3:

Formas de se tirar a vida:

Primeira, se enforcar. Segunda, comer veneno de rato. Terceira, dar um tiro na cabeça, na boca ou no coração. Quarta, deixar que um carro o atropele. Quinta, enfiar-se no fundo da piscina e respirar até que os pulmões se encham de água. Sexta, atirar-se de um edifício ou de uma árvore muito alta. Sétima, tampar o nariz e a boca até sufocar. Oitava, parar de comer e de beber água. Nona, cortar as veias do pulso. Décima, dormir na neve. Décima primeira, enfiar a cabeça no forno com o gás ligado.

Comecei a gravar as ideias que passam pela minha cabeça no ano passado, quando lemos o Gênesis no colégio. Ali descobri que Deus criou a semana para organizar o caos. Dividiu o tempo em sete dias, deu um nome a cada um deles e resolveu que no domingo descansaríamos. Nomear as coisas é lhes dar uma forma que nossa cabeça possa entender e assimilar. Agora já sei que há pelo menos onze maneiras de se tirar a vida e que uma delas foi a de minha mãe Soledad.

♐

Alma nos levará à casa de Maná, a avó de Lola. Enquanto ela checa pela última vez se as portas e as janelas estão fechadas, Lola pula para ver seu rosto no espelho do vestíbulo. A cada salto faz uma de suas horríveis caretas. Quando estamos preparados para sair, declaro, com voz firme:

— Vou ficar.

— Nada disso. Você não pode ficar sozinho — alega Alma.

— Hoje Os Falcões* vão voar e Maná não tem televisão.

— Não estrague tudo, Tommy — me pede Alma com voz cansada.

— Eu prometo que vou esperar papai aqui, muito tranquilo. Já tenho 12 anos. Posso fazer um sanduíche de presunto com queijo, posso brincar, posso ver Os Falcões.

Alma me olha. Pega uma mecha de cabelo e a enrola na mão, sem parar de me olhar. Sabe que papai não aprovaria. Nós dois sabemos. Está sempre com medo de que meu coração pare de bater.

— Está bem — concede. — Mas não saia de casa, você promete? Eu estarei de volta antes das 6.

Na janela traseira da caminhonete, Lola levanta a mão e me faz uma careta. Não posso acreditar! Eu consegui, jamais imaginei que seria tão fácil! Mal desaparecem da minha vista, entro em casa. Nunca antes havia ficado sozinho. Pego um pacote de batatas fritas na despensa e me tranco no meu quarto. Olho pela janela. O Bebê Hipopótamo Malvado, meu

---

*Os Falcões (Los Halcones), grupo de acrobacia da Força Aérea Chilena. (*N. do T.*)

vizinho, procura alguma coisa no meio das plantas do jardim da frente de sua casa. Costuma coçar seu barrigão, cuspir e fazer xixi nos vasos de seu quintal. Uma vez o vi atirar um hamster pela janela. Tem o rosto redondo e rosado como o de um bebê. Quando me avista, se levanta e me cumprimenta. Abro a janela, mas não sei o que lhe dizer. Alguém o chama de dentro de casa e ele desaparece. Faz três meses que mudou para este bairro. Alma conhece sua mãe e ficamos de visitá-los um dia. Também me deu o número de seu telefone para me incentivar a ligar para ele.

Irei procurar Kájef. Papai me proibiu de conversar com ele, por isso temos que nos encontrar debaixo dos lençóis da minha cama. Fecho os olhos. "Kájef", sussurro. Kájef não aparece. O que terá acontecido com ele, agora que podemos brincar à luz do dia, que posso lhe mostrar minhas espadas fosforescentes, minhas naves espaciais e, sobretudo, meu avião vermelho, um modelo que papai me deu de presente e que era usado pelos japoneses na Primeira Guerra Mundial?

Ligo o computador e abro meu e-mail. Lá estão, como sempre.

`Veado nanão de merda fassa fvor a tdos e desapreça que tamo de saku bem xeio sua mininінha.`

Por mais que pense no assunto, não me ocorre o que fazer. Contar a papai ou a um professor do colégio seria pior. Me acusariam de dedo-duro. Além disso, ninguém pode obrigar um menino a gostar de outro. Por isso prefiro pensar em outras coisas, como, por exemplo, em Mr. Thomas Bridge.

Entro em seu blog. Mr. Thomas Bridge é um marinheiro inglês que encontrou há seis dias uma menina, um menino e três adultos em uma ilhota próxima da ilha Lennox, no cabo Horn. Sua ilhota é tão minúscula que não aparece nos mapas. Mr. Bridge disse que certamente se trata de uma família alacalufe, o povo ameríndio que vive da mesma forma que seus ancestrais viviam no período Neolítico. Até agora os jornalistas e cientistas que chegaram de todas as partes do mundo não desembarcaram na ilhota. Mr. Thomas Bridge fala diante de uma câmera com seus cabelos longos e sua barba ruiva. Está preocupado. Diz que teria preferido jamais tê-los encontrado, porque se interviermos em sua forma de vida colocaremos em perigo a existência dos últimos alacalufes da Terra.

O telefone toca. É Alma. "O que você está fazendo?", pergunta. "De tudo um pouco." "Eu lhe comprei um frango chinês com castanhas de caju, aquele de que você gosta." "Que bom!." "Estarei de volta em casa daqui a pouco." "Não se preocupe comigo." "Você soa como nos filmes." "Essa é a ideia", digo, e os dois começamos a rir. "Então, até logo." "Goodbye, darling", ela se despede e desligamos.

Transfiro para meu computador as conversas que gravei no casamento de Miguel e depois desço para o escritório de papai. Me lembro da fotografia de mamãe que encontrei há algum tempo em sua gaveta. É a única coisa que ele guarda dela. Às vezes, quando papai e Alma saem de casa e Yerfa está ocupada com seus afazeres, tiro-a da gaveta e fico olhando. Como agora. Mamãe aparece sentada no banco de um parque, diante de uma árvore muito grande, com uma folha de papel nas mãos. Usa um vestido solto, parecido com um avental, o cabelo curto e despenteado. Dessa vez não a devolvo ao seu lugar; prefiro subir ao meu quarto e guardá-la na Caixa de Tudotudo ao lado da outra.

Depois de ver as acrobacias dos Falcões, fazer o desenho de um castelo e esperar Kájef, me sento na poltrona da sala.

Sinto falta de Alma, de papai, de Yerfa e até de Lola. Acho que papai tem razão. Deveria fazer algum amigo. Pego o papelzinho onde Alma anotou o número do telefone de meu vizinho, o B.H.M. Depois de memorizá-lo, fecho os olhos e espero que Kájef venha me buscar.

9.⌛

Ao voltar à clínica encontro Emma sentada no fundo do corredor. Seu marido deve ter ido à cafeteria comprar algo para o desjejum. Os dois passaram a noite aqui. Tem as mãos recolhidas sobre o colo e as pernas levemente abertas, como se estivessem abandonadas.

— Eu já lhe agradeci, não é mesmo? — pergunta sem me olhar.

Na madrugada, ao terminar a operação, encontrei o pai de Cristóbal batendo com um punho no joelho. Quando me viu, parou, mas não conseguiu disfarçar sua impotência. Emma, por sua vez, tinha essa mesma expressão reconcentrada, reunindo talvez todas as suas energias para sustentar a vida do filho.

— Você deveria ir para casa descansar — lhe sugiro, sabendo que ela não o fará, que permanecerá aqui, observando o vaivém das enfermeiras, até ver seu filho acordado. Pego sua mão e lhe explico que Cristóbal passará as próximas horas conectado ao respirador, em estado semi-inconsciente. — Você tem sido muito forte, sabe? — acrescento.

Vejo um súbito brilho em seus olhos. Faz um gesto com a mão a fim de que eu vá embora e vira o rosto para a janela.

Levanto, aperto seu ombro e entro na sala de recuperação onde está seu filho.

⌛

Depois de me assegurar de que o estado pós-operatório de Cristóbal segue seu curso normal, dirijo até o aeroporto e entro no meu teco-teco. Em pouco tempo estou sobrevoando os tetos da cidade. Voar é um espaço de liberdade, camuflado sob a honrosa aparência de um piloto. Minha ideia é dar uma pequena volta. Quero estar na clínica quando Cristóbal despertar. Assim que o vir abrir os olhos voltarei para casa.

Recordo com nitidez o momento em que Tommy acordou depois de sua última operação. Tinha 3 anos. O aspecto de seu rosto havia mudado. Parecia que em sua longa viagem tinha visto coisas que nós, esperando por ele na margem, jamais poderíamos conceber. Soledad também percebeu sua transformação, e as lágrimas começaram a correr por seu rosto, imagino que diante da impossibilidade de acompanhar seu filho ao lugar onde estivera. Lembro que grudou seu rosto no de Tommy e fechou os olhos. Peguei-a pelos ombros. Essa impressão que tive então, de ser incapaz de aliviar sua dor, foi se tornando mais e mais patente com o tempo. Por isso nunca pretendo consolar os familiares com um abraço ou alguma manifestação física. Foi fora do comum que de manhã tivesse segurado a mão de Emma. Sua atitude me comoveu — seu tronco erguido, sua cabeça virada para a janela —, pois ali a tragédia e a dignidade se conjugavam.

Enquanto me aproximo do aeródromo, observo o campo de futebol do bairro, onde crianças e adultos correm atrás de uma bola. A placidez das ruas dos arredores me devolve à normalidade. Preparo-me para a aterrissagem. Vai-se outra tarde de domingo. Uma garota de 18 anos morreu em um acidente e um menino ganhou um coração novo. Antes de me sentir demasiadamente satisfeito pela responsabilidade que me cabe na melhor parte da história, procuro na memória algum provérbio de inspiração budista sobre a falta de permanência da vida e como são inúteis nossos esforços para dominá-la.

10. ♒

No caminho da casa de Maná parei em um restaurante chinês de comida para viagem. Agora avanço pelas ruas solitárias do bairro onde ela vive nos últimos dois anos. Um bairro tranquilo, de casas térreas e pracinhas cujas árvores altas e frondosas lutam contra a negligência que as cerca. Minha mãe abre a porta. Veste uma saia que deixa entrever seus pés descalços, curtidos por suas caminhadas ao redor do mundo.

— Alma, Lola, que surpresa! — exclama, agitando as mãos e fazendo soar suas pulseiras.

Seu cabelo grisalho e liso, picotado por ela mesma, está preso em sua cabeça. Nunca fez grandes esforços para conquistar sua neta, mas, de qualquer maneira, Lola corre para abraçá-la. Embora Maná esqueça seus aniversários e raramente chegue a tempo para a ceia de Natal, embora jamais tenha compartilhado com ela seu mundo de criança e embora nas raras ocasiões em que sai com ela a leve a sessões de meditação, o carinho de Lola por sua avó é incondicional. Não muito diferente da minha própria infância. Me vejo perseguindo-a pelos corredores de um templo, ou talvez seja um sonho, esse eterno correr atrás de minha mãe enquanto ela caminha depressa rumo à sua salvação.

— Trouxe comida chinesa, vegetariana, é claro.

— Magnífico! — exclama, apertando seus olhos rasgados.

Entramos na casa. Maná serve dois copos de chá verde e um de suco para Lola. Nos sentamos à mesa de madeira da cozinha. Maná nos observa com um sorriso que salta do seu rosto, onde se desenham algumas rugas. Acende um cigarro, e sua gata Malinche se aninha em seu colo. Eu, enquanto isso, distribuo a comida em vasilhas que vou encontrando ao acaso em meio ao caos da cozinha.

As casas de Maná costumam estar apinhadas de objetos inúteis, como fósseis, bengalas de punhos talhados ou ferros para uma lareira inexistente. Sempre lamenta não ter guardado nada ao longo de sua vida cigana. Por isso adquire, em liquidações e leilões, objetos que aparentam ter sido valiosos para alguém e que em seu silêncio contam alguma história.

Maná fuma mais do que de costume. Eu faço um comentário.

— De alguma coisa tenho que morrer — responde.

Acho que nunca a ouvi falar de morte. Sempre se comporta como se tivesse diante de si as mesmas oportunidades que tinha aos 20 anos. Seu lema: "Tudo é possível." E assim vive sua vida: sempre pronta para se lançar em uma nova aventura, sobretudo se estiver relacionada com o espírito ou o sexo. Não quero lhe perguntar pelo último namorado, um escritor barrigudo e de cabelos compridos que observa o mundo com a autossuficiência que lhe outorga um par de romances publicados há 25 anos. Não sei o que faz com minha mãe. Apesar de ser uma boa leitora, Maná está longe do tipo "nada me surpreende" ao qual pertence seu namorado. Pelo contrário, sua capacidade de se admirar com tudo pode ser interpretada por alguém que não a conhece como um sinal de estupidez. Suponho que está com ela pelo sexo. Disso Maná entende bastante.

Lola descobre uma cesta com cinco gatinhos debaixo do armário da cozinha. Têm os olhos fechados.

— Posso pegar um? — pergunta entusiasmada.

A gata Malinche brinca e mostra suas garras. Maná ri. Vamos para o jardim. Carregamos algumas bandejas com nosso banquete e nos sentamos a uma mesa com a pintura descascada sob uma nogueira. Maná trouxe um dos gatos em uma manta colorida para que Lola possa segurá-lo. Se não fosse pela história, pelas recordações que se interpõem, tudo estaria perfeito.

Quando criança, costumava procurar amigas que tivessem uma vida como a que levo hoje. Não era tarefa fácil, porque na maior parte do tempo vivíamos em comunidades afastadas dos centros urbanos. Foi em uma dessas que tive o primeiro sinal da natureza de minha mãe.

A cada final de ano preparávamos uma peça teatral. Discutíamos o argumento e depois fazíamos uma apresentação para os adultos. Reis e rainhas não eram admitidos; nenhuma autoridade que ao longo da história tivesse subjugado seu povo. Valendo-nos dos poucos apetrechos com que contávamos em nosso isolamento, planejávamos cada detalhe: o vestuário, a cenografia, a música, as luzes. Foi no final de uma dessas montagens que vi a impotência nos olhos de meu pai, e também submissão e até fatalidade. Com o tempo isso se tornaria tão evidente que já não conseguia olhá-lo de outra forma. Papai estava sentado no chão, na primeira fila, ao lado de Maná. Olhei-o ao longo da peça, de meu papel de árvore, no fundo do cenário improvisado. Estabeleceu-se assim um diálogo mudo entre nós. Piscadelas, sorrisos, caretas e inclinações de cabeça. Um menino teve que me empurrar para fora do palco quando terminou a encenação, tão ensimesmada estava na comunicação que havia estabelecido com meu pai. À noite, na hora do jantar, papai e eu comentamos a peça com entusiasmo. Ele me disse que eu era uma excelente atriz e que quando nos mudássemos para a cidade poderia frequentar um colégio onde ensinassem teatro. Maná não desgrudou os olhos do prato.

— Você quer que a gente vá embora daqui — disse ela. Tinha uma expressão abatida e, assim como a luz do abajur, parecia prestes a desfalecer.

— Depende de você — respondeu meu pai.

— É mais forte do que eu — afirmou Maná, permanecendo cabisbaixa, em uma atitude que parecia ter ensaiado.

A pele de papai se coloriu grotescamente. Com olhos desmesurados, permaneceu imóvel, esperando talvez que Maná se desdissesse, que mudasse o rumo do que ambos sabiam que implicavam suas palavras. De repente, com violência e desespero, gritou:

— De que merda você está falando? Isso é puro lixo. Você é uma mulher adulta, dona de suas ações, não uma estúpida com a boceta quente.

— Não fale assim na frente de Alma — advertiu-o Maná com a voz entrecortada.

— Você decide — concluiu meu pai e saiu da casa.

A recordação seguinte é a de minha mãe sentada no chão do terraço do casebre, as pernas esticadas e abertas, os braços cansados, os olhos fechados e um soluço emergindo de sua garganta. Recordo minha própria imagem de criança, sabendo que em seu lamento eu não estava incluída, que sua dor tinha a ver com um homem que não era meu pai. Na semana seguinte estávamos vivendo de favor na casa de uns amigos de papai.

Maná ensina Lola a segurar os palitos chineses. As duas deixam cair na mesa uma boa parte da comida. Riem. Esse mesmo riso irresponsável que recordo de menina e de que às vezes fruía, mas que em outras ocasiões era a antecipação de uma noite que passaria acordada ouvindo as risadinhas de meus pais, enquanto trocavam uma e outra vez os discos de vinil no toca-discos, sem nunca chegar a um acordo, mas se deleitando com essa discrepância de seus gostos musicais, que terminava em gemidos e que eu ouvia de onde quer que estivesse. Gostaria de acreditar que essas recordações, nem sempre prazerosas, conferem uma textura mais profunda ao presente. Embora às vezes doam.

Maná convida Lola a ir à cozinha preparar o café. Me recosto sobre uma manta no lugar onde a grama era menos escassa. A brisa toca as folhas da nogueira, produzindo uma refrescante farfalhada sobre minha cabeça. Um blues proveniente da casa vizinha irrompe na placidez da tarde. Quando Maná volta com o café, estou semiadormecida. Lola monta na minha barriga. Maná trouxe um livro. Pelo menos nisso sempre nos parecemos: no prazer que nos dá uma história bem-contada. É uma bela edição de *Emma*.

— Um amigo me deu de presente. Pode levar. Você vai aproveitar mais do que eu. E Juan? — pergunta finalmente.

— Teve de fazer um transplante de urgência. O paciente é um menino, tem a idade de Tommy — respondo sem olhá-la. Gostaria de conhecer os detalhes para dar mais peso à sua ausência.

— Chegou à noite, quando dormíamos, e saiu antes da gente acordar — intervém Lola.

Minha mãe ergue as sobrancelhas, me interrogando.

— É normal. É o trabalho dele, Maná.

Tenho vontade de chamá-la de "mamãe" para tirá-la desse estado de beatitude com que colore sua insatisfação, mas me contenho. Detesta que a chame assim. "Maná" a situa em um lugar sem laços, sem tempo. Olho o mato que cresce anarquicamente ao longo da paliçada.

— Na geladeira há um pratinho com leite. Por que você não o dá à gata? Deve estar com fome — diz, dirigindo-se a Lola.

— Querem se livrar de mim. Não sou boba. Só vou fazer isso porque gosto dos gatinhos — nos avisa Lola com uma de suas caretas de menina grande.

Quando ambas perdemos de vista a silhueta ainda arredondada de Lola, Maná me pergunta:

— Está acontecendo algo?

— O que a leva a pensar isso? E se tivesse algum problema por que haveria de compartilhá-lo com você?

— Porque você não tem mais ninguém com quem falar — acrescenta com suavidade, sem se importar com meu modo desafiador. É o que sempre faz: evitar qualquer tipo de enfrentamento.

— O que você sabe?

— Eu sei, Alma, você é minha filha, embora seja difícil para nós duas — observa no mesmo tom, com um sorriso coquete.

Apesar da idade, minha mãe conserva os gestos sedutores de outrora, um fulgor quase infantil que emerge na porção de pupila deixada por suas pálpebras caídas e que ainda provoca em mim um sentimento nada filial. O mesmo pesar que há 15 anos me levou a fugir dela.

— É muito tarde para começar a lhe contar meus problemas. — Procuro fazer com que minha voz não tenha ares de reprimenda. — Podemos conversar sobre nossas leituras, passar uma tarde de domingo, ver Lola crescer. É muito mais do que um montão de mães e filhas compartilha.

— Muito mais — concorda Maná.

Os raios do sol poente cintilam nos galhos da nogueira. Poderia lhe contar que ontem vi Leo. Seria a ocasião, depois de todos estes anos, de desatar o vendaval. Mas é uma oportunidade que não vou lhe dar.

A terceira vez que vi Leo foi quando vislumbrei seu rosto adormecido sobre o travesseiro da cama de minha mãe. Foi depois de uma das farras dela. Do meu quarto ouvi gente chegando, gente saindo, até altas horas da noite. Adormeci com suas vozes e o tum-tum da música. Na manhã seguinte levantei cedo para ir ao colégio. Antes de sair me aproximei da porta do quarto de minha mãe. Como sempre, estava entreaberta. A primeira coisa que vi foram os cabelos escuros e revoltos de Leo. Depois seu rosto. A expressão de desdém de sua boca havia desaparecido, e uma penugem escura despontava em seu lábio superior. Tinha o tronco nu e os braços recolhidos sob sua cabeça. Minha mãe abriu os olhos. Respirou fundo, como costuma fazer quando medita, pensando talvez na primeira palavra que me diria, porque eu, ali diante deles, permanecia muda, sem abandonar meu olhar frio. Leo continuou dormindo. Minha mãe se levantou nua da cama, fechou a porta atrás de si e me abraçou. E me jurou, chorando, que aquilo nunca mais voltaria a acontecer.

Maná nunca soube que eu conhecia Leo. E durante os anos seguintes não parei de me perguntar se ele estava a par ou se alguma vez ficou sabendo do que acontecera.

Nesse dia compreendi que não poderia continuar vivendo com Maná. Escrevi uma carta a meu pai pedindo que me mandasse a mísera herança que meu avô havia me deixado. Queria partir, para onde fosse. Tinha que fazê-lo. Papai me respondeu que com aquele dinheiro comprara o lote de terreno onde logo estaríamos vivendo. Tranquei-me no meu quarto e quase não voltei a sair. Passei o verão dormindo. As festas de Maná em nosso apartamento acabaram. Sua vida começou a transcorrer do lado de fora. Quando aparecia em casa, batia na minha porta e tentava conversar comigo, mas na maioria das vezes eu fingia que estava dormindo. No fim do verão eu e Maná mudamos para o barraco do papai, nas proximidades de um povoado na costa sul. As brigas entre eles continuaram, e também suas buliçosas reconciliações. Tudo havia parado em minha vida, à exceção do crescimento implacável e misterioso da minha casa de água. Nesse inverno recebemos a visita de um irmão de meu pai. Eu havia perdido oito quilos. Ele deve ter deduzido que a única escapatória para mim era sair dali. Comprou-me uma passagem e em agosto parti para Barcelona.

No dia da minha viagem, meu pai e minha mãe foram se despedir no aeroporto. Pude vê-los com nitidez, ela se mexendo de um lado a outro, fazendo soar suas pulseiras, deixando escapar umas lágrimas redondas que lhe davam a aparência de uma atriz trágica; papai, entretanto, carregando minha mala com as costas curvadas, o olhar esquivo e a jaqueta tricotada muito grande para seu corpo cada vez mais magro. Essa imagem ficou congelada em minha memória como um desses daguerreótipos que costumam mostrar a essência das famílias. Posso vê-los um ao lado do outro, suas mãos levantadas, ambos me vendo partir, sabendo que era o fim do nosso grupo. Havia sido eu, a eterna ausente, quem tivera a coragem de cortar um vínculo que estava nos apodrecendo. Essa noção me acompanhou durante a viagem e me encheu de esperanças. Afastava-me de meus pais e me constituía como um indivíduo diferente deles. Estava claro que não carecia de caráter como papai e havia tomado a decisão de não ser jamais como minha mãe.

E enquanto olho Maná, com seus belos 50 e tantos anos, sorrindo para Lola, que apareceu na janela com um gatinho em seus braços, penso que consegui. Não sou como ela. Mesmo assim, volto a sentir a mesma raiva que me invadiu naquela manhã em que a encontrei com Leo, pois, faça o que fizer, Maná — com suas pulseiras tilintantes, com seus trastes recolhidos nas liquidações mais infectas — sempre ganha a partida.

11.♐

Abro os olhos. Papai, em pé diante de mim, me olha com uma expressão que não sei como decifrar. Suas pupilas emitem raios cinza, e ele morde o lábio. No cartaz em sua testa está escrito em uma língua incompreensível:

❑♎♌♑♏◆♓□♌♍♎♏●

Espirro. Gostaria de ser igual aos meninos dos filmes que sempre dizem algo inteligente no minuto apropriado. “Fiquei vendo Os Falcões”, digo, e me sinto o MMEDM (o Menino Mais Estúpido do Mundo). Se lhe falar da família de alacalufes, vai achar que estou me referindo a Kájef e que confundo a realidade com a fantasia. Eu sei que Kájef não existe. Eu o inventei para não sentir remorso de afastá-lo do mundo, como dá vontade de fazer quando se ama muito outra pessoa.

— Estou vendo — responde sem parar de me olhar.

O cartaz agora parece dizer: “Sei que devo repreendê-lo, mas não consigo, por uma razão que me é difícil explicar.” Meu pai não costuma me dar broncas. Apenas franze a boca e depois mexe a cabeça de um lado a outro, me indicando sem palavras que não vai desperdiçar saliva nem tempo tentando fazer com que eu seja aquilo que ele gostaria que fosse, quer dizer, o que eu deveria ser. Mas desta vez não fez nada disso.

— E Cristóbal? — pergunto.

— Está bem.

Ouvimos as vozes de Alma e Lola no vestíbulo. Quando entram na sala, vejo que papai e Alma se olham sem sorrir.

— Não querem saber como foi? — indaga Alma, tirando o lenço que usa no pescoço.

— Como foi? — pergunto.

— Incrível! — exclama Lola. — Maná tem cinco gatinhos recém-nascidos e me deixou segurá-los; bem, não todos, somente um, mas era fofííííssimo — diz e mexe os braços como se o tivesse entre eles enquanto faz suas caretas de menina mimada.

Em pouco tempo estamos na cozinha, como todos os domingos à noite; papai cortando as linguiças para a pizza, Lola exibindo suas últimas piruetas e eu a odiando enquanto falo de algum assunto que vi na televisão ou encontrei na internet. Dessa vez tenho o privilégio de poder contar a papai sobre Os Falcões e suas acrobacias: os oito cubanos, os deslizamentos de cauda, os quartos de volta vertical. Mexo as mãos para mostrar as figuras, mas sei que papai está pensando em outra coisa. Minhas pálpebras começam a se abrir e fechar sem que consiga evitá-lo. Alma pergunta se ele quer mais pizza e ele não responde. Quando papai não diz nada, é como se de repente alguém apagasse a luz e cada um ficasse no escuro, perdido em seu canto. Por isso os silêncios de papai são negros. Os silêncios brancos, por sua vez, são cheios de luz. Em um guardanapo de papel desenho um círculo e um quadrado. Não vou escrever seus nomes, porque aí eles saberiam que desenhei um silêncio branco e um negro.

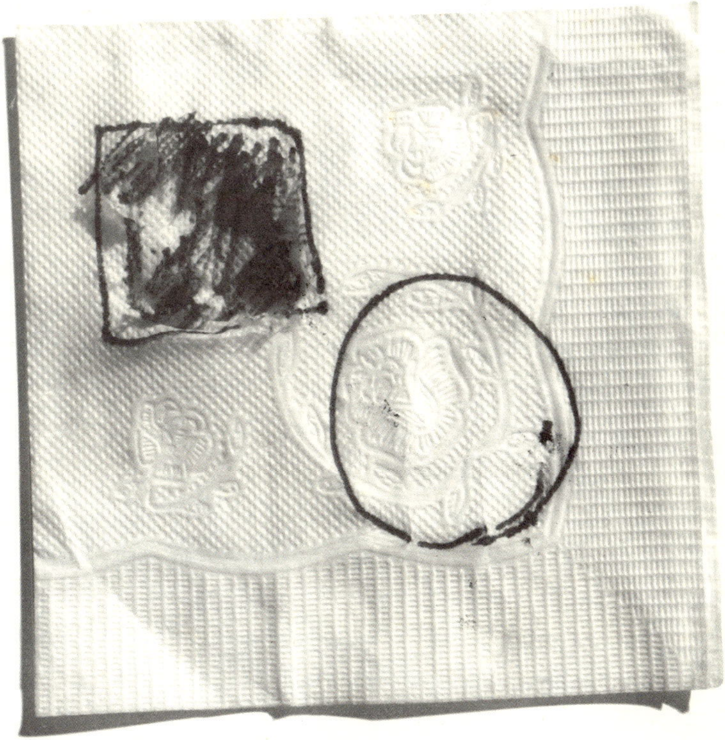

— Você não deveria ficar irritado com mamãe e sim com Tommy. Ele a obrigou a deixá-lo em casa — declara Lola, e depois nos examina com seu sorriso estúpido, como se tivesse dado outro de seus pulinhos e merecesse uma ovação.

Alma e papai continuam sem se falar. E eu odeio minha meia-irmã. Com esse sexto sentido que tem para as oportunidades, liga a televisão. Os adultos não reclamam, e comemos nossa pizza diante de um episódio de *Avatar*.

Quando acabamos de comer, Alma nos acompanha para se assegurar de que vamos vestir os pijamas e escovar os dentes. Quando estou em minha cama, me dá um beijo e com a linguagem das mãos me diz:

— BOA NOITE.

— Boa noite — respondo.

Depois de ouvi-la descer as escadas, vou ao patamar. Alma deixou as portas entreabertas, e, aguçando o ouvido, consigo ouvir as vozes no interior da sala.

— Você vai falar comigo agora? — pergunta Alma.

— Para quê? Você sabe o que penso.

— Ele precisava, Juan. Tommy precisava ficar sozinho uma vez na vida.

— Realmente, me custa acreditar no que você fez. Sabe que Tommy não pode ficar sozinho, nunca. A qualquer minuto seu coração pode falhar. É claro que sabe, mas você...

— Juan, por favor, me ouça.

— Você não faz ideia.

— Para ele é importante se sentir independente. Há centenas de coisas que não pode fazer. Mas pode, sim, ficar sozinho umas poucas horas. Nada vai acontecer, e, de fato, não aconteceu nada. Com suas apreensões, você impede que ele cresça. Além disso, transgredir juntos algumas normas é uma forma de amá-lo, de estar perto.

— Agora você está me criticando. Não estará passando dos limites? Olhe, Alma, eu criei Tommy como pude. Certamente poderia tê-lo feito melhor, mas ninguém, nem mesmo você, vai me dizer como devo fazê-lo. Transgredir as regras, como você diz com tanta leveza, pode lhe custar a vida. Isso não é brincadeira.

— Eu sei.

— Pois dá a impressão de que não sabe. Às vezes você se parece com sua mãe, imaginando que, se fizermos o que nosso infalível coração nos dita, tudo ficará bem.

— Se o que você quer é me agredir, então é melhor sair daqui.

Papai não responde, eu o imagino fazendo um de seus gestos de cansaço e distanciamento com a cabeça.

— E o menino, como está? — pergunta Alma antes de atravessar o umbral da porta.

— Agora você pergunta.

— Sinto muito.

Ouço a porta da sala se fechar. Corro antes que Alma volte a subir. Não consigo ouvir seus passos, mas sim quando entra no quarto de Lola. Nunca deveria ter lhe pedido para que me deixasse em casa. Ela só queria fazer com que me sentisse bem. E a verdade é que nem gosto tanto assim dos Falcões.

12.⌛

Acendo a luz do meu abajur. Teria preferido não brigar com Alma, mas o cansaço e a tensão costumam alterar minha capacidade de me controlar. Sobretudo quando se trata de Tommy. Quando Alma veio viver conosco, minha única exigência foi a de que seria eu que me encarregaria dele. Da forma como seria educado, de suas restrições. É pouco provável que ela consiga entender a dimensão de sua doença e menos ainda o que está congelado no fundo de sua memória. De qualquer maneira, não era necessário que chegássemos a brigar. Imagino-a grudada no corpo de Lola e tenho vontade de abraçá-la. Nunca me perguntei qual é a intensidade do amor que sinto por ela, mas é óbvio que é suficientemente forte para que continuemos juntos, e imagino que Alma sente o mesmo. Mas tenho certeza de que, sem um certo grau de reclusão, a presença do outro pode se tornar insuportável.

— O quanto você me ama, Juan Montes? — me perguntou há alguns meses, com um sorriso desafiador.

Caminhávamos pelo jardim de Los Peumos, observando as últimas inovações de meu pai. Alma havia cortado uma flor e a desfolhara com rapidez, como se as pétalas estivessem incandescentes, enquanto murmurava a escala de amores que todos aprendemos na infância. Pensei que era uma dessas perguntas que não tem sentido responder, sobretudo depois de tantos anos, quando o dia a dia é mais eloquente do que qualquer palavra. Sem responder, olhei-a da distância de meus pensamentos. Transcorreram alguns segundos e depois ouvimos a voz de papai nos chamando do viveiro de pássaros. Já era muito tarde para lhe responder. Teria minha reserva aberto uma fenda em sua mente, por onde penetrou a dúvida? Senti vontade de apertá-la, como agora, mas ela começou a andar em direção ao viveiro.

Não consigo conciliar o sono. Penso em Tommy. Sempre me impressiona seu olhar ao mesmo tempo direto e distante, como se nos observasse através de uma fresta. Quando o vejo ensimesmado, sinto medo de seus pensamentos; desse mundo que transcorre em seu âmago e que eu não posso conhecer nem tocar. Às vezes gostaria que fizesse as travessuras das outras crianças para poder censurá-lo por coisas concretas e avistar os limites onde transita seu ser.

Ouço a voz de Soledad em meu ouvido: "Agora que Tommy começará a crescer, compraremos uma cama de verdade para ele". Era sua última operação. Aos 3 anos, tinha a estatura de um menino de 1 e ainda dormia no berço que herdara de Soledad. Vejo a luz do meio-dia penetrando pela janela do quarto de Tommy, seus brinquedos intactos nas prateleiras. Um mundo detido, aguardando o minuto de recuperar a vida. Recordo o olhar de Soledad procurando em mim uma confirmação, um silencioso "vamos!" que colocasse finalmente tudo em movimento. Não esqueci tampouco a forma como a driblei, incapaz de lhe dar a certeza que me pedia. Tommy jamais seria uma criança normal. Essa era a verdade que Soledad queria que eu refutasse.

Depois da operação, Soledad dedicou todas as suas energias a Tommy. Absorvida por suas necessidades mais ínfimas, nunca tirava os olhos dele. Apesar da minha insistência para que começasse a levar sua vida — tinha estudado história da arte —, para que procurasse uma atividade fora de casa, ela insistia que o único lugar onde queria estar era ao lado de seu filho. Depois haveria tempo para o resto. A rigor, seu comportamento me parecia razoável, e, mesmo que não estivesse de acordo, a conhecia o suficiente para saber que ela não mudaria de opinião. Não estou dizendo isso para me justificar, para redimir a culpa que possa me caber nos acontecimentos que se desenrolaram mais tarde. Apesar de sua aparente fragilidade, ela sempre foi uma mulher de caráter. Era, em alguma medida, responsável por grande parte das coisas importantes que nos haviam acontecido; que estivéssemos casados, que vivêssemos neste bairro, que eu trabalhasse na clínica mais respeitada do país, e tantas outras que definiam nossa vida e das quais nunca me queixei.

A recuperação de Tommy era lenta, mas contínua. Naquele ano me nomearam chefe da Unidade de Cirurgia Cardíaca. Isso significou ter de trabalhar com mais afinco e que nossa convivência se tornasse rara. Por isso, quando Soledad apresentou a ideia de abrir uma galeria de arte, achei esplêndido; tinha boa formação e um gosto refinado. Encontrou um local não distante de nossa casa, alugou-o e, com a ajuda de um amigo arquiteto, começou a transformá-lo. Fazia todas essas atividades com Tommy. Colocava-o em sua cadeirinha e, segundo me contava, ia comprar materiais, debater com o arquiteto ou o empreiteiro, visitar artistas e discutir estética com seus antigos companheiros de estudos. Tommy, com seu jeito tranquilo, a acompanhava sem protestar.

A palavra felicidade sempre me pareceu falsa, muito categórica e veemente, mas, também, trivial e pouco precisa. Apesar disso, olhando em retrospectiva, seria possível dizer que éramos felizes. Pelo menos até que começaram a aparecer os sinais de alarme.

O primeiro foi quase imperceptível. Soledad chegou em casa depois das 11 da noite, com Tommy adormecido em seus braços. Eu a esperava na sala, quase explodindo de ansiedade. Subiu apressadamente as escadas e se trancou no quarto de Tommy. Quando um pouco depois bati na porta para conversar com ela, não tive resposta. Imaginei que havia adormecido e fui me deitar. Tarde da noite ouvi ruídos vindos da sala. Fui até a escada e perguntei o que fazia. Me disse que estava tudo bem, que logo subiria. No dia seguinte, precisava estar em pleno domínio de minhas faculdades para uma de minhas primeiras operações a coração aberto e por isso, sem pensar mais no assunto, voltei para a cama.

De manhã, Soledad dormia ao meu lado. Levantei-me sem despertá-la e, quando desci ao primeiro andar, descobri que havia mudado de lugar todos os móveis da sala. A aparência do espaço era outra e a nova distribuição não fazia sentido; no entanto, não lhe dei importância. Em algum canto do meu ser, sabia que fazer as perguntas necessárias me levaria a ver o que se escondia por trás do nosso frágil cenário.

Levanto da cama e vou ao corredor. Desde que conheci Cristóbal e sua família não tenho conseguido evitar as recordações. Esperam que fique sozinho para me assaltar. Abro a porta do quarto de Lola. Vejo na penumbra o rosto adormecido de Alma, seus cabelos ondulados sobre o travesseiro e ao lado dela o perfil da menina. Fico alguns instantes observando-as e depois volto para o meu quarto.

13.♒

Quando colei os planetas fosforescentes no teto do quarto de Lola, pensei que ao apagar a luz ela teria sempre um caminho por onde entrar nos sonhos. Nunca imaginei que seria eu quem procuraria me perder em seu brilho. Aperto o corpo de Lola e aproximo meu rosto dos seus cabelos para sentir seu cheiro ácido de menina adormecida. Um murmúrio emerge de sua garganta. Vira-se, estica um braço e o cruza sobre meu peito. Por um momento a angústia cede. Fecho os olhos e me dou conta de que não conseguirei dormir.

Uma parede está sendo erguida entre Juan e eu, através da qual podemos nos ver, mas nenhum contato pode atravessar. Mesmo agora, na escuridão, vejo seu rosto contraído, seus gestos enérgicos e irritados. O silêncio tem tantas nuances quanto a fala, e pressinto que as de Juan são o fragmento de uma raiva cuja profundidade e origem não tenho certeza de conhecer. Talvez, assim como eu, esteja cansado de tanta repetição, de olhar para a frente e vislumbrar um caminho traçado de antemão; talvez, como eu, sinta falta dos tempos em que tudo poderia acontecer, em que o futuro era ainda imprevisível. Talvez o que a princípio Juan apreciou em mim hoje o irrite. A forma como me movo, me expresso, acaricio meus filhos, bebo, roo as unhas. E isso surge em minha consciência cada vez com mais tenacidade porque é o que eu comecei a sentir por ele. A apatia, as palavras pouco amáveis, os gestos desapaixonados se tornaram parte de nossos dias, ao ponto em que uma noite, depois de uma de nossas brigas, senti repulsa por seu corpo.

Desprovida de nossa comunhão, minha vida, o resto das pessoas, me parecem distantes, como se eu as observasse através de uma névoa. O que antes tinha significado se torna banal. Não é um sentimento dramático, de naufrágio ou de desesperança. Pelo contrário, é tão leve que se assemelha ao vazio. Esse olhar de indiferença diante das coisas está sempre latente, pronto para atacar, e é o afeto e o desejo — ou a ilusão deles — que o desbaratam. Às vezes até penso que tudo é produto de minha mente: a afinidade, as certezas... Talvez veja o que precise ver, com o objetivo de dar consistência e sentido a uma vida que de outro modo seria vã; e tem acontecido de uma forma tão paulatina que acabo acreditando na história que me contei.

Lola se revira na cama, abre os olhos e sorri.

— Eu sabia que você estava aqui — diz com o ar deixado pelos sonhos.

Se encosta em mim e em poucos minutos dorme novamente. Apoio minha cabeça em suas costas.

A única coisa que poderia nos devolver nossa plácida existência seria deixar que a trama siga seu curso, sem entorpecê-la, sem apresentar dúvidas nem desafiá-la. Levantar-se de manhã e não pedir nada além deste universo que compartilhamos com Lola e Tommy. Teria que descartar — como imagino que faz o resto dos casais quando a paixão languidesce — minha nostalgia desse desejo peremptório de simplesmente nos acariciarmos e que antes costumava colocar o sexo em movimento. Possivelmente isso seria suficiente. E então recuperaria a felicidade cautelosa que experimentava há não muito tempo. No entanto, não quero fazê-lo. E isso é o que mais me perturba: essa mulher impávida que observa de um lugar distante a destruição do que imaginou que seria o resto de sua vida.

14.⏳

Passaram-se quase 72 horas desde a operação de Cristóbal Waisbluth. Esta manhã, finalmente, o desconectamos do respirador e diminuímos a dose de sedativos. Acabo de lhe fazer uma visita de controle e ele está animado. Emma estava aos pés de sua cama, lendo em voz alta as mensagens que seus colegas lhe enviaram. Perguntou-me o que deverá fazer quando chegar o momento de levar Cristóbal para casa. Olhou-me de soslaio e depois acrescentou:

— Sei que seu filho seguiu em frente. Quero saber como você fez.

— Sim, claro, vou pensar um pouco e conversaremos — disse.

— Estou lhe pedindo mais do que isso. Escreva-me tudo o que fez para salvá-lo.

Seu rosto mudou de cor, mas se recuperou em seguida. Inclinou a cabeça e continuou lendo. Prometi que lhe daria uma lista de recomendações que não costumam aparecer nos manuais.

— Obrigado — acrescentou sem levantar a vista.

Não é comum que alguém fale comigo de forma tão direta e peremptória. Os pacientes e seus familiares costumam ser afáveis, demonstrando-me inclusive um tipo de reverência que não espero em absoluto, mas à qual, suponho, me habituei. Intuo que, antes de falar comigo, Emma ficou pensando um bom tempo e não encontrou o tom correto de me manifestar suas preocupações. Algo que costuma acontecer quando devemos apresentar ao outro um assunto que nos importa.

É o que estou fazendo agora em meu consultório: escrevendo para Emma uma lista desses detalhes que constituíram minha vida nos últimos 12 anos. E enquanto digito no meu computador, as imagens acodem novamente, rindo de meus esforços para fingir que não existem, que nunca estiveram ali, que não sou, no fim das contas, um recipiente de recordações.

⧗

Depois daquela noite de mudanças na sala, uma vida hermética começou a crescer no âmago de Soledad. Por isso, quando me anunciou que convidaria para almoçar um grupo de artistas, críticos e teóricos de arte, achei que fosse um sintoma positivo. Durante a semana planejou a recepção até o último detalhe. Chegado o dia, um domingo de inverno, trabalhou desde cedo. Ainda consigo ver seu corpo miúdo e ágil movendo-se de um lado para o outro com um brio renovado, preparando a comida, pondo a mesa e enfeitando os vasos com ramos invernais.

Seus primeiros convidados chegaram à 1h em ponto. Uma mulher que foi tirando uma camada de roupa atrás da outra, até ficar quase nua, e seu acompanhante, um homem que nunca chegou a tirar seu casaco preto. Ela se sentou na beira de uma poltrona com os cotovelos nos joelhos e não fez mais do que olhar para todos os lados, enquanto ele esticou as pernas e com as mãos nos bolsos ficou olhando pela janela, como se meditasse um assunto de extrema importância. Por sorte, os dois comeram com avidez os muitos tira-gostos servidos.

Soledad exibia um sorriso satisfeito e em nenhum momento mostrou ansiedade diante do atraso dos outros convidados. Eu desejava que nossos olhares se cruzassem para poder interrogá-la dissimuladamente, mas ela só tinha olhos para o casal de estranhos. Depois de um tempo fiquei sabendo que a mulher esculpia pequenos animais em madeira e que ele era revisor tipográfico de uma editora sem nome e, ao que parece, também sem publicações. Isso foi tudo o que se falou de "arte". Soledad, apesar das atenções que lhes dedicava, não permitiu que Tommy se afastasse dela. Trouxe seus lápis de cores e papéis e o instou a brincar aos seus pés. Tommy estava meio mole e gripado. Passamos para a mesa e outra vez nossos convidados exibiram um apetite colossal, mas não o suficiente para devorar nem um quarto da imensa quantidade de pratinhos que Soledad havia preparado. Ela falou sem parar, como se temesse que, se ficasse calada por um instante, o frágil mecanismo que a sustentava pudesse se quebrar em pedaços. Pensei então que talvez Soledad precisasse representar um papel — qualquer um que fosse, e da maneira mais fidedigna possível — para não ceder de uma vez por todas ao nonsense.

Quando terminamos, a mulher voltou a vestir suas múltiplas roupas e ambos partiram um pouco bêbados, caminhando rua abaixo. Pensei que por fim Soledad desabaria ou permitiria que comentássemos o que havia acontecido. Mas em vez disso virou-se para mim com as sobrancelhas arqueadas e um sorriso, enquanto oscilava a cabeça de um lado a outro, em uma silenciosa alegria. Depois, me deu um beijo e me levou para a cama. Como isso não era muito frequente nos últimos tempos, aderi aos seus propósitos sem oferecer resistência. Depois de fazer amor, ficamos deitados, sem falar, como duas estátuas abatidas em uma rebelião. Instalou-se no ar um manto de derrota.

— O que aconteceu com os outros? — perguntei com cautela. Soledad levantou a cabeça e me olhou perplexa. — Você os convidou?

— Na verdade não sei. Por favor, não me pergunte mais nada. — E sua voz falhou.

Seus olhos vazios me fizeram compreender que Soledad estava muito longe, em um lugar onde nem meu tato poderia alcançá-la. Pensei que passar umas férias juntos, em algum lugar ensolarado, nos faria bem; ainda me aferrava à ideia de que seu comportamento era passageiro e que uma mudança de ares o reverteria.

Carola, minha secretária, me informa que Alma ligou enquanto eu visitava os pacientes; quer me acompanhar ao jantar da diretoria. Quanto tempo estive perambulando pela câmara escura das recordações? Disco o número do celular de Alma. Está ocupado. Melhor assim. Ela — como diz Tommy — sempre vê as coisas. Temo que esses dois mundos separados entrem em colisão em minha cabeça. Ontem sonhei que ao virar na cama caía pela borda de um barco no meio da noite. Olhava para cima e descobria centenas de trenas metálicas se erguendo sobre meus olhos; no alto, Soledad e Alma riam. Eu gritava, mas elas não me ouviam. O barco, engalanado de luzes, se desvanecia; a música, as vozes, os risos, tudo se afastava inexoravelmente.

Uma noite, depois de uma longa operação, cheguei em casa e encontrei Soledad descalça na rua, lavando seu carro. Fazia um frio dos diabos. Fiquei diante dela, com minha maleta na mão. A lua iluminava suas feições infantis. “São 11 da noite”, lhe disse. “Eu sei, mas amanhã tenho uma reunião importantíssima com um artista espanhol." A água da mangueira empapava seus pés. "Você pode mandar lavá-lo amanhã bem cedo no posto", observei. Sem me responder, continuou esfregando o vidro de forma impetuosa. "Você está sem sapatos, vai se resfriar", avisei-a. "Como lhe ocorre achar que estou sem sapatos neste frio? Acha que sou louca?" Tive a sensação de que não éramos Soledad e eu que mantínhamos esse diálogo incoerente. Nós não éramos esse tipo de pessoa. Tirei o pano de suas mãos e cobri-a com meu casaco. Ela resistiu um pouco, mas logo cedeu. Olhou-me com uma expressão indefesa. Havia entendido de repente o que estava fazendo e ficou envergonhada. Entramos em casa e seu corpo se afrouxou, caindo pesadamente em uma poltrona.

Antes de partir para o jantar, anoto em uma folha para Emma umas coisas que me vêm à cabeça e depois copio à mão a lista impressa com recomendações pós-operatórias que damos aos nossos pacientes. Deixo-a em cima de minha escrivaninha, e um sentimento ruim me invade quando fecho a porta.

15. ♒

Passei a tarde na ilha de edição montando algumas cenas e creio ter chegado a um bom resultado. O telefone toca e corro para atendê-lo. Liguei para Juan várias vezes, pois quero acompanhá-lo ao jantar anual da diretoria, mas ele não me retornou. Ontem à noite, quando chegou, fingi que estava dormindo. Tirou a roupa e, com a luz apagada, se deitou sem me tocar. Permaneceu ao meu lado, mal respirando. Não sei o que passa pela sua cabeça, e começo a não me importar.

O mecânico da garagem me informa que minha caminhonete não ficará pronta esta tarde. Acompanho suas explicações enquanto observo na tela a imagem congelada de uma menina. Assim que desligo, o telefone volta a tocar. Ouço a voz de Leo.

— Olá — digo.

— Como vai você?

— Aqui, trabalhando.

— Você chegou bem a Santiago na outra noite?

— Sim, claro, um irmão de Juan me trouxe. E você?

— Tudo bem. Gostaria de vê-la, Alma.

— Seria ótimo.

— Poderíamos tomar um café, almoçar, não sei... Hoje mesmo, se você puder.

Há uma sincronia infame na maneira como as coisas estão acontecendo. Mas é Maná quem acredita nisso, não eu.

— Gostaria muito — assinalo —, mas tenho uma montanha de trabalho a fazer. Vou ficar aqui até tarde.

— Eu tinha a esperança de que você aceitasse. — Há desilusão em sua voz. — Deixarei o número do meu celular, para o caso de se arrepender. — Dita o número e eu o anoto em um papel. — Eu também vou estar trabalhando. Me ligue quando quiser.

— Na verdade, prometi a Matías que montaria mais algumas cenas.

— Está bem. Não se preocupe. Tem o meu número.

Sua voz tem um tom conclusivo que me confunde. Não sei se é indício de uma personalidade imperiosa ou de um desejo irresistível de me ver. Nos despedimos. Continuo com meu trabalho. Pouco a pouco as salas se esvaziam. A última a sair é Lorena, a secretária de Matías. Pela estreita janela da minha ilha de edição consigo ver o céu escurecendo. Estou sem fome. Preparo café na cozinha. Ao voltar, paro no corredor. Está escuro, e as madeiras do piso rangem a cada passo que dou. No silêncio ouço um sussurro, como se meu espaço interno tivesse tomado posse do exterior. Uma emoção que não me é estranha — mas que havia esquecido — comprime minha garganta. Quero ver Leo. É um desejo que me deixa sem ar. Minha cabeça começa a procurar aceleradamente motivos para ligar para ele. E depois, ao contrário, motivos para não o fazer. Pego o papel onde anotei seu número e disco.

— Alma? — diz, antes de ouvir minha voz.

— Sim — afirmo envergonhada.

— Você se arrependeu?

— É que terminei antes do que previa e estou com fome.

— Que bom! Passo para pegá-la ou nos encontramos em algum lugar?

— Tenho uns filmes antiquíssimos e estou certa de que você vai achá-los muito divertidos. Poderia vir até aqui; vemos os filmes e depois saímos para jantar.

— Perfeito. Eu estive outro dia aí na produtora visitando Matías.

— E não passou para me ver?

— Você já havia saído. Alma, que bom que você ligou, quero muito vê-la.

— Fico esperando, então — concluí com certa frieza, freando seu entusiasmo.

Enquanto o espero, a expectativa de ver Leo me enche de inquietação e de euforia.

As recordações se misturam em minha cabeça, me sacodem e me machucam. Quando por fim ouço-o chegar, me deparo com seu olhar alegre e decidido, que compensa suas feições duras. Quanta leviandade, me digo, como Leo está longe das minhas tribulações.

Segura meu ombro com cautela e me dá um beijo na face.

— Venha — convido-o caminhando para a ilha de edição.

Sento diante do computador e procuro a pasta onde estão guardadas as imagens que quero lhe mostrar. Matías surge na tela. Tem 19 anos e faz caretas em uma movimentada rua de Barcelona.

— Não mudou nada, não é verdade? É o mesmo despreocupado de sempre — comenta com um sorriso benévolo.

— Veja isto — aponto.

Agora sou eu quem faz caretas. Caminho ao estilo Chapeuzinho Vermelho, recitando um manifesto sobre nossos princípios estéticos. Uso uma das minhas roupas da época: uma mistura heterodoxa de sapatos Doctor Martin, jaqueta de motoqueiro, lenço de seda no pescoço e luvas de couro. Minha voz mal se ouve no barulho da rua.

— Tinha 17 anos.

— Gosto de como é agora — afirma, desgrudando os olhos da tela para me olhar com uma expressão sedutora.

— E você, o que fazia nessa época? Ainda estava no Chile, não é mesmo? — Esboço um sorriso mundano para demonstrar que não cedo a lisonjas tão facilmente.

— Estava de novo em uma clínica, me desintoxicando. — Levanta um ombro e arqueia uma sobrancelha sem abandonar sua expressão vivaz. — Você sabe quem me salvou?

Faço um gesto negativo com a cabeça.

— Uma garota que havia tentado se suicidar duas vezes. Queria ser atriz, e líamos juntos as obras de Ibsen. Era muito boa. Ela interpretava Hedda Gabler e eu, os personagens masculinos, o juiz, seu marido, Lovborg.

— Você se apaixonou por ela?

— Quando você está desesperado, não se apaixona. Quando muito, usa as pessoas — afirma. Seu sorriso é paradoxal em relação a suas palavras, mas ainda assim parece genuíno. Leva-me a pensar que fazem parte de suas crenças.

— Pobrezinha, tenho certeza de que estava louca por você.

— Ela também estava desesperada. Na maioria das vezes é isso o que une as pessoas — diz sem parar de me olhar.

Estará traçando uma linha por onde transitaremos sem nos ferir? Ou está enunciando a natureza da atração que sente por mim? Percebo seus lábios carnudos roçando meu pescoço. Na escuridão da sala, a luz que emana da tela projeta fulgores azuis nas paredes, como a água tocada pelo sol. Acaricio sua nuca. Sua mão abre passagem em minha roupa e desce até a base das minhas costas. Ao fechar os olhos, vejo um peixe nadando no fundo da casa de água, cansado e cego. De repente um raio de luz alcança as escamas. Avivado pelo resplendor, o peixe sobe com velocidade até chegar à superfície, enquanto minhas costas se curvam para trás ao contato hábil de Leo. Quando volto a olhá-lo percebo que sua malícia se acentuou, e não posso evitar um sorriso. Tiro os sapatos e me sento sobre ele a cavalo. Ele toca meus seios sob a camisa. A vitória e a provocação se manifestam em seus olhos. Percorre o contorno de meu mamilo intumescido com o dedo indicador, e a cada volta sua pressão aumenta, como se pretendesse entrar em mim através dessa protuberância escura. Agora sua mão o envolve e aperta enquanto a outra abre minhas calças. Um riso escapa de sua garganta. Pega minha cintura com as duas mãos e me ataca.

♒

Chegamos às encostas da cordilheira onde vivo. Foi Leo quem me trouxe em um táxi.

— Então é aqui que vive a princesa Alma — diz ao observar da janela minha casa, com sua trama de vigas ao estilo Tudor, suas trepadeiras, tudo coroado por duas chaminés impassíveis.

— Obrigada por ter me trazido.

A luz do portal ilumina as folhas das árvores. O cachorro do vizinho late e exibe os dentes através das grades. Leo passa seu braço por minha cintura e me prende.

— Vou vê-la outra vez? — me pergunta ao ouvido.

Atrás de seu sorriso, volto a encontrar aquela coisa um tanto incerta, fendida, que me atraiu na adolescência.

— Não sei.

— Eu quero vê-la.

Dou-lhe um beijo na testa e desço do carro. Leo também desce. Peço-lhe que não me acompanhe até a porta. Sei que fui imprudente permitindo que me trouxesse até aqui.

Tiro a roupa no banheiro e me lavo. Uma luz penetra pela cortina mal ajustada e tropeça no rosto adormecido de Juan. Entro na cama e colo meu corpo no dele. Percebo o calor de suas costas em meu ventre. Abraço-o, ele enreda suas pernas nas minhas sem abrir os olhos. Depois de um mês fazemos amor. Imagino que é o corpo de Leo. Ao terminar, nos afastamos. Juan me dá um beijo na face. Fica de costas com o olhar cravado no teto, e eu me viro para a parede.

16.♐

É meu avião vermelho que cruza o céu, o da Primeira Guerra Mundial. E sou EU quem está no comando. Papai e vovô estão sentados atrás de mim. Olho a hora em meu relógio Breitling Emergency. Se sofrêssemos um acidente, seu microtransmissor de 121,5 MHz transmitiria durante 48 horas um sinal que cobre um raio de 160 quilômetros. Ouço a voz de papai. Me diz para não temer. Mas eu não tenho medo. Sei que posso fazer piruetas, voar em linha reta até o limite da atmosfera e cruzá-la, seguir, seguir, avistar os planetas, os satélites, as estrelas fugazes que roçam a janelinha. Faz um tempo que venho fazendo isso. Voar. Tenho apenas que fechar os olhos para me ver no infinito: é como se estivesse dentro de mim. Um cachorro late no firmamento, e seu som se propaga sobre os campos, os telhados, as minúsculas estradas, as janelas acesas, e enquanto meu avião atravessa a noite os latidos vão se tornando mais nítidos. São os latidos de Capitán, o cachorro do Bebê Hipopótamo Malvado.

Vou à janela. O reflexo das luzes da cidade é tão intenso que no céu não há estrelas. Na rua, diante da nossa grade, Alma e um homem descem de um táxi. Onde está a caminhonete de Alma? Por que um homem a trouxe em casa? O sujeito volta a subir e o táxi arranca. Ouço Alma subir as escadas e entrar em seu quarto. Fico olhando a rua vazia pela fresta das cortinas. Continuo atento, mas agora só ouço o som da escuridão. Às vezes, sem querer, imagino que Alma nos deixa, como mamãe nos deixou. Não gosto de pensar nisso porque Yerfa diz que o medo atrai azar.

♐

A primeira luz do dia é azul. A grade está aberta e a lâmpada da entrada continua acesa. Não foi um sonho. Alma chegou com outro homem. Gostaria de editar tudo isso, como ela faz com seus filmes. Apagar tudo da minha memória. Mas, quando um assunto novo e importante entra em minha cabeça, não há forma de tirá-lo de lá. Por mais que tente esquecê-lo, uns monstrinhos me recordam de sua presença. Tempos atrás expliquei isso a Alma e ela me disse que os monstrinhos se chamam "consciência". Eu lhe perguntei se iriam embora um dia e ela me respondeu que não, mas que aprendemos a viver fingindo não os ver. Quis saber então por que eu era incapaz de fazer isso, e Alma me disse que talvez eu fosse uma dessas poucas pessoas que, ao invés de fechar os olhos, enfrentam os monstros e lutam contra eles até vencê-los. Por isso tenho pensado que, se fizer dez descobertas sobre mamãe, tudo ficará mais claro. Por que dez? Porque Deus definiu nossos procedimentos com os dez mandamentos, porque temos dez dedos, porque dez bilhões de quilômetros são um ano-luz, porque Yerfa me diz que devo contar até dez antes de dizer ou fazer alguma coisa da qual depois possa me arrepender.

Aos pés da minha cama, uma chuva de gelo cai sobre a canoa de Kájef. Ele está dormindo.

— Tommy, venha tomar o café da manhã — ouço Yerfa no outro lado da porta.

Yerfa é quase tão baixa como eu, tem um tronco grande e os cabelos lisos, muito pretos. Raramente ri, mas estamos juntos desde sempre, e eu gosto dela. Abro a porta.

— Quantas vezes lhe disse para não se trancar com chave? E se houver um terremoto?

Yerfa percebe que estive chorando. Passa seus dedos em meus olhos e depois agita-os no ar. "As dores precisam ser sacudidas", me diz sempre.

— Seu pai já pediu o café. Se quiser, vá cumprimentá-lo e depois desça.

Yerfa lê meus pensamentos.

— Papai, sou eu, Tommy — anuncio batendo na porta de seu quarto. Ninguém responde. Entro. Encontro papai no meio do aposento com uma toalha amarrada na cintura. Gostaria de lhe contar que Kájef descansa em sua canoa, mas não posso falar a seu respeito. Alma dorme com a cabeça voltada para a parede. Pela janela semiaberta penetra o ar carregado de pólen. Não quero espirrar.

— Mais uma vez você entrou sem bater — me diz em um sussurro para não acordar Alma.

— Sim, bati, mas ninguém respondeu. Achei que poderia estar acontecendo alguma coisa com você.

— E o que poderia acontecer comigo dentro do meu quarto, Tommy?

— Nada.

— Exatamente. — Papai tem os olhos afundados, e as rugas que costumam cercá-los estão mais profundas. — E o que você tem feito?

Acomodo-me na beira da cama com cuidado. A cama é tão alta que meus pés não alcançam o chão. Ou poderia dizer isso de outra forma: sou tão baixo — tenho a altura de um menino de 8 anos — que meus pés não chegam ao chão. Papai tira do closet uma calça cinza e uma camisa celeste.

— Você não me contou o que fez ontem.

— Fiquei lendo.

— Como sempre.

Gostaria de lhe dizer que nada mais é como sempre. Eu sei que mamãe tirou a própria vida e que Alma chegou em casa com um homem. Gostaria de lhe contar tudo isso, mas as palavras estão presas dentro de mim, como os pássaros na gaiola do meu avô. Papai se veste e entra no banheiro. Depois de um tempo sai com os cabelos penteados para trás. Diante do espelho, ajeita a gravata. Respira fundo, semicerra os olhos e ergue o pescoço.

— Você não vai à escola hoje?

— Os professores vão participar de uma jornada de educação.

— Por que não telefona para o novo vizinho e o convida para brincar? Por favor, não passe mais um dia trancado no quarto.

Quando sai, o persigo escada abaixo. Lola deixou sua foca de pelúcia no chão. Papai a recolhe.

— Papai... — chamo.

Temo que Alma nos deixe, mas sei que, se disser a papai o que vi ontem à noite, tudo ficará pior. Começo a piscar muito depressa. Papai me olha.

— Nada — digo.

Continuamos descendo. Ele para no corredor. Estamos diante de um de meus desenhos: O labirinto do Minotauro. Alma diz que é o melhor desenho que já fiz. Gosto de batizar meus desenhos. Diante do Minotauro escrevo "Minotauro", diante dos raios escrevo "Raios", diante do sol escrevo "Sol" e assim por diante. Às vezes troco os nomes, e na formiga coloco "casa", e na casa coloco "bosque", e na árvore, "torre", e na torre, "pássaro". E, quando olho algum de meus desenhos com os nomes trocados, as coisas se transformam. A torre começa a ser um pouco pássaro; a casa, um pouco bosque.

— Tommy, por que diabos você está me seguindo?

— Para estar com você.

Agita minha cabeça como costuma fazer quando não sabe o que me dizer. Entrega-me a foca de pelúcia. Fica me olhando com seus olhos de doutor e depois me dá um abraço.

— Você não pode ficar em casa?

— Impossível. O que dirão meus pacientes se eu não aparecer para vê-los?

Quando eu era menor, achava que se o tempo parasse papai não voltaria a sair. Na manhã de um domingo cumpri minha missão. Quebrei a corda de seu relógio para evitar que continuasse avançando. É óbvio que o tempo seguiu seu curso e que ganhei uma bela reprimenda.

— Você sabe que é o meu campeão, não sabe?

Eu respondo que sim.

17.♒

Juan dá o nó na gravata diante do espelho do guarda-roupa. Tommy está com ele. Finjo que estou dormindo. Minha cabeça dói. Quando os dois desaparecem, me invade um sonho ao qual não posso oferecer resistência.

Umas batidas suaves na porta me despertam. Pela janela assoma a luminosidade do meio-dia. Atrás das paredes do meu quarto fermenta a primavera. Tenho dificuldade de abrir os olhos. A luz me fere.

— Sra. Alma, está tudo bem? Como não pediu o café da manhã e me disse que sairia cedo... — diz Yerfa atrás da porta semiaberta.

— Não estou me sentindo bem, Yerfa.

— Vou lhe fazer um chá de mático. Fique aqui, calminha.

Lembro-me de Leo. Sei que não vou evitá-lo, e essa constatação me sufoca. Assim é o desejo. Possui uma força à qual não queremos resistir. A lembrança de seu rosto adormecido sobre o travesseiro de minha mãe se enfia em minha memória, como poeira nos olhos, com suas dolorosas partículas. Detesto a ironia; chegar, depois de tantos esforços para evitar que isso acontecesse, ao mesmo lugar em que deixei Maná. Detesto-a — agora mais do que nunca — por ter trilhado esse caminho antes de mim, por tê-lo viciado com seus excessos e com o sentimento de abandono que deixou em mim. Fecho os olhos e volto a adormecer. A dor desaparece. Quando acordo, o quarto está imerso nas sombras. São 8 da noite. Juan não chegou em casa. Sempre achei que, se não fosse ele, ainda estaria no lugar desesperançado onde vivia quando nos encontramos.

Quando algum dos meus conterrâneos aparecia no restaurante onde trabalhava, eu fazia o possível para evitá-lo. Não é que tivesse aversão ao meu país. Não queria me ver obrigada a começar uma conversa e ter de responder suas perguntas sobre minha vida em Barcelona. Tinha 23 anos, era o maître da noite, tentava me matricular na escola de cinema, estudava literatura por correspondência, vivia com um músico em um apartamento cheio de trastes, e a única pessoa em quem confiava era Edith, a dona do restaurante. Em suma, levava uma vida atribulada, como tantos outros, mas que diante dos olhos dos chilenos que costumavam passar pelo restaurante parecia miserável.

Juan não foi uma exceção. Era um tipo de homem que eu conhecia pouco, mas que de qualquer forma não me interessava muito. Um homem de aparência correta, dotado daqueles modos prudentes e ao mesmo tempo solenes que são transmitidos de uma geração a outra. Ele, por sua vez, como me contaria depois, assim que entrou no restaurante notou minha presença. Apesar de meu impecável terno preto de maître — que eu procurava usar com a maior dignidade possível —, levei-o a pensar em um jovem cervo de pernas longas que por falta de aptidão podia desabar a qualquer momento.

Estava recebendo um casal de italianos quando ouvi os gritos. Meus companheiros e eu deixamos nossos afazeres e corremos para a cozinha. As mãos, o pescoço e parte do peito de Edith ardiam em chamas. Sua boca estava aberta, e de sua garganta não saía som algum. Roberto, o ajudante de cozinha, com um grito de horror, comprimia seu avental contra o corpo de Edith. O resto do pessoal corria de um lado a outro, descontrolado. De repente, Juan apareceu na porta da cozinha.

— Jogue-se no chão — gritou e com rapidez abriu caminho até Edith. — Agora gire de um lado a outro — comandou enquanto tirava o paletó e o atirava sobre o dorso e os braços em chamas da mulher. — Preciso de um cobertor ou de um casaco, e de água.

Alguém lhe lançou uma manta. Em seguida, Juan a cobriu e molhou seu corpo.

— Como ela se chama?

— Edith — eu disse.

— Edith — repetiu com voz suave —, você vai ficar bem, está me ouvindo? Sou médico e estou cuidado de você.

Jogou para um lado a trança grisalha de Edith e aproximou o ouvido de seu nariz para checar se ainda respirava.

— Já chamaram o pronto-socorro? Vou precisar de algumas almofadas, ou de alguma coisa para levantá-la, e também de panos limpos, talvez de um par de toalhas. Com uma delas faça algumas faixas — me pediu. Eram as primeiras palavras que me dirigia.

Com as almofadas, levantou a área queimada do tórax a uns 30 centímetros do chão.

— Assim você se sentirá melhor, Edith. Está me ouvindo? — perguntou, tomando seu pulso.

Afastou a manta chamuscada de seu corpo e cobriu-o com uma das toalhas brancas. Com as faixas fez compressas para separar os dedos das mãos.

Ficamos todos observando enquanto seguíamos suas ordens. Apesar de estar no comando, Juan se comunicava de uma maneira discreta, quase silenciosa. Quando a ambulância chegou, Edith suportava a dor com estoicismo, os olhos fixos no rosto de Juan, como se seu semblante fosse a corda que a atasse ao mundo real. Nós a acompanhamos, na maca, até a rua. Antes que a enfiassem na ambulância, caiu inconsciente. Juan e Roberto pegaram um táxi e a seguiram.

Depois que os clientes abandonaram, comovidos, o restaurante, eu e algumas colegas fechamos o estabelecimento e partimos para o hospital.

Encontramos Roberto na sala de espera do setor de emergência. Em um dos bancos, uma mulher com o rosto machucado e os olhos fixos na parede esperava sua vez. Ao seu lado, um menino de pijama tentava tornar-se um novelo em seu colo.

— Voltou a si, parece que está fora de perigo. O chileno entrou com ela — nos informou Roberto.

— Tinha bebido, não é mesmo? — interroguei-o sussurrando.

Roberto confirmou. Com frequência, Edith começava cedo a beber gim-tônica e continuava ao longo da noite, até ficar bêbada. Era vertiginoso vê-la fritar peixes nas grandes frigideiras, picar cebola e alho, cortar batatas com o corpo cambaleante e os olhos nublados, como se pertencessem a outra pessoa. Às vezes, quando o último cliente pedia a conta, acabava desabada em uma cadeira, como se um relógio interno lhe tivesse indicado o momento exato em que podia sucumbir ao torpor do álcool.

Assim que comecei a trabalhar em seu restaurante, Edith se tornou importante para mim. Eu precisava não apenas de trabalho, mas também de amparo, e foi isso que ela me deu. Ignacio, o músico com quem eu vivia havia dois anos, era um bom amante, em certas ocasiões um bom amigo, mas estava muito mergulhado em suas próprias atribulações para compartilhar as minhas.

Enquanto Roberto e as duas meninas iam procurar um café, me sentei em um canto. Pensei em Maná, e as imagens das duas mulheres se superpuseram na minha memória. As duas possuíam uma sofreguidão tão imensa de abarcar a vida que o vigor da tentativa as deixava maltratadas.

Depois de poucas horas, Juan veio ficar com a gente. Apresentou-se com seu primeiro nome e nos explicou o estado de Edith. O fogo alcançara a cartilagem dos dedos, e era provável que levasse vários meses para ela recuperar os movimentos das mãos. Por sorte, seu rosto saíra incólume. Por ora, não havia nada que pudéssemos fazer. Eram 3 da manhã. Sua voz calma, sua forma pausada e definitiva de fazer e dizer as coisas me davam — apesar dos acontecimentos — uma sensação de tranquilidade.

Depois do que acontecera era difícil voltar para casa; eu precisava beber alguma coisa. E lhes disse isso. Pegamos um táxi até o centro e depois caminhamos algumas quadras. Logo Roberto e as duas meninas se despediram da gente. Era uma noite quente de começo de verão. Devido à alta temperatura, as ruas desprendiam um ar úmido, e era possível sentir o cheiro do mar. Juan caminhava a passos largos, mas sem pressa, olhando para a frente. De vez em quando eu o observava de esguelha, procurando descobrir se seu mutismo e indiferença eram produto de uma timidez doentia — o que parecia pouco provável — ou simplesmente falta de motivação. O fato de sermos ambos chilenos e de que tivéssemos compartilhado o acidente não significava que devíamos nos relacionar. Era indubitável que se tratava de um homem formal, casado, sem vontade de entabular uma conversa, por mais superficial que fosse, com uma estranha. Senti vergonha de ter lhe sugerido que bebêssemos alguma coisa. Quando passamos pelo terceiro bar sem nos deter, eu disse que estava cansada e que nos despediríamos ali.

— É difícil você passar despercebida, por mais que tente — observou então. Tinha os olhos radiantes, cheios de bom humor.

— O que o leva a pensar assim?

— A minha mesa foi a única da qual você não se aproximou para perguntar se estava tudo bem.

— Então você percebeu...

Não ia lhe dizer que ao vê-lo no restaurante havia notado seu estilo, tão próprio dos homens que passam a vida praticando esportes e que — por princípio — eu detestava.

— Sou médico, percebo tudo. Você faz isso só com seus compatriotas ou com sujeitos chatos como eu?

— As duas coisas. — Os dois rimos.

— Você se chama Alma, não é mesmo?

— Como você sabe meu nome?

Levou um dedo aos lábios, pensando, e depois respondeu:

— Junto com a passagem que me deram na agência de viagens de Santiago havia um bilhete com o nome do restaurante e também o seu.

— Você está falando sério? E sabe quem foi que fez isso?

— Não tenho a menor ideia. Ah, também me deram a fotocópia de uma crítica culinária publicada no *El País* que achei maravilhosa. Foi o que me levou ao restaurante.

— Então não foi por minha causa.

— Na verdade, seu nome chamou minha atenção, mas, para ser franco, o que me motivou foi a crítica.

— E veja o tamanho da catástrofe em que você se meteu. Teria sido melhor não ter ido.

— Não me arrependo — afirmou me olhando. Depois de alguns segundos continuou: — Fico feliz de ter podido ajudar Edith.

É incrível como essa capacidade que temos de interpretar os gestos alheios na hora da conquista se reduz apenas a duas leituras: uma que nos impele a avançar e outra a recuar. E os sinais de Juan eram ambíguos. Além disso, fazia um tempo que Ignacio devia estar de volta ao apartamento onde vivíamos.

Nossos olhares voltaram a se cruzar. Eu desviei o meu, procurando resguardar meus pensamentos. O ar noturno era denso e envolvente. As luzes da calçada piscavam, fazendo com que por frações de segundo a rua desaparecesse na escuridão. Perguntei-lhe o que o trazia a Barcelona, e ele me disse que estava participando de um simpósio médico.

— Mas não quero falar de mim. Minha vida é chatíssima. A verdade é que estou naquela idade em que a maioria das coisas interessantes já passou. Fale-me de você — me exortou.

— Por que está dizendo isso?

— Tenho 39 anos, sou viúvo e tenho um filho de 5.

— Eu acho que você é suficientemente jovem para que lhe aconteçam coisas imprevisíveis.

— E também suficientemente velho para, na medida do possível, evitá-las. E você? — me interrogou então, esgrimindo um sorriso cheio de interesse. — Seu nome tem uma história, não é verdade?

Gostei que me fizesse perguntas apropriadas.

— Você conhece a praça d'Alma?

— Paris. Torre Eiffel. Do outro lado do rio — disse com rapidez, como se se tratasse de um torneio de adivinhações.

— Bem, meu nome não tem nada a ver com essa praça. — Ele começou a rir.

— E então?

— A alma era uma das preocupações fundamentais de meus pais. Tudo estava relacionado à alma. Sobretudo os assuntos mais terrenos.

Estimulada por seu interesse, me vi falando de Barcelona, dos lugares de que gostava, de meus estudos, de como corria de um lado a outro lidando com minhas múltiplas atividades. Juan, com paciência e sem recuar, me fazia perguntas quando eu me detinha ou hesitava. Ao modo antigo, não permitia que eu, em meu caminhar deselegante em zigue-zague, ocupasse o lugar da calçada mais próximo da rua.

As pessoas que voltam sem cessar para suas experiências, convencidas de que para os outros são tão espantosas como para si mesmas, sempre me pareceram patéticas. Mas falar era a forma — pueril, sem dúvida — de estender esses momentos que passávamos juntos.

Logo me vi falando no ritmo um pouco exaltado de quem teme perder a atenção de seu ouvinte. Havíamos atravessado o bairro velho e quase todas as Ramblas quando paramos em um bar. Sentamos a uma mesa e pedimos café. Juan sussurrou algumas palavras no ouvido do garçom.

— E agora, com quem você vive? — me perguntou em um lapso de silêncio. Seu olhar, embora direto, era tímido.

Soltei meus cabelos, que estavam presos com um elástico, e voltei a prendê-los. Um gesto aparentemente inútil, mas que me dá o segundo de pausa de que necessito quando me sinto encurralada.

— Sozinha — menti. — E você?

— Com Tomás, meu filho, e Yerfa, a mulher que cuida dele. — Sua voz soou cortante. Era óbvio que não lhe agradava falar de si mesmo.

Tomamos nosso café, e o garçom nos informou que o táxi estava na porta. Fomos para a rua. Era uma madrugada luminosa.

— É para você. Meu hotel fica a duas quadras — explicou abrindo a porta do táxi.

Evitando deixar em evidência meu desconcerto diante de um final tão abrupto, sentei no táxi com as mãos nos joelhos. Juan, segurando a porta aberta, me observava.

— Alma — disse, e fez uma pausa. — Durma bem.

Pedi ao chofer que me levasse à praia. Queria ver as cores da aurora se manifestando no mar e no céu.

Ignacio dormia quando cheguei ao nosso apartamento, mergulhado no sonho febril de um corpo intoxicado. Como na maioria das noites depois de meu trabalho no restaurante, me deparei com as marcas de uma farra. Guimbas, garrafas vazias, restos de comida chinesa, a guitarra de Ignacio e outros instrumentos espalhados pelo chão. Sem tirar a roupa, deitei-me na cama. Sua respiração entrecortada, seu ronco, seus suspiros ébrios que lembravam lamentos me provocaram aversão e fui obrigada a me levantar. Entrei na sala e ao olhar ao meu redor me dei conta de que, embora eu mesma tivesse trazido os poucos utensílios que ali estavam, aquele lugar me era estranho. Fui à escada e subi ao sótão. Sentei no cimento, que ainda tinha memórias do sol. Umas calças penduradas que se movimentavam com a brisa me levaram a pensar em um homem bêbado dançando. Como havia chegado a esse sótão abandonado? Livrando-me de Maná, da fraqueza de papai, das brigas, do isolamento. No entanto, ainda estava ali, entocada em um canto escuro. Minha melhor amiga estava deitada em uma cama de hospital, e meu namorado era um desses sujeitos que fazem da imaturidade e da fragilidade uma forma de vida.

Quando desci ao apartamento, Ignacio continuava dormindo. Abri minha mala, a mesma com que havia chegado a Barcelona, e guardei dentro dela tudo que pude. Enfiei o resto — não era muito — em um saco de lixo e parti para o hospital.

Encontrei Edith em uma enfermaria comum, com os braços, as mãos e o peito enfaixados.

— Tinha que acontecer, não é mesmo? — Sua fala era entrecortada e lenta.

— Tinha que acontecer — repeti. Passei meus dedos por suas madeixas grisalhas. Ficamos caladas.

— Eu o deixei — confessei de repente.

— Já era hora — disse Edith, com uma voz quase inaudível. — Pegue a chave do meu apartamento... Está na minha bolsa... Fique lá. E depois veremos o que fazer... Você com sua vida e eu com a minha.

Depois de dizer isso, fechou os olhos. Sua respiração era irregular. Pensei em Ignacio, em suas noites de embriaguez procurando dominar uma melodia, aquela inspiração que por fim faria justiça ao seu talento e que sempre acabava lhe escapando. Senti tristeza.

Esta noite, eu, Roberto e o resto do pessoal trabalhamos com mais dedicação do que nunca. A notícia havia chegado aos ouvidos de nossos clientes mais frequentes, e nas mesas, todas ocupadas, se respirava um ar sombrio, mas ao mesmo tempo solidário.

Juan apareceu na segunda noite. Pediu um cálice de vinho branco. Sentei-me à sua mesa quando o trabalho me deu um respiro.

— Hoje passei no hospital — disse. — Os médicos me informaram que Edith é uma paciente muito rebelde.

— Não acho estranho que digam isso — comentei.

— Estou indo embora amanhã. Se você quiser e tiver vontade, pensei que poderíamos comer em algum lugar quando terminar seu turno.

Percebi que lhe era custoso dizer o que estava me propondo. Era uma conversa que não fazia parte de seu bem traçado roteiro de doutor.

— Acho que isso pode ser arranjado — sorri. Levantei de repente e voltei a me sentar diante dele. — Estou pronta.

— E quem vai receber os próximos clientes?

— É um trabalho que pode ser feito por qualquer uma das minhas colegas. Ninguém sentirá minha falta.

— Não acredito. Tenho certeza de que mais de um cliente vem aqui só para ser recebido por você — disse, fazendo com que eu me sentisse bem pela primeira vez em vários dias.

Juan me levou a um restaurante da moda que visitara com seus colegas. Assim que nos sentamos à mesa, mergulhamos no cardápio. Ao finalmente erguer a vista, descobri que sua expressão simples havia desaparecido. Tinha diante de mim um estranho, em cujo olhar se cruzavam pensamentos que eu desconhecia. Nossos diálogos eram raros, e os dois ficávamos um longo tempo olhando as outras mesas. De repente pegou meus dedos e aprisionou-os por um segundo. Depois, levantou as duas mãos diante de mim e sorriu.

A não ser por esse minúsculo gesto, nosso jantar não teve a menor conotação erótica. Por isso me surpreendeu que ao sair à rua me pegasse pela cintura. Manteve seu braço ali durante um segundo, olhando-me com o semblante abatido. Sua natureza parecia impedi-lo de avançar além dessa posição regulamentar.

— Você tem medo de mim? — arrisquei.

— De todas as mulheres — confessou, apertando os olhos com ar travesso.

— Você tem razão em nos temer, somos umas pérfidas.

Beijou-me. Não resisti.

Caminhamos algumas quadras. Quando chegamos à porta do hotel onde se hospedava, entramos sem dizer palavra. Já em seu quarto, me perguntou se eu gostaria de uma taça de vinho. Sentei-me na cama com as pernas cruzadas e ele cruzou as pernas ao sentar na poltrona. Ficou observando cada um de meus movimentos. Temi que minha ansiedade, diante da possibilidade de agir de forma inapropriada perante seus olhos, ficasse evidente. À diferença dos homens que havia conhecido antes, ele não saturava com gestos e palavras os momentos de preâmbulo que sempre levam ao mesmo lugar. O simples fato de estar ali, em sua cama, era uma forma de me prender que talvez o incomodasse. Não sabia por que me importava tanto o que ele pensasse a meu respeito. Juan era um homem que eu havia conhecido há duas noites e que na manhã seguinte desapareceria da minha vida. Um homem pelo qual me sentia atraída e que desejava como havia desejado tantos outros.

Havia estado muitas vezes nesse mesmo instante, usando as mesmas expressões, acreditando, em algum lugar de meu ser, que daquela vez seria diferente. Por sorte, sempre conseguia me livrar dessa dolorosa ilusão e me entregava à fruição da promessa erótica do momento. Mas Juan — sentado diante de mim sem dizer palavra — dificultava o desenvolvimento natural das coisas. Prendendo a respiração, me despi depressa, sem tornar o processo um jogo de sedução, e me levantei da cama. Por um segundo me senti uma imbecil, mas depois achei que estava pulando em um lugar desconhecido e que o salto parecia ter uma leveza libertadora.

— Você está grávida — disse. — Dez, onze semanas?

O semblante de Juan estava cheio de ternura, admiração, desejo. Eu havia me despido movida por um impulso cego, mas agora seu olhar me levava a ver a energia que emanava do meu corpo. Meus seios suculentos e o pequeno vulto na minha barriga transbordavam vida.

— Doze — afirmei.

Ele me abraçou. Ficamos um longo tempo em pé, eu agarrando as lapelas de seu paletó, a cabeça deitada em seu ombro, unidos nesse abraço. O silêncio que nos cercava estava cheio de sentimentos que para Juan deviam ser tão estranhos como para mim. Era a primeira pessoa que conhecia meu segredo. Havia conseguido até, evitando expor meu corpo nu, esconder tudo de Ignacio.

Quando acordei de manhã, Juan, já vestido, me observava.

— Tenho que encontrar um colega antes de partir. Meu voo sai ao meio-dia. Você pode ficar aqui. Não poderei voltar.

Então de repente percebi que na porta o esperavam sua mala e uma caixa com um modelo de avião para armar. Ergui-me na cama um pouco aturdida.

— Deixei meu cartão na mesa de cabeceira. — Me deu um beijo. Com nossos rostos muito colados, acrescentou: — Não gostaria de perdê-la de vista.

— Nem eu.

— O meu e-mail está no cartão. Seu bebê vai nascer em abril, não é? O que você vai fazer?

Era a primeira pergunta que Juan me fazia sobre o bebê e seu futuro.

— Continuar com minhas coisas até que nasça. Quero terminar meus estudos e depois penso em voltar para o Chile.

— Você tem alguém para ajudá-la com tudo isso?

Deve ter deduzido que se eu passara a noite com ele era porque não havia ninguém me esperando em casa.

— Edith — disse.

— E mais alguém? Edith vai passar um bom tempo convalescendo.

— É que você não me conhece. Eu sempre resolvi tudo — disse sem ironia, porque era verdade.

— Quero que me prometa uma coisa. Ok?

Fiz um gesto de concordância.

— Quero que me mantenha a par de tudo. Conheço vários médicos em Barcelona que podem ajudá-la. No que for. Você ouviu?

Sua preocupação parecia verdadeira e me comovia. Me deu outro beijo, pegou sua maleta, a caixa com o avião para armar, e saiu.

Levantei da cama e tomei o café da manhã com a televisão ligada. Quando acabei tudo, pedi mais café, torradas, frutas e cereais.

Ao meio-dia visitei Edith. Sua cabeça estava sustentada por travesseiros, e os braços presos em cima de uma colcha branca. Estava habituada a compartilhar os problemas da minha vida com ela, mas dessa vez não mencionei Juan. Não queria que nossos risos cheios de ironia se derramassem sobre o que acontecera. Mas o que acontecera? Recordei nosso abraço, eu nua diante dele no quarto; a impressão de estar com um amante cauteloso e desajeitado que não esqueceu por um segundo que sob minha pele se gestava uma vida. Então, o que me perturbava? Talvez exatamente isso. Juan parecia entender melhor do que eu a dimensão desse ser que eu carregava em meu ventre. Levara tantas semanas ocultando-o que, apesar de seu constante crescimento, em vez de se tornar mais concreto, ia se desfazendo em minha consciência. Ao considerar o espaço que ocupava entre nós, tornou-o real. Logo compreendi que não era um homem de palavras agudas e grandiloquentes, mas que ostentava, sim, uma serenidade e uma convicção imperturbáveis. Senti falta de seu olhar, desprovido de qualquer voracidade.

Despedi-me de Edith e caminhei pelas ruas de uma Barcelona invadida por turistas. Apesar dos anos que estava vivendo ali, essa cidade jamais chegara a ser minha, e agora o era menos que nunca. As centenas de turistas sentados às mesas dos cafés das Ramblas, as bicicletas, os idiomas, tudo se entrelaçava em uma malha que me afastava ainda mais do mundo. Mas não estavam tão solitários quanto eu? Tinha a impressão de que os encontros entre as pessoas não eram mais do que convergências casuais. Mais cedo ou mais tarde, cada um seguiria seu caminho. Mesmo que esses encontros durassem toda uma vida, ao final, o trecho mais difícil seria percorrido na solidão. E esse princípio, que assediava minha consciência minuto a minuto, tornava impossível o verdadeiro contato. Era o que subjazia nas relações que havia tido até então e que terminava afogando-as. E essa vida que carregava na barriga também traria seu relógio do tempo? Chegaria o momento inevitável do distanciamento? Estava longe de sentir essa boa-aventura, esse encontro instantâneo com o Sentido da Vida que supostamente advém da gravidez e da maternidade. Enquanto caminhava, coloquei a mão em meu ventre.

Cheguei cedo ao La Goleta. Roberto já estava lá. Levamos duas cadeiras à calçada e também uma cesta de tangerinas. Nossa conversa, no ar protetor da tarde, me ajudou a apaziguar minhas inquietações. Enquanto chupávamos as tangerinas, ele me contou de sua vida nas ilhas Canárias, histórias de mar e de areia que me fizeram esquecer por um momento minhas preocupações. A noite adquiria um tom violeta acima das luminárias acesas. Entramos. Quando os primeiros fregueses começaram a chegar, me dei conta de que era incapaz de exibir o sorriso com o qual costumava recebê-los. Sentia-me fraca. Por isso, quando vi Juan na porta do restaurante, olhando para todos os lados, tive a impressão de que estava caindo.

— Olá — me cumprimentou com naturalidade quando ficamos cara a cara.

— E seu voo?

— Achei outro que parte amanhã.

Fomos mais uma vez à rua. Ele colocou um braço em cima de meus ombros e caminhamos. De repente se deteve no meio da calçada e se desgrudou de mim.

— Queria saber se você aceitaria um presente.

E me entregou uma passagem em aberto para o Chile. Poderia usá-la quando quisesse. Não resisti, mas tampouco me atirei em seu pescoço nem o beijei. Vislumbrei em seu rosto sinais de inquietação. Abaixou o olhar.

— Também queria que você soubesse que desde que minha esposa morreu, há dois anos, não saí com nenhuma mulher — disse depressa, sem levantar a cabeça.

— Sou a primeira que...?

— Sim.

Olhou-me com sua expressão controlada, atrás da qual intuí que se escondia um homem que, assim como eu, também havia experimentado naufrágios.

— Você não me conhece. Não sabe quem eu sou — balbuciei.

— E você não tem nenhuma obrigação. Aí está uma passagem. Quando quiser voltar para o Chile, volte e ponto. Se tiver vontade, quando chegar pode me ligar. Eu gostaria muito — disse com veemência.

— Por que você está fazendo isso?

— Não há nada de mau no fato de alguém ajudá-la, não é?

Na segunda noite que passamos juntos, Juan me contou que sua mulher havia morrido de um aneurisma cerebral. Falou das dúvidas que surgiram quando duvidou de tudo que dava como verdadeiro, a ponto de questionar a existência de Deus. Um estado vazio, de desconcerto, no qual nunca imaginou que pudesse cair.

A decisão de voltar ao Chile não foi intempestiva. Com seu presente, Juan me propiciara uma nova energia. Uma confiança em mim e no resto do mundo que havia tempo eu não experimentava. Nas primeiras semanas, Ignacio voltou a La Goleta com frequência, mas logo desapareceu definitivamente. Nunca percebeu minha gravidez, que até o quarto mês foi quase invisível. Terminei meu curta-metragem e fiz minhas últimas provas de literatura. Em sete meses consegui fazer o que não fizera nos últimos anos. Lola nasceu em Barcelona. Edith, apesar de sua lenta recuperação, me ajudou no início. Enquanto isso, eu e Juan fomos nos conhecendo através de nossos e-mails. Costumava me contar as vicissitudes de seus dias de uma forma simples e divertida. Raras vezes perguntou sobre minha volta. Quando Lola completou três meses e recebi finalmente meus diplomas, decidi que havia chegado a hora de voltar.

Recordo que Edith me levou ao aeroporto. Quando nos despedimos, me disse:

— Agora que você é mãe, vai começar a entender a sua. Você vai ver.

Chamou minha atenção que tivesse mencionado minha mãe. Nunca havia falado dela e foi certamente essa omissão que a levou a intuir como nosso vínculo era tortuoso.

Meu velho amigo Matías, com quem eu dividira meus primeiros anos em Barcelona, me recebeu de braços abertos. Havia fundado uma empresa de produções cinematográficas e começava seu primeiro longa-metragem. Alguns dias depois de chegar, eu já estava instalada em um apartamento e trabalhava em sua produtora.

O reencontro com Juan foi paulatino. O medo do fracasso me impedia de tomar decisões precipitadas. No entanto, um dia me vi aceitando sua sugestão reiterada para que fôssemos viver juntos e me mudei. Fui viver com ele. Alguns meses depois peguei o telefone e liguei para minha mãe.

— Maná, estou no Chile e tenho uma filha. Ela se chama Lorena — foram minhas primeiras palavras.

Ao longo daqueles anos havíamos mantido uma correspondência esporádica; minhas cartas eram sintéticas e tratavam de assuntos que me eram indiferentes. Minha mãe não disse palavra, e depois a ouvi chorar no outro lado da linha.

— Você nunca vai me perdoar, não é mesmo? — perguntou.

Olhei a minha volta. Lola dormia sobre as cobertas da minha cama. Percebi que a raiva permanecia intacta, mas que agora tinha onde camuflá-la.

— Se você quiser, pode vir conhecer a sua neta — lhe disse.

Pouco a pouco, o tempo começou a polir as arestas da impaciência; não precisava mais que me levasse a outro lugar, a outro resultado, porque a cada dia, com seus mil detalhes, me afastava de mim mesma, afugentava a solidão. Estava decidida a me aferrar ao visível, ao inquestionavelmente real, e fugir de tudo o que significasse incerteza e perda; não iria ficar presa em um torvelinho de instintos, como minha mãe. Não me importava que a placidez de minha nova vida estivesse distante das paixões de outrora, daqueles arrebatamentos vertiginosos que depois de um certo tempo explodiam na minha cara. E quando à noite Juan me abraçava, tinha certeza de que ele, tão reservado, sentia a mesma coisa.

Meu pijama está molhado. Ergo o corpo. Minha cabeça dói menos. Um carro atravessa rapidamente a rua. Não tenho forças para me levantar e dar boa-noite às crianças. Tiro o celular da minha pasta. Tenho seis chamadas perdidas. Todas de Leo.

18.⌛

Quando desço a escada rolante, a luz matinal invade as janelas. A nova reforma, com suas gigantescas lâminas de vidro laminado e tubos de aço, dá à clínica a curiosa aparência de um luxuoso shopping center.

Como todos os dias a essa hora, Karina limpa a parede transparente da cafeteria. Vê-la, com seu sorriso e suas covinhas nas bochechas, me devolve uma sensação de felicidade. Costuma me falar das novas técnicas que aprende em seus estudos vespertinos de enfermagem. Mas dessa vez, depois de me cumprimentar, tira do bolso de seu avental uma coisa que me oferece.

— É para você. Mas não abra agora.

— E por que você está me dando um presente?

— Você vai ver — afirma e se afasta pelo corredor com seus utensílios de limpeza.

Quando Alma vem à clínica, sempre vai falar com ela. Diz que Karina teria dificuldade de acreditar na influência positiva que exerce sobre as pessoas; e tem razão, nisso como em tantas outras coisas. Recordo o sonho de algumas noites atrás: Soledad e Alma afastando-se juntas em um barco.

Quando as portas do elevador se abrem no terceiro andar, dou de cara com Emma. Veste calça preta, uma camisa azul-celeste masculina e tem os cabelos presos em um rabo de cavalo, combinação que lhe dá uma aparência juvenil. Seu rosto, no entanto, está tenso.

— Cristóbal está com febre. O que isso significa? — pergunta, com calculado controle.

— Preciso examinar. Mas fique tranquila.

Enquanto avançamos, me adverte que percebe Cristóbal mais abatido e que tem um suor frio. Na sala de espera, avisto sua mãe e sua irmã. Duas mulheres enxutas e extremamente compostas que só interrompem sua eterna conversa para lançar um olhar de desaprovação ao que estiver diante de seu campo visual. A enfermeira do turno me espera no corredor.

— Espere um pouco aqui fora — digo a Emma e entro com a enfermeira no quarto de seu filho.

Cristóbal está com os braços caídos dos lados e os olhos semiabertos. A enfermeira me informa que está com 37,2 graus. Embora não seja uma temperatura clinicamente significativa, qualquer alteração em sua evolução deve despertar suspeitas.

— Uma garota acaba de me dar um presente. Não sei o que pensar — digo a Cristóbal.

— Uma vez uma colega de escola me deu um presente. E quer saber o que era? Cocô de coelho — diz e tosse.

É evidente que o esforço produz dor. Fecha as pálpebras com força e depois abre-as, como se estivesse procurando mudar o cenário. Cristóbal conhece a dor, viveu grande parte de sua vida com ela, como a maioria dos meninos com uma doença congênita não resolvida. Ainda fico espantado com sua forma estoica de enfrentá-la, como se ela fosse parte intrínseca da vida.

— É claro que sua colega não é muito simpática. Eu não abri o meu. Você quer que o vejamos juntos?

— Sim. Mas acho, pelo tamanho, que não deve ser nada muito interessante.

Observo que tem uma leve dispneia. Deve respirar com mais frequência entre as palavras.

— Primeiro mostre-me suas mãos.

Seus dedos começaram a adquirir uma cor azulada. Levanto as cobertas para examinar seus pés. Observa-se a mesma tendência. Não é uma coisa normal, mas está dentro das possibilidades. A intubação pós-operatória e a ventilação assistida favorecem as complicações infecciosas.

— Vou lhe pedir para respirar fundo. Dói?

— Um pouco.

Diferentemente dos adultos, que me bombardeiam com perguntas, as crianças, quando intuem algum perigo, preferem pensar em outros assuntos. Ignorando a realidade, fazem-na desaparecer.

Na primeira vez em que Cristóbal apareceu em meu consultório, mal despregou os olhos de seu aparelhinho eletrônico. Quando em certo momento me olhou, notei em sua expressão o mais profundo dos desprezos. Parecia ter passado mil vezes por aquela mesma situação — alguém lhe prometendo que o faria ficar melhor — e, no caminho, ter acabado perdendo as esperanças. Mas sua expressão não denotava derrota; pelo contrário, era desafiadora e madura. Seria até possível dizer que seus pais viviam em uma credulidade adormecida, enquanto ele já havia descoberto a natureza brutal da vida. Em nossos encontros seguintes, orientei todos os meus esforços para atravessar sua couraça. Foi um processo lento. O que Cristóbal media com sua resistência não eram os perigos da operação, mas meu compromisso com ele.

— Vamos checar sua temperatura de novo. Ok?

Cristóbal levanta o braço não imobilizado e diz:

— Quero ver seu presente.

Percebo que está inquieto. Sua dificuldade para respirar deve angustiá-lo. Enquanto a enfermeira tira sua temperatura, olho o relatório com os procedimentos noturnos. Quando me mostra o termômetro, constato que a febre chegou aos 38,1 graus. Entrego a Cristóbal a caixinha envolta em papel de presente que Karina me deu.

— Abra-o você. Já está acostumado com esses presentes de surpresa.

Ajeita-se com dificuldade. Dói-lhe o peito mais do que está disposto a admitir. Abre o pacote com longos dedos. Seus cabelos estão penteados. Sem dúvida foi Emma quem se preocupou com esse detalhe de manhã.

— É genial — diz, enquanto segura uma pequena garrafa com um navio de madeira dentro.

— Não vou lhe dar de presente porque seria deselegante com a menina que me presenteou, mas podemos deixá-lo em sua mesinha de cabeceira enquanto você estiver na clínica.

— Está bem — afirma e fecha os olhos.

Peço à enfermeira que colete uma amostra de sangue. Permaneço um minuto ao lado de Cristóbal depois de ela ter saído. Sei que Emma me espera no outro lado da porta. Quero ter certeza das palavras que usarei para lhe manifestar — sem assustá-la — minhas suspeitas. E nisso não há gestos vãos. Quando você diz a uma mãe que seu filho ficará bem, sabe que nesse momento estará mudando sua perspectiva da vida. Por isso as palavras devem ser verdadeiras e ao mesmo tempo cautelosas.

Desde que era criança, tenho pensado que uma forma de evitar o fracasso pessoal é manter a mente ocupada com um assunto finito e viável. Com uma coisa que, chegado o momento, permita realizar um trabalho concreto que tenha significado. Essa foi uma das minhas primeiras certezas e a que teve mais influência na minha decisão de estudar medicina. O que nunca previ é que esses gestos concretos, que deveriam resolver meus dilemas existenciais, acarretariam um infinito caudal de incerteza e tristeza. O certo é que uma infecção respiratória não é um quadro alentador. Não quando se tem um corpo frágil e um coração novo, para cuja aceitação é preciso tomar imunossupressores.

Quando saio do quarto, Emma está interrogando a enfermeira. Convido-a a caminhar pelo corredor.

— É provável que Cristóbal tenha desenvolvido uma infecção pulmonar. Teremos que submetê-lo a alguns exames para ter certeza — declaro.

— E o que isso significa? — Algumas manchas vermelhas ressaltam na palidez de seu rosto; parece que foi assaltada por uma súbita alergia.

— Emma, não se assuste. Nada está confirmado. E, caso a tenha, o que faremos é detectar a origem da infecção e então medicá-lo.

Emma cobre a boca, como se tentasse segurar um gemido.

— Assim que começarmos o tratamento, poderá evoluir muito bem. É o mais provável.

— O mais provável? — me pergunta com ironia.

— Sim, claro. Mas não posso lhe ocultar o fato de que nesses procedimentos há sempre um fator de risco. Cristóbal fará uma radiografia do tórax. Se detectarmos alguma anormalidade, faremos uma broncoscopia.

Explico-lhe do que se trata. Emma me olha com atenção sem dizer palavra. Ela continua me olhando enquanto tira o celular do bolso.

— Isaac, Cristóbal não está bem — diz. — É melhor você vir.

Deixo-a no corredor. A enfermeira do turno faz os preparativos para os exames. Emma, com suas palavras, detonou o alarme.

À tarde o diagnóstico é claro. A radiografia mostrou uma condensação basal esquerda, sinal de uma possível infecção pulmonar bacteriana. A broncoscopia e o exame bacteriológico confirmaram a presença de klebsiella. Ministramos antibióticos, e, aparentemente, a dispneia cedeu. Agora dorme devido ao efeito dos sedativos. Resolvemos não o conectar ao respirador, a menos que se torne imprescindível. Conectá-lo requereria uma sedação contínua.

Pressupõe-se que a sabedoria aumenta com o passar dos anos, ao mesmo tempo em que o espaço de incerteza vai se estreitando. No entanto, quando mais adquiro conhecimentos, mais numerosas são as interrogações, a ponto de ficar imobilizado em certas ocasiões. Como desejaria poder dizer a Emma que seu filho ficará bem. Mas a única coisa que consigo ver são as centenas de variáveis imprevisíveis que sustentam nesses instantes a vida de Cristóbal e que, a qualquer momento, podem se alterar irremediavelmente.

19.♐

Papai e Alma continuam brigados, e eu sou o culpado. Por isso, quando o ônibus me deixou no colégio esta manhã, não consegui entrar. Dei meia-volta e caminhei até esta praça onde costumo vir quando estou assim. Passei o dia aqui. Pego minha merenda e a coloco sobre o banco que fica mais longe da rua. A praça está deserta, à exceção de um gato preto que passeia lambendo os bigodes como uma pantera em miniatura. Uns meninos atravessam a rua correndo. Certamente faltaram às aulas, assim como eu. Não gosto de estar sozinho, mas para ter um amigo teria de fazer um esforço enorme e o mais provável é que não conseguisse nada. Por isso prefiro pensar em minhas próximas nove descobertas.

Mamãe tirou a própria vida. Esta é a primeira. Mas como chegarei à seguinte? Talvez juntando as questões que já conheço e que antes não me pareciam importantes. Por exemplo, que papai jamais fale dela; por exemplo, que de todos os pertences de mamãe papai só guardou a fotografia que tirei de sua gaveta; por exemplo, que vovô, nas poucas vezes que alguém menciona mamãe, engole em seco como se tivesse comido um sapo; por exemplo, que nunca tenhamos visitado minha avó materna em Buenos Aires, nem mesmo quando vovô morreu. Uma vez perguntei a papai por eles e ele me disse que depois da morte de mamãe resolveram voltar para a Argentina, onde vovó havia nascido.

À tarde fico esperando o ônibus escolar diante da porta do colégio. Ninguém me pergunta onde estive. Sou invisível, e acho isso bom. Quando chego em casa, ligo meu computador.

`Oussa veado coxo de merda fik andando com tu mamaesinha q te ama pobrrr infiliz hehehe..... já q num tem nada q fazer ande com teus cornos q são teus únikos amigos...... ..!!!!.. hehehe pobrrr infiliz vá a merda...`

Vi suas mensagens mil vezes, mas, apesar disso, elas fazem com que me sinta um pouco mal, como se estivesse perdido. Faço o que costumo fazer: imaginar situações horríveis. Dessa vez penso que um ladrão entra em suas casas à noite e arranca seus olhos pela raiz.

Vou à cozinha buscar um copo de leite. O celular de Yerfa faz pii pii e vibra. Digito o nome do meu avô no Google. `Adolfo García Izquierdo`. Não há entradas para Adolfo Garcia Izquierdo. Meu avô nunca fez nada digno de ser destacado no Google. Papai tem 648 entradas. Digito o sobrenome de minha avó: `Bulygin`. Aparecem 591 entradas, muitas delas mencionando um Sr. Arnold Bulygin. Abro a primeira.

`Arnold Bulygin, 1903-1986. Fundador do Colégio Santa Ana, um dos primeiros e mais importantes colégios para senhoritas de Buenos Aires. Educador incansável. Formador de centenas de nossas mulheres mais destacadas. Os seguidores de seu grande legado celebramos os vinte anos de seu falecimento com uma missa na capela do colégio no dia 4 de novembro às 19 horas.`

A convocação está assinada por muitas pessoas; uma delas é minha avó: Perla Bulygin. É muito provável que Arnold Bulygin seja meu bisavô. Leio mais algumas entradas. Dados biográficos, alguns de seus artigos sobre educação e depois informações que se referem ao colégio que ele fundou. Gravo:

Segunda descoberta: O avô de mamãe foi o fundador de um colégio para senhoritas em Buenos Aires de nome Santa Ana.

Entro no blog de Mr. Thomas Bridge. Ele está falando diante de sua câmera. Diz que não sairá dali até ter certeza de a imprensa invasora ter desaparecido. Como única vestimenta, usa um minúsculo traje de banho. Está ridículo. Diz que, se permanecesse nesse lugar extremo do mundo vestido assim, em 48 horas estaria morto. Da mesma forma, qualquer intervenção que se faça na vida dos alacalufes provocaria sua morte. Mr. Thomas Bridge continua falando. Há em seu blog um endereço para entrar em contato com ele. Escrevo:

Me chamo Tomás Montes. Meu melhor amigo provém da ilha Lennox e nós dois estamos preocupados com a família que o senhor encontrou. Gostaríamos muito de ajudá-lo em sua missão, mas antes precisamos resolver alguns problemas. Nove, para ser exato. De qualquer forma, não hesite em entrar em contato comigo se achar que podemos ajudá-lo.

PS: Se o senhor me enviar um endereço, eu ficaria muito feliz em lhe mandar um desenho.

Solidariamente,
Tomás Montes.

Gosto desse “solidariamente”. Aperto “enviar”.

Quando vou à minha janela, vejo o Bebê Hipopótamo Malvado diante da porta de sua casa. A cada dois minutos atira uma pedra. Depois de 12 minutos me olha e me mostra um caramujo que tem na mão. Abro a janela e o cumprimento.

— Se você quiser, amanhã lhe mostro o resto, tenho muitos, muitos — grita.

— Eu também gosto de caramujos!

— Amanhã, então?

Faço um gesto de Ok com a mão e ele entra em casa com passo de hipopótamo.

Lá em cima, um bando de pássaros desaparece atrás da densa camada de nuvens. As aves migratórias me dão um pouco de inveja; não têm compromissos e estão sempre partindo para um lugar onde brilha o sol.

20.♒

Quando estou dirigindo para a produtora, recebo uma mensagem de texto no celular. Espero o sinal vermelho para lê-la. É Leo:

Aprendi a usar este aparelho por sua causa. O que faço com essa minha vontade de vê-la?

Recordo que é escritor e que conhece de cor o efeito das palavras; sabe escolhê-las e combiná-las como quiser para atingir seus objetivos. Suas palavras são menos verdadeiras do que as do resto dos mortais. Mas isso não importa. Eu não lhe pedi provas de amor e espero nunca ter de pedi-las. Quando me preparo para partir no meio da onda de automóveis, me surpreendo ao ver o namorado da minha mãe conversando com uma voluptuosa jovem no outro lado da rua.

♒

Fico editando até o fim da tarde as cenas nas quais deveria ter trabalhado ontem. De manhã, Matías quis saber o que estava acontecendo comigo. Notou que estou mais magra. Desde o casamento de Miguel não tenho comido quase nada. Também me perguntou se havia visto Leo desde então, e lhe respondi que não. Senti uma pontada no estômago quando me dei conta de que estava começando a mentir.

Ponho para rodar as tomadas que já editei. Com os olhos fixos na tela, as imagens começam a se movimentar diante de meus olhos; rostos e lugares funcionam como pano de fundo para meus pensamentos. Imagino Lola, Tommy, Juan. Uma ínfima parte desse vasto mundo lá fora que me pertence e ao redor do qual todo o resto costumava se organizar e fazer sentido. Uma existência que desejei, a revanche da minha história com minha mãe. Então, que impulso é esse que me faz desdenhar o que tenho para ir atrás de algo incerto? Por que não quero aplacar os sentimentos que Leo me desperta?

Fuço minhas recordações ao lado de Juan e tento encontrar uma emoção semelhante. Sem dúvida, algum dia esteve ali, escondida atrás de centenas de providências práticas que tivemos de resolver quando cheguei ao Chile: conhecer Tommy, construir uma confiança mútua, acomodar-me em uma família cujos códigos eu desconhecia, iniciar a meticulosa reconciliação com minha mãe. Essa energia que me sacode dos pés à cabeça devia estar escondida em algum lugar. Mas não senti sua falta. Bastava-me o amor plácido que nos unia. Não era tanto o casamento que me entusiasmava, e sim como construir a ideia de mim mesma que havia urdido desde pequena.

De repente, minha noção de quem sou e de qual é meu lugar no mundo fica levitando, torna-se imponderável, como as silhuetas mutantes do monitor. Imagino que tudo ainda é possível, que minhas contas pendentes com o futuro não estão liquidadas, que Lola e Tommy não existem. Assusta-me ser capaz de pensar assim e em algum lugar do meu ser desejar que seja verdade.

Quando saio da produtora, me sinto cansada. No caminho toca o celular. Estremeço. Sem afastar os olhos da rua, atendo. Se tivesse me dado ao trabalho de olhar a tela, teria deixado que ficasse tocando.

— Alma, querida, você está aí?

— Sim, Maná — respondo com tom cansado.

— Fiz um peixe à florentina. Você não quer vir jantar comigo? Consegui inclusive tomates secos.

— Maná, está acontecendo alguma coisa com você? — Seu convite me surpreende.

— Não, nada. É que cozinhei para o Bruno e ele acaba de me dizer que não poderá vir.

É a história de sempre. Minha mãe pretendendo me usar para resolver suas frustrações.

— Ah. Não posso, as crianças e Juan estão me esperando em casa. Mas ligue para um de seus amigos, certamente qualquer um deles ficará feliz em compartilhar com você um jantar à luz de suas velas.

Não costumo ser tão dura, mas os sentimentos afloram com uma facilidade surpreendente. Minha mãe não responde. Lembro que vi Bruno conversando com uma garota que tinha a metade da idade dela e fico com pena de Maná.

— Me desculpe. Mas não posso mesmo. Ligo para você amanhã, está bem?

— Hoje recebi um cartão-postal de Edith.

— E o que você sabe de Edith? — pergunto em um tom acima do normal.

— Você me falou a respeito dela.

— Mas por que tem seu endereço? — indago secamente.

— Você deve ter lhe dado.

O que me contou foi um deslize do qual rapidamente se arrependeu. Sua voz a delata. Tenho certeza de nunca ter mencionado Edith em nossas conversas. Pertencem a mundos diferentes. Edith faz parte da vida que eu construí para mim mesma. Apesar da raiva que me desperta, não posso deixar de sorrir para meus botões por estar falando com a única pessoa que daria qualquer coisa para me ver nos braços de um homem que não fosse meu marido. Seria a última nota de seu sermão sobre a farsa da fidelidade; uma invenção, segundo ela, dos seres humanos para reprimir a mais poderosa de suas paixões e, por consequência, a mais ameaçadora: o desejo de possuir o outro.

— Não, Maná, eu jamais dei seu endereço a Edith.

— Então precisa perguntar a ela.

— Você está me escondendo alguma coisa.

— Ai, Alma, com você tudo vira um rolo. Tenho que desligar, se não a comida vai queimar. Me liga.

Ao chegar em casa, Juan e as crianças estão comendo uma pizza na cozinha. Havia esquecido que esta noite Yerfa não vai dormir aqui.

— Oi para todo mundo. — Juan me lança um olhar de reprovação.

— Mamãe, por favor, nunca chegue cedo quando Yerfa não está. Adoro a pizza que vem pelo telefone — diz Lola.

Esse "adoro" é próprio de minha mãe e na boca de Lola soa ainda pior do que na dela.

— Sinto muito — declaro e apoio os cotovelos na mesa. — Tive um dia incrível.

Tommy me beija na bochecha. Eu o abraço.

— Vocês me perdoam?

Embora fale no plural, é a Juan que me dirijo. Sei o quanto é importante para ele que a casa funcione com a precisão de uma clínica. E é o que procuro fazer.

— Acreditamos nela? — indaga Juan olhando de uma criança para a outra.

— Como vai? — pergunto, me acomodando ao seu lado.

Coloco a mão em sua coxa. "Pegue minha mão", lhe peço calada. "Por favor. Estou me afastando em direção a um lugar aonde nem você nem as crianças podem me acompanhar, não percebe?" Mas não acontece nada. Nem eu pronuncio essas palavras nem ele pega minha mão.

— Bem — afirma e enfia um pedaço descomunal de pizza na boca. As crianças o imitam. Riem.

— Vejo que não precisam de mim.

Fico olhando-os com a esperança de que alguém me refute. Mas no estrondo de seus risos nem sequer me ouviram. Não posso me ofender porque meu marido e meus filhos estão passando muito bem sem mim. Pelo contrário, isso deveria me fazer feliz. E é o que tento. Juan detém por um segundo seus olhos nos meus.

— No final do mês é o aniversário do vovô e quero que cada um de vocês faça um presente para ele — ouço-o dizer.

Lola diz que fará as flores de papel que aprendeu a fazer nas aulas de artes. Pega um papel e nos mostra as dobraduras que o transformam em uma flor. Tommy pisca para mim, um gesto imperceptível que devolvo e que me chega como um bálsamo. Observa-me o tempo inteiro com seu rosto pálido e volúvel.

Entrincheirado em seu lado da cama, Juan lê uma revista científica. Não há nada de excepcional nessa cena. Um homem de meia-idade com os óculos sobre o nariz e uma luz amarelada caindo em seu rosto, enquanto sua mulher olha para o teto e espera que ele lhe dirija a palavra. Ela não sabe se pede desculpas por suas falhas, se aproxima-se ou se vira e fica esperando que a noite dilua o rancor.

— Você está cada vez mais parecida com sua mãe — ouço Juan me dizer com uma expressão austera.

— Não vou responder. Se está querendo brigar, não conte comigo.

— Não se preocupe. Não conto com você para coisas muito mais importantes. — Me encara com um tom de insuperável ironia.

— Então qual é o sentido de me dizer uma estupidez como essa? — questiono com toda frieza possível.

— Só estou dizendo a verdade.

Ergo o corpo. Não sei se está certo. Tenho feito o que posso. Mas tenho uma certeza: suas palavras me cansam.

— Se você quiser, podemos conversar amanhã. — Olho-o de esguelha. Nunca antes havia tido esse sentimento de repulsa. — Vou dormir com Lola — concluo.

— Como quiser.

Preciso de ar. Desço as escadas e chego ao corredor onde estão os desenhos de Tommy. Paro diante de seu labirinto. Um Teseu etéreo pousa sua lança no corpo do Minotauro. É uma luta que não envolve dor, como se os dois, no final da representação da conquista e da morte, fossem se dar a mão e sair caminhando em direção à saída do labirinto. Uma linha percorre o desenho, é o fio de Ariadne, que Tommy batizou de *o fio que leva ao amor*.

— O fio que leva ao amor — digo sussurrando, e vou para o jardim. A noite está um pouco fria e os irrigadores ligados mitigam o silêncio e minha ansiedade.

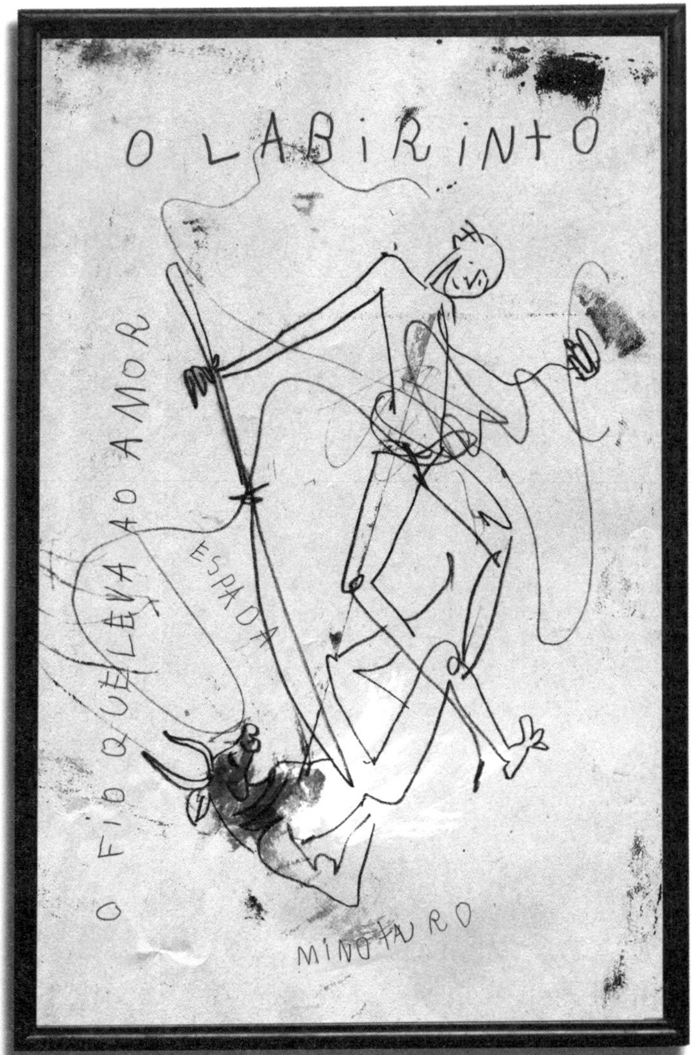
O LABIRINTO
O FIO QUE LEVA AO AMOR
ESPADA
MINOTAURO

21.♐

Gosto de ficar debaixo dos lençóis da minha cama porque aqui dentro tudo volta ao seu respectivo lugar. Ao lado de Kájef esqueço que amanhã é outro dia de aula.

Ouço alguém descer a escada. Espero atento. Ouço um barulho no terraço. Vou ao corredor e olho o jardim pela janela. Alma fala em seu celular entre as árvores. Volto ao meu quarto. Deito na cama e movo meu avião vermelho sobre minha cabeça. Eu não posso voar em um teco-teco de verdade. Papai costumava me dizer: "Quando você fizer 9 anos, vou levá-lo para voar." E, quando chegou esse momento, papai cumpriu sua palavra. Me disse que o interior do avião era como o de um automóvel e que eu não sentiria medo. Quando estou em um espaço estreito e fechado, minha cabeça começa a andar muito depressa e vejo imagens espantosas. O médico diz que é uma "fobia".

Na noite anterior ao meu aniversário esperei o sono com impaciência, pensando que assim amanheceria mais cedo. Depois, tudo foi por água abaixo. Assim que os motores retumbaram sob meu assento, senti uma dor no estômago e comecei a tremer. Fechei os olhos cantarolando uma canção. Através do meu capacete ouvi papai: de muito longe me dizia que já estávamos voando. Um som agudo entrou em meus ouvidos e senti uma dor muito forte. Quis gritar. Enterrei as unhas no dorso da mão. A boca de papai abria e fechava, mas eu não ouvia sua voz. Olhei para baixo. Pensei que ver o chão me acalmaria. Os automóveis se mexiam como bactérias e estávamos longe de qualquer coisa conhecida. Não consegui resistir e comecei a gritar. Massas de vapor passavam devagar diante de meus olhos. Tudo era azul e cinza. Continuei gritando, mas não era eu quem berrava. Nem sequer conseguia me ouvir. Caminhos retorcidos como escaravelhos, extensões escuras de terra, reflexos do sol. Senti um líquido quente escorrer entre minhas pernas. Sem me olhar, papai pegou um saco plástico e me deu. Em poucos segundos eu estava vomitando. Papai deu várias voltas antes de descer. Ouvia sua voz: "Aqui vítor alfa charlie romeu, plano de voo Tobalaba, peço SS para Tobalaba, teto 17.500 pés."

— Acho que terei de lhe dar outro presente de aniversário — disse quando aterrissamos, e depois passou a mão na minha cabeça.

♐

Tenho frio, como se alguém tivesse colocado um gelo gigante em minhas artérias para impedir que funcionem. Alma continua no jardim. Tenho certeza de que ela falava com o homem que a trouxe em casa. Ponho meu avião vermelho de novo para voar. Brrr brrr. Em um impulso atiro-o contra a parede. O avião cai no chão com uma asa quebrada. Um par de parafusos rola pelo chão. Como pude fazer isso? Como não me lembrei de contar até dez? É dessa forma que acontecem as desgraças? Estarão escritas em algum lugar que não conheço? Se é assim, bastaria encontrá-lo e com uma borracha gigante apagar os instantes que destroem as coisas que mais amo.

Eu acredito que mamãe em determinado momento deve ter sentido tristeza, ou raiva, como eu agora, e, antes de conseguir se arrepender, já estava morta. Mas o que pôde fazê-la tão infeliz para que tivesse se esquecido de contar até dez?

22. ♒

Do terraço distingo a piscina iluminada e depois a extensão de grama, até o ponto em que se perde na escuridão. Procuro o número de Leo que ficou registrado no meu celular e lhe envio uma mensagem de texto: "um gato negro atravessou meu jardim". Em poucos segundos recebo sua resposta: "você está podendo falar?". "Sim", escrevo. Ouço sua voz.

— Alma, onde você se meteu?

Não posso lhe transmitir meus problemas. Se Juan tivesse segurado minha mão, o mais provável é que não estivéssemos conversando agora. Pelo menos é o que quero acreditar.

— Estou no jardim. O que você está fazendo?

— Leio.

— Leo lê.* — Rimos. — Hoje Matías me perguntou se eu o havia visto e eu disse que não.

— Por quê?

— Não sei. Fiquei com vergonha.

— Pelo que aconteceu? — Percebo que está nervoso, como eu.

— Sim.

— Mas foi incrível. Não paro de pensar nisso.

---

* Leo também significa *leio* em espanhol. Daí as risadas. (*N. do T.*)

— "Nisso" ou em mim?

—- Em tudo, Alma. Em você, bem, fazendo... em seus olhos me olhando, em suas mãos me tocando... Ora, em tudo.

Permaneço calada.

— Quero encontrá-la. Se não nos virmos, é bem possível que eu morra. E estou falando sério.

— Será que você está lendo literatura água com açúcar?

— Ainda não, mas você tem certa razão. Nós escritores aprendemos a reconhecer o resplendor das coisas, que é algo assim como uma manifestação súbita da verdade que contêm.

Sempre as palavras de Leo. Se seus sentimentos fossem verdadeiros, o pudor e o medo o impediriam de revelá-los dessa forma.

— E nesse caso viriam a ser o quê? — Tento checar com sarcasmo.

— Você.

— As suas certezas me impressionam.

— Você me dará um espaço, mesmo que seja pequenininho?

— Vou tentar.

— Não é suficiente.

— É o que posso lhe oferecer.

— Então aceito. Por ora.

23.⌛

Enquanto procuro explicar a Emma os últimos procedimentos, a luz da janela roça seu atraente perfil. Sinto-me despido por seu olhar. Sei que avalia em meus gestos e expressões a veracidade de minhas palavras.

Penso em Alma. Há um tempo, não muito distante, via em seus olhos uma imagem de mim mesmo que me satisfazia, uma imagem luminosa que não existe mais.

Emma me pergunta se seu filho sente dor. Respondo que não. Está sedado. Aproxima-se dele. Enxuga sua testa com uma toalha branca. Conectado ao respirador, Cristóbal respira com dificuldade. Seus traços de menino se contraem. Observá-lo nesse estado de inconsciência aperta o coração de sua mãe, e o meu também. Emma me conta que Isaac passou a noite na clínica. Quer me fazer saber, suponho, que não está sozinha nesta história. Ao chegar, vi sua mãe e sua irmã sussurrando como de costume na sala de espera. Cristóbal tosse. Emma o observa. Seu rosto exibe o turbilhão de emoções que está experimentando.

— Você dormiu? — indago para quebrar o silêncio.

Nega com a cabeça. A fadiga faz com que seus olhos fiquem mansos. A palidez de seu rosto ressalta a testa e os lábios avermelhados.

— Descanse. Cristóbal vai precisar de você quando o tirarmos do respirador.

— Você não acredita no que está dizendo, não é mesmo?

Tem razão. Não acredito.

— Nas próximas horas saberemos como ele reage, mas por ora é melhor descansar, de verdade.

Coloco minha mão em seu ombro. Ela a segura.

— Obrigada por se preocupar comigo — diz, e depois me abraça com força.

Seu corpo se une ao meu, ouço sua respiração no meu ouvido, sinto que seus braços me apertam. Depois de alguns segundos se solta, cobre o rosto com as duas mãos e vira-se para a janela.

— Não aconteceu nada, Emma — declaro.

Ela continua de costas, encolhida, cobrindo o rosto. Por um segundo não sei o que fazer. Posso ir embora, como se nada tivesse acontecido, varrer para debaixo do tapete um instante que, no fim das contas, não tem a menor importância em relação ao resto dos acontecimentos. Mas não saio. Aproximo-me dela, viro seu corpo, ficamos de frente, e a abraço com toda a delicadeza de que sou capaz. E, quando percebo seu corpo estremecer, meu peito se descomprime; foi aberta uma válvula e sinto alívio, não sei de que exatamente. Talvez eu precisasse desse abraço tanto quanto ela. Quando nos afastamos, Emma sorri. É um sorriso tímido, que não perdeu a tristeza, mas sim a vergonha. Meu gesto redimiu o seu, e o de ambos pacificou Cristóbal. Ao olhá-lo constatamos que sua respiração agora é mais pausada.

⌛

À tarde faço a ronda de visitas a meus pacientes da UTI. Cristóbal, adormecido pelo efeito dos sedativos, inspira e expira no respirador. Seus sinais vitais estão estáveis. Emma, sentada diante da cama, tem os olhos fechados; é provável que esteja dormindo. Retiro-me sem averiguar. Ela reaviva em mim um sentimento de angústia que acreditava ter esquecido. É um retorno fugaz, como uma chuva intempestiva de granizo que fere o corpo e depois desaparece.

Já em meu consultório, acabo de responder o último de uma série de e-mails. A tarde avança. Esforcei-me para cumprir minhas obrigações, procurando manter a distância saudável e inevitável que caracteriza minha profissão. No entanto, não consigo tirar da cabeça a imagem de Emma escondendo o rosto nas mãos. Sua intuição não a engana, a klebsiella atingiu Cristóbal de maneira certeira e brutal. É provável que seu corpo não responda ao tratamento. Enquanto recorro a todos os recursos que estão ao meu alcance para salvá-lo, uma parte de mim observa impotente sua vida se desvanecer. A mesma impotência que sentia quando eu abraçava o corpo de Soledad para impedir que continuasse mergulhando em seus dias sombrios, que sua mente fugisse do mundo real.

Falta pouco para o pôr do sol, o poente se tinge de vermelho, as recordações abrem caminho até se assentarem em uma daquelas tardes de verão quando estava começando a intuir a desgraça. Entrincheirado em meu escritório, ouvia Soledad ir e vir no jardim. Lembro-me dela descalça, de calça e camiseta branca, com as tesouras de poda nas mãos. Vejo seu corpo miúdo se movendo com graça. Vejo-a levantar as mãos, me saudar sorridente e depois colocar as tesouras abertas sobre a cabeça, como se fossem duas orelhas. Gostaria de acreditar que não importava o que passasse pela mente de Soledad se ela fosse capaz de me sorrir com esse frescor e entrega. Lembro-me de ter pensado que, enquanto as aparências permanecessem intactas, nossa vida seguiria seu curso normal.

Naquela noite acordei sobressaltado. Soledad não estava na cama. A imagem do que aconteceu em seguida ainda me dói. Desci ao primeiro andar e vi que os postigos da sala estavam abertos. Fui ao jardim e chamei-a, a voz baixa no início, com mais intensidade depois de um momento. Caminhei pela vereda sinuosa que levava à piscina e continuei avançando até o fundo do jardim. A noite era clara. Ao lado de uma cerca vi uma mancha espessa. Era Soledad, acocorada sobre os galhos que havia cortado à tarde. Aproximei-me dela e vi que sua pele estava coberta de gotas d'água, uma umidade própria dos recantos sombrios. Limpei seu rosto. Ao despertar, seus olhos se afundaram em mim. Tinha os lábios retorcidos, o olhar perplexo e ao mesmo tempo desorientado. Começou a tremer. Então, o reconhecimento daquilo que eu sabia de antemão se cravou em minha mente. Quando se deu conta do que fizera, me olhou com olhos nublados e me pediu perdão. Suas palavras me machucaram muito, mais do que se tivesse se levantado e entrado em casa sem falar comigo; mais do que se tivesse me censurado por tê-la despertado de um sono tão doce. As árvores se agitaram com movimentos lânguidos. Quando meus olhos se habituaram à escuridão, o jardim adquiriu uma imperturbável beleza que naquele momento me pareceu difícil de suportar.

24.♐

Quando volto do colégio, entro no blog de Mr. Thomas Bridge. Continua impedindo que os invasores desembarquem na ilha. Em seu blog estão os recortes de notícias publicadas em jornais e revistas do mundo inteiro. Os especialistas analisam o caso: um místico canadense afirma que a família alacalufe é patrimônio da humanidade e que o estudo de sua forma de vida nos permitirá aprender mais sobre nós mesmos. Mr. Bridge está ao lado de uma etnóloga inglesa. Ambos sustentam que, qualquer que seja seu objetivo, uma intervenção destruiria para sempre uma forma de vida que tem 6 mil anos. Enviam uma mensagem às autoridades chilenas e à ONU para que retirem as embarcações e helicópteros que cercam a área. Ele exibe as imagens que fez hoje de manhã da família. As duas crianças e os adultos estão sentados na praia olhando o mar. Mr. Thomas Bridge diz que estão há três dias sem sair para pescar. A presença dos barcos os atemoriza e desconcerta. Se as coisas continuarem assim, morrerão de fome, acentua. Quando voltar, escreverei de novo a Mr. Bridge. Mas agora preciso preparar a mochila para minha excursão.

Hoje irei à casa do tio Rodrigo e da tia Corina. Ela foi a melhor amiga de mamãe. "Nunca terei uma amiga como Soledad", costuma dizer com uma expressão de tragédia mundial.

Recordo que Alma me deu o número do telefone do Bebê Hipopótamo Malvado. Só tenho que discá-lo. O difícil é tomar coragem. Dou várias voltas. Yerfa me pergunta se estou treinando para alguma maratona.

— Olá, quem está falando é Tomás, seu vizinho.

— Você quer vir ver meus caramujos?

— Não. Queria lhe pedir uma coisa. Se alguém perguntar por mim, você pode dizer que estou com você?

— Por quê?

— É um segredo.

— Bem. Se o chamarem, posso dizer que está no banheiro — afirma.

— Obrigado.

— Os amigos são para essas coisas — conclui.

Fiz uma descoberta que não tem relação com mamãe, mas me parece importante. Gravo:

Descoberta apêndice: Com os amigos se compartilham as mentiras.

Explico a Yerfa que passarei a tarde com meu vizinho. Ela se surpreende, mas ao mesmo tempo se alegra, porque também a preocupa que eu esteja sempre só.

A casa de tia Corina não fica longe. Uma vez eu e Yerfa fomos visitá-la. Pegamos um ônibus e descemos em um ponto em frente a um centro comercial. Recordo bem o percurso e repito exatamente o que fizemos naquela vez.

Quando por fim estou diante da grade da casa de tia Corina, demoro a acreditar que consegui. É uma pena que Lola não possa me ver, nem meus colegas de escola, nem papai. Toco a campainha, mas ninguém aparece na porta. Espero um momento antes de insistir. Tia Corina nunca sai de casa, é o que Yerfa diz. Também diz que não faz nada e que por isso está sempre de mau humor. Toco mais uma vez. Sento na calçada para esperar. Um menino passa de bicicleta, me olha e segue adiante. Seria emocionante se batesse em um poste. Depois de um tempo ouço cochichos. Levanto e caminho em volta da cerca da casa. De repente tropeço em alguém. Escondidos entre as plantas, dois meninos de cócoras me olham com expressão pouco amável.

— O que você faz aqui, seu cretino? — me ofende um deles.

Seu rosto está suado, e enquanto fala levanta as calças. Através de um buraco da cerca são vistos a piscina e um colchão de borracha onde flutua tia Corina. Usa um biquíni que deixa descoberta uma boa parte de suas tetas, que, além do mais, segundo Yerfa, não são dela. Não imagino de quem possa tê-las roubado.

— Eu sei o que estão fazendo. — Imagino que estou dentro de um filme e não sinto medo.

— Ah, sim, e que porra você acha que estamos fazendo?

— Estão se masturbando.

— E daí?

— Daí nada. Agora vou entrar para ver tia Corina porque preciso falar com ela.

Sinto um alívio na garganta ao dizer isso. O buraco na cerca é suficientemente estreito para que eles não possam atravessá-lo, mas grande o bastante para me permitir passar. Abro caminho e chego ao imenso e ensolarado jardim de tia Corina.

Quando surjo no outro lado, titia levanta o pescoço, como fazem os gansos quando estão procurando comida. Me viro e descubro que um dos meninos enfia sua cabeça na abertura. Tia Corina sorri e me cumprimenta, como se chegar sozinho ao seu jardim, por um buraco da cerca, fosse a coisa mais natural do mundo.

— Olá, tia Corina. — Me acomodo na beira da piscina e ligo em meu bolso o mp3.

— *Oi, meu amor.*

— *Entrei por ali porque ninguém me abria a porta.*

— *Não se preocupe. Anita nunca ouve nada. Está um pouco surda.* — Tia Corina fecha os olhos e estica os braços.

— *Eu lhe trouxe um presente.*

Tiro da minha mochila um desenho que fiz para ela. É um homem com corpo de estrelas.

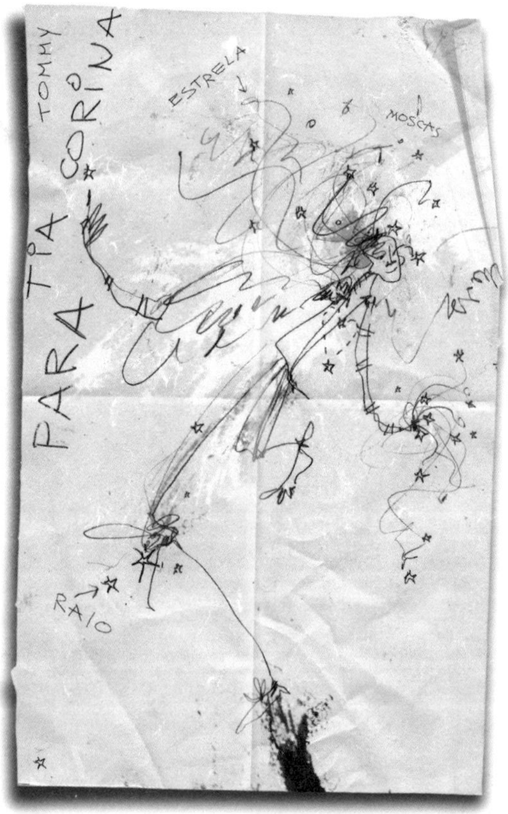

Exibo-o da borda da piscina. Ela olha, me agradece e diz que é muito bonito. Por seu sorriso, acho que gostou de verdade. Explico que nós, os seres vivos, somos feitos de estrelas. Ela acha que estou brincando.

— *É verdade. Quase todos os elementos pesados que compõem nosso corpo, como o ferro, o cálcio e o carbono, foram criados no meio do calor produzido pela explosão de alguma estrela* — explico.

Tia Corina me diz que não tinha a menor ideia e que acha maravilhoso que seja assim. Quando terminamos o tema das estrelas, digo:

— *Eu gostaria que você me falasse de mamãe.*

— *Aiii, Soledad. Nunca terei uma amiga como ela.* — É o que sempre diz.

— *Isso eu já sei. Mas gostaria de saber mais.*

— *Tomás, querido, você poderia enchê-lo para mim?* — me pede, me entregando um copo. — *A garrafa está debaixo da minha toalha. Seja bonzinho.*

É uma garrafa pequena com tampa prateada. Tem um cheiro muito forte.

— *Encha-o até a metade.*

Faço o que me pede e lhe entrego o copo. Quando aproxima seu colchão da beira, avisto um de seus mamilos escuros e pontiagudos. Tia Corina dá um longo gole e depois diz: "Ahhhhh."

— *Tia, gostaria que você me falasse de mamãe* — repito.

Ela leva um bom tempo para falar. Primeiro sorri, depois fica séria, toma outro gole do copo e em seguida tosse. Enquanto aguardo, o jardim emite um barulho curioso. Eu diria que o silêncio, quando espera muito tempo que alguém o quebre, começa a ranger.

— *Eu não sei o que sua mãe via em mim. Ela era muitíssimo mais inteligente do que eu. Passava para me pegar em seu carro e saíamos por aí. Não íamos aos lugares aonde iam as outras mulheres. Íamos ao bairro universitário, em Macul, porque ela estudou história da arte. Soledad era muito culta. Sentávamos em uma taberna que se chamava Las Terrazas e tomávamos café e fumávamos, e tomávamos mais café e fumávamos mais. Isso era tudo. Mas ficávamos tão felizes!*

Fecha os olhos e volta a dar um gole em seu copo. O cartaz de seu rosto está vazio. Provavelmente diz o que sente. Vejo-a enxugar os olhos. Tiro o tênis e enfio os pés na água.

— *Os grandes filhos da mãe...* — diz de repente.

— *Quem, tia?*

Espero. Mexo os pés na água. Olho o fundo da piscina e imagino que é a boca do planeta e que a qualquer momento tragará tia Colina.

— *Quem?* — repito depois de um tempo. Mas ela não me responde.

Penso nos filhos da mãe do colégio e em suas mensagens. O sol começa a se pôr. Os seres que vivem no jardim esperam em seus esconderijos que eu vá embora. Não gostaria de deixar tia Corina a sua mercê. Eu acho que ela adormeceu, como costuma acontecer com vovô.

— *Você deveria sair da piscina. Pode se resfriar. Quer que vá chamar Anita?*

— *Não, não, estou bem aqui. Adeus, amor* — se despede sem abrir os olhos e levantando uma mão no ar, como as atrizes de cinema.

— *Adeus, tia* — digo, e saio por onde entrei.

Já sentado no ônibus tiro a fotografia de mamãe da mochila. Ao olhá-la com mais atenção, descubro que tem uma mancha no lado esquerdo do rosto. Tento encontrar *minha* mãe na imagem desta mulher e não a encontro. Assim como inventei o episódio de sua morte, é provável que também a tenha inventado. Porque um menino não pode viver sem uma mãe, e quando não a tem a inventa. A que eu inventei detesta esportes, entrar em elevadores e aviões. Gosta de espiar as pessoas pelas janelas, aprender sobre a vida dos avestruzes, calcular com um relógio de alta precisão o tempo que uma partícula de poeira leva para cair no chão; coisas assim.

Encosto na janela e suspiro fundo. Lágrimas estúpidas começam a correr pelas minhas bochechas. Mal enxugo uma e já aparece a seguinte. E, quando olho para a rua, tudo me parece triste. Os homens que esperam nos pontos de ônibus com suas bolsas de trabalho, tia Corina flutuando na boca da terra, Alma falando no celular com um homem, a família alacalufe sozinha no universo, Mr. Thomas Bridge... A mancha que mamãe tem no rosto chegou ao meu corpo e depois cobriu a rua e o mundo inteiro. Quando chego ao meu destino, o micro-ônibus está quase vazio.

♐

Lola e eu jantamos com Yerfa na cozinha vendo um seriado de televisão. Papai e Alma voltarão tarde para casa. O celular de Yerfa toca dentro de seu bolso. Ela atende e entra em seu quarto. Lola diz que viu B.H.M. brincando com uns caramujos na rua e que eu não estava com ele.

— Onde você estava, seu caralhinho? — pergunta.

— E você, de onde tirou essa palavra horrível?

— Não mude de assunto.

Lola me olha esperando minha resposta, mas eu permaneço calado, com os olhos fixos na tela da televisão.

— E então?

Gostaria de lhe contar que fui sozinho à casa de tia Corina, que ela falou comigo como se eu fosse um adulto e que a vi chorar.

— Vou contar pro papai que você saiu sem permissão.

— Diga-lhe o que quiser, caralhota. Pra mim tanto faz — contra-ataco sem olhá-la.

Diante da minha indiferença, Lola começa a brincar com o purê de batata. Olho-a de esguelha. Espeta no garfo os pedacinhos de carne e lança um a um na lata de lixo. Fica me olhando com ar de desafio.

— Estamos empatados.

— Eu não tenho nada a esconder. — Meu sangue-frio me impressiona.

— Tenho outras provas, caralhinho, por isso é melhor que você fique bem caladinho.

Prefiro não averiguar quais são suas provas e aproveito para colocar minha comida na lata de lixo. Estou sem fome. Quando Yerfa volta à cozinha, estamos assistindo televisão com expressão angelical. Yerfa tem pressa de nos deitar, seu celular não parou de fazer piiiiii em seu bolso.

Já no meu quarto e de pijama, entro no meu e-mail. Espero a resposta de Mr. Thomas Bridge. Encontro o de sempre:

`Veado de merda xupador de pintu e nem isso pq é muito procê... hahaa além do + ningm dxaria q xupasse hahaaaa...`

Imagino que uma tempestade violenta de Marte passa na frente do campo de futebol da escola. Suas pernas e braços desmembrados voam pelo ar, depois morrem calcinados por um fragmento de matéria solar que cai sobre o que resta de seus corpos.

Entro no blog de Mr. Bridge. Ele fala diante de sua câmera. Diz que a família se embrenhou na floresta da ilhota e não voltou a aparecer. Fogem dos helicópteros que os sobrevoaram. Mr. Bridge afirma que não conseguirão sobreviver na floresta. Conta que os alacalufes foram exterminados pelos missionários ingleses. Eles não trouxeram apenas doenças para as quais os indígenas não tinham defesas, mas também tentaram adaptá-los aos seus costumes. Deram-lhes roupas e ferramentas, como facas e arpões, destruindo assim seu modo de viver. Não precisavam mais navegar horas no mar à procura de alimento; bastava atirar o arpão para obter carne de peixe suficiente para vários dias. Pouco a pouco foram abandonando as atividades que davam sentido ao seu cotidiano, tornaram-se sedentários e começaram a morrer. A existência dessa família é inexplicável.

Desligo o computador e me enfio na cama. A escuridão desaba em minha cabeça e surgem as estrelas fosforescentes que Alma grudou no meu teto. Cada vez que penso em Alma, e são muitas, me lembro dela chegando em casa com aquele homem. Por isso tento lembrar dela o mínimo possível. É hora de partir para os pés da minha cama, onde Kájef me espera. Sua embarcação é arrastada de um lado para o outro pelas águas. No centro, sobre um leito de areia úmida, há um fogo em brasa. Empunha os remos. A tormenta aumenta, a barcaça enfrenta ondas gigantes para depois cair sobre outras que voltam a levantá-la. Mas Kájef não recua. Ouço sua voz a distância. Me diz que vai procurar os alacalufes dentro da floresta e que os guiará até outra ilha, onde não possam encontrá-los.

— Tommy — ouço a voz de Lola no outro lado da porta. — Abra.

— Para quê?

— Por favor.

— E o que você me dá em troca?

— O que quiser. Yerfa não está aqui. Foi pro quarto dela. Procurei-a em todo lugar.

Abro a porta. Seu pijama de ursos e a foca de pelúcia que carrega nos braços revelam que de fato é uma menina insignificante. Chegou por fim o momento perfeito para a revanche.

— Entre.

Aqui estou, desperdiçando a melhor oportunidade que tive em muito tempo de me vingar de Lola. Sou um grande idiota. Ela se senta na beira da minha cama com sua foca. Volto a me deitar e apago meu abajur. Lola balança o corpo para a frente e para trás.

— Quem é a mulher da fotografia? — pergunta na escuridão.

Merda! Esqueci de esconder a foto de mamãe. Lola deve tê-la visto antes que eu apagasse a luz. Não respondo.

— É linda — diz. — Tem um machucado no rosto. O que aconteceu com ela?

Como pude ser tão estúpido? O que eu achei que era uma mancha era, na verdade, uma ferida.

— É sua mamãe, não é verdade? — Eu não respondo. — Estou com frio.

— Você pode se enfiar na minha cama, se quiser — digo.

— Tem certeza de que não se importa?

— Me importo, mas mesmo assim você pode.

Fica em seu lugar sem se mexer.

— Por que Yerfa nos deixou sozinhos? Você acha que é por causa do namorado dela?

— Certamente.

— Sinto falta de mamãe.

— Eu também — confesso.

Quando penso que Alma talvez esteja com aquele homem, sinto vontade de gritar.

— Eles saem muito, não é mesmo?

— Muito.

Nunca havíamos concordado sobre tantos temas em uma única conversa. Ela também parece perceber isso, porque resolve se enfiar na minha cama. Se encolhe com sua foca na outra ponta. Por sorte, minha cama é muito larga.

— Sim, é minha mãe. Se suicidou.

Ao dizer essa palavra em voz alta, me dou conta de que é difícil pronunciá-la, como se tivesse sido feita para não ser dita.

— O que isso quer dizer?

— Quer dizer que ela mesma se matou. Que resolveu me deixar sozinho, que não deu importância ao que acontecesse comigo. Significa isso.

Permanecemos mudos, cada um encolhido em seu lado da cama. De repente percebo alguma coisa entre meus braços. É a foca de Lola, e foi ela quem a acomodou ali. Me cansa pensar que de manhã minha opinião a respeito de Lola precisará passar por alguns ajustes.

25.♒

Depois do nosso encontro na produtora, só voltamos a nos encontrar neste lugar: o apartamento que Leo alugou diante de uma praça. Venho aqui à tarde, quando termino meu trabalho. Ao abrir a porta, ele abre seu mundo e o detém para mim.

— Olá, meu amor — diz, e me cerca com seus braços.

"Meu amor." Palavras manuseadas até o infinito e que no entanto começam a me agradar, pela sensação de irrealidade que me provocam. Não me importa que do outro lado da porta não sejam corretas.

— Gostaria de saber cozinhar para um dia esperá-la com um grande jantar. Mas sou um inútil — me confessa sem me largar. Sinto sua respiração em minha têmpora.

Pego sua mão e o guio até a única poltrona da sala. É um espaço amplo e livre. Diante de nossos olhos se abre uma praça cheia de castanheiras. Aqui do alto vemos suas copas. Enfio minha mão embaixo de sua camisa, noto sua respiração como um movimento de tronco.

— Também tenho pensado nisso, chegar um dia carregando sacolas com ingredientes para cozinhar, mas me imagino em um desses filmes românticos norte-americanos e perco a vontade. — Leo ri no meu ouvido. O frescor da tarde penetra pela janela entreaberta. — Prefiro a comida que chega pelo telefone. É assim que Lola a chama.

Seu nome traz um vendaval de realidade que me congela. Acontece assim. Ao som de certas palavras o dique se fende e a tristeza penetra pelas fissuras. Leo cruza o dedo indicador em minha boca e me abraça. É um contato no qual não há nada estranho nem desconhecido e é ao mesmo tempo excitante. A angústia se desvanece.

Depois de fazer amor, ficamos olhando o céu passar do vermelho ao aço. Nos cobrimos com uma manta. A cidade se estende diante dos nossos olhos e ferve com um som persistente. É a hora em que todos voltam para casa, a hora em que costumo me levantar e partir.

— Avisei em casa que hoje não voltaria à noite — declaro precipitadamente, antes de me arrepender.

Não expliquei mais nada. Não compartilho com Leo as mentiras que começaram a fazer parte do meu cotidiano.

— Este apartamento parece uma casa de vidro — digo.

— É verdade — admite. — Quando o vi pela primeira vez, a coisa que mais me agradou foi esta vista espetacular e a impressão de estar suspenso.

Anoitece. As janelas brilhantes dos edifícios flutuam no azul-escuro do final da tarde; Leo me faz notar que, nos retângulos dourados, as sombras de seus habitantes se movem como se estivessem em chamas.

— Olhe para mim — peço.

Quero encontrar em seus olhos o resplendor próprio de quem não vê nada além do ser amado. Mas não é o que vejo. O pequeno caracol negro de suas pupilas está escondido em sua carapaça. Rio.

— De que você está rindo? — pergunta ao mesmo tempo em que estica os braços para cima.

— Uma vez ouvi um amigo dizer que, para os homens, o sexo se reduz a uma fenda e um tronco.

— Eu diria que seu amigo é um pouco limitado. O sexo, para o homem, são infinitas cavidades e um tronco. Duas belas pernas também ajudam.

— Leo! — exclamo e pouso a planta do pé em seu sexo. Pressiono e deslizo-a suavemente para cima e para baixo. Sinto que se reanima.

♒

Acordo gritando. No outro lado da grande janela as luzes dos escritórios resplandecem intactas, tão nítidas como o sonho do qual quero escapar.

— O que está acontecendo? — pergunta Leo, alarmado.

As lágrimas se amontoam em meus olhos.

— Venha. — Me puxa para si.

— Tive um sonho terrível.

— Me conte. Quer que acenda a luz?

— Não. Assim está bem. — Repouso minha cabeça em seu ombro. — Você tem certeza de que quer que lhe conte?

— É claro.

— Estou em um colégio em construção, imenso e vazio. Procuro Lola. Percorro corredores desertos gritando seu nome. O chão está cheio de caixas metálicas. Ouço sussurros, abro uma das caixas e descubro uma minúscula mulher dormindo nua dentro dela. Fala sonhando. Seu corpo está coberto de farinha. No corredor surge uma mulher de roupa azul com uma bolsa de plástico na mão. "Você conhece Lola Montes?", lhe pergunto. "Claro que sim, foi embora com a mãe", responde. "Mas eu sou a mãe dela!" — Minha voz sai entrecortada, me detenho.

— Pobrezinha — diz Leo, e beija meu rosto, como se eu fosse uma criança.

♒

De manhã, quando abro os olhos, Leo fala ao telefone enquanto passeia pelo terraço que cerca o apartamento. Veste calça preta e camisa branca. O verdor da praça é intenso sob a luz. Gesticula, sorri — como sorri para mim —, levanta a voz. Não dirige o olhar para a cama de onde o observo. Sinto-me uma intrusa. A solidão me paralisa. É a parede que levanto dia a dia, atrás da qual só existimos Leo e eu. Agora ele está na outra margem, no lugar onde se fala com animação ao telefone, onde se discute e se transa, onde se estabelecem novas relações arrebatadoras. Para, coça a cabeça e dá uma gargalhada. Supõe-se que a experiência do prazer está ligada à noção de sua finitude; no entanto, não tolero que Leo exista fora destas quatro paredes, que sua vida, depois de nossos encontros, siga seu curso sem mim. Ciúmes de amante. História mil vezes vivida e contada. Leo entra no aposento.

— Bom dia, meu amor. — Senta em um lado da cama e inclina a cabeça para mim. — Que maravilha vê-la aqui de manhã com os cabelos despenteados.

Pressiona com delicadeza um dos meus seios. Gosto da sua forma de se apropriar do meu corpo; faz com que sinta que está aqui para ser tocado, e que ele não pode evitar seu contato.

— Tenho uma surpresa para você — avisa.

Depois de um tempo traz uma bandeja com o café da manhã.

— Como nos filmes americanos — diz.

Café, suco de laranja, torradas e frutas, olhando ao longe a cidade se espreguiçando. Como nos filmes.

26.♐

Não consigo dormir. Em vez de ficar rolando na cama, transfiro para o computador minhas últimas gravações e edito-as como Alma me ensinou. Ao ouvir as do casamento, descubro que mamãe esteve internada em uma clínica que se chama Aguas Claras. Crio um arquivo que se chama DEZ DESCOBERTAS SOBRE MAMÃE. Depois, como continuo sem sono, entro no blog de Mr. Bridge. A família ainda está escondida na floresta. Alguns jornalistas desembarcaram na ilha. As possibilidades de que a família volte à praia são pequenas. Mr. Bridge diz que há seis dias não saem para pescar e que teme por suas vidas. Envio-lhe outro e-mail:

```
   Prezado Mr. Thomas Bridge:
   Por favor, faça alguma coisa. O senhor é a
única pessoa que pode ajudá-los.
   Tomás.
```

Quando volto do colégio, procuro o endereço de Aguas Claras no catálogo telefônico e depois a rua no Mapcity. Não fica longe, tenho certeza de que posso ir até lá na minha bicicleta. Eu a uso muito pouco. Saio apenas com papai e sempre fico com vontade de andar mais. Ligo novamente para B.H.M. Desta vez ele se adianta:

— Você tem outro assunto a resolver? — pergunta com voz de espião.

— Exato, B.H.M. — digo sem perceber. — Me meti em uma encrenca.

— Por que você me chama de B.H.M?

Não posso lhe contar a história do Bebê Hipopótamo Malvado. Lembro-me de um livro que papai tem na biblioteca. Trata do Hollow Man.

— Ora, por causa do Best Hollow Man.

— Mas o que é isso?

— Você não sabe? É um homem que tem um buraco na altura do coração, o que o torna invencível.

— E eu sou como ele?

— É claro!

— Está bem. Vou te dar cobertura. Sem problemas. Me avisa quando chegar.

— Combinado.

Guardo na minha mochila o mapa que imprimi para chegar a Aguas Claras, um suéter para a noite, uma garrafa de suco de laranja, meu mp3 e a fotografia de mamãe. Enquanto faço essas coisas, observo meus movimentos a distância. Esse menino que está prestes a partir para uma aventura não me parece nem um pouco detestável. Kájef diz que durante uma aventura não é necessário que você lute contra terroristas ou extraterrestres, ou o que seja; basta partir à procura de algo, mesmo que não entenda muito bem por quê.

Antes de sair verifico pela última vez meu e-mail. Espero a resposta de Mr. Thomas Bridge. Não consigo acreditar. Aqui está:

```
Dear Colleague:

   Thank you so much for your support. I am
sure that things are going to be alright in the
end. As soon as I get home, I will send you my
address as I would love to see that picture you
promised me.
   Yours sincerely,
   Thomas.
   PS: We have the same name — I am sure it's a
good sign.
```

Sem dúvida é um bom sinal o fato de encontrar sua resposta no momento em que começo minha aventura. Passo pela cozinha e digo a Yerfa que estarei na casa do vizinho. Ela fala em seu celular e me faz um gesto de concordância. Levanto a mão para me despedir e saio. São 4h32 da tarde.

♐

Enquanto avanço na minha bicicleta, o vento passa pelo meu rosto e meus braços como milhões de plumas. *Não corra, não pule, não se agite, não se mexa.* Percorro uma avenida deserta. A superfície lisa da rua não oferece resistência, assim como a água. *Leve seu relógio, controle seu coração, não se afaste.* Descendo a toda velocidade. *Você não pode, tenha cuidado*! "Sou livre", digo para mim mesmo. Embora tenha ouvido muitas vezes a palavra LIBERDADE, não sei exatamente o que significa. Eu sei que as crianças se acham invencíveis, mas será isso o que elas sentem?

Já estou longe do meu bairro. As casas são menores, os jardins da frente mais descuidados, as árvores nas calçadas mais raras. Meu coração começa a bater muito depressa. Respiro fundo e imagino que estou dentro da água; isso sempre acalma meu coração de velho. Quando volta ao seu ritmo normal, subo na bicicleta. Depois de um tempo sou obrigado a parar outra vez. Não consigo mais pedalar. Caminho.

Às 6h18 chego, finalmente, à clínica Aguas Claras. No fundo de um estacionamento vazio se ergue uma casa de três andares com as persianas fechadas. Enfio a cara em uma fresta da porta. Um forte cheiro de queimado penetra em minhas narinas. Tudo está escuro, não há vida em seu interior. Vou à parte de trás da casa e descubro um jardim. As árvores parecem cansadas, assim como as trilhas confusas e cobertas por ervas daninhas por onde caminho sem rumo. Sento em um banquinho sob uma grande árvore e tiro a foto de mamãe da minha mochila. Ao olhá-la de novo, descubro uma coisa incrível: ela está sentada aqui, debaixo deste mesmo freixo! O freixo não é uma árvore qualquer, é nada menos que "A árvore do mundo". Maná me contou que cresce no centro do cosmo e que produz um orvalho tão doce que as abelhas o transformam em mel. O problema é que debaixo de sua terra vive um dragão que se alimenta de cadáveres e morde suas raízes para derrubá-lo. Deixo a fotografia no banquinho, com o rosto de mamãe olhando a folhagem, gravo:

Terceira descoberta: Como o freixo, mamãe tinha um dragão em suas raízes, e, por mais que tenha lutado para derrotá-lo, o dragão acabou vencendo a batalha.

Não sei aonde me leva tudo isso. Não acredito que tenha avançado muito. De repente as coisas me parecem muito difíceis. Diante da casa há uma piscina em ruínas e uma árvore com flores azuis. De vez em quando os pássaros se aproximam e gritam. O parque foi coberto pelas sombras. São 7h15. Faz tempo que eu deveria estar em casa.

Quando saio à rua, dou de cara com um pequeno memorial. Acho estranho não o ter visto antes. É uma casinha branca, bem-cuidada, com uma cruz de madeira e dois recipientes de plástico com flores amarelas. Chego perto para olhar o memorial. Não posso acreditar! Esta sim é uma verdadeira descoberta. Ele tem o nome de mamãe: SOLEDAD BASTIDAS BULYGIN.

Largo a bicicleta e me ajoelho no chão para observá-lo por dentro. Um memorial serve para recordar o lugar onde alguém morreu de forma violenta. As pessoas creem que a alma continua aqui, por isso deixam flores. Fecho os olhos para respirar com calma, e depois volto a olhar o memorial. SOLEDAD BASTIDAS BULYGIN. Entro nele. Há uma Virgem Maria vestida de azul-celeste e cabelos louros, como as barbies de Lola. Na mão tem um cometa. Atrás da Virgem, dependurada no teto, há uma grande estrela de seis pontas de metal opaco.

— Boa tarde — diz alguém atrás de mim. Levanto a cabeça e encontro um velho que tem olhos de mosquito.

Ergo o corpo. O velho deixa no chão um livro que traz debaixo do braço, limpa uma mão na calça e aperta a minha.

— Boa tarde, sou Tomás Montes, e Soledad Bastidas é minha mãe — declaro com emoção.

— Boa tarde. Eu sou Roberto Milowsky, moro ali em frente. — E aponta para uma casa de dois andares no outro lado da rua. — Sou também a pessoa que coloca flores no túmulo da sua mãe.

— O senhor a conheceu?

— Muito pouco, mas minha mulher sim. Trabalhava como voluntária na clínica Aguas Claras. Elena gostava muito dela e por isso sempre lhe deixamos flores. Então você é seu filho...

É muito parecido com ela — comenta, sem parar de me olhar atentamente, como se eu fosse alguém especial.

— O senhor sabe por que há uma estrela dentro do memorial?

— É uma estrela de davi, porque sua mãe era judia, assim como nós.

— E como o senhor sabe disso?

— Porque é assim. Quando você é judeu, não há nada que possa fazer para consertar isso. — O Sr. Milowsky sorri.

— Eu também sou judeu?

— Claro.

O sol se põe rapidamente. Pergunto-lhe se posso voltar algum dia para conversar com sua mulher. O Sr. Milowsky diz que isso seria um pouco difícil porque ela está morta.

— Por que me disse então "lhe deixamos flores"?

— Porque ela vive em mim e há certas coisas que fazemos juntos, como, por exemplo, oferecer flores à sua mãe.

— Foi o senhor que colocou a estrela de davi?

— Pessoalmente.

— Sr. Milowsky, o senhor gostaria que coçasse suas costas?

— Seria muito amável de sua parte.

Subo em uma pedra e o coço.

— Sr. Milowsky, posso lhe fazer uma última pergunta?

— Vamos, me pergunte.

— Mamãe morreu aqui?

O Sr. Milowsky faz que sim.

— O senhor sabe como ela morreu?

O Sr. Milowsky me olha sem dizer nada.

— Não vai me dizer como, não é mesmo?

Ele faz um movimento negativo com a cabeça.

— Está na hora de ir — afirmo.

— Você veio sozinho?

— Minha casa não fica muito longe.

— Bem, pode vir quando quiser para me ajudar com as flores de sua mãe. Já sabe onde moro.

Me despeço, subo na bicicleta e pedalo rua abaixo.

Quando descobri que meu pênis era diferente do de meus primos, perguntei a papai: "que é isto?" "Se chama glande", me respondeu. "Parece um cogumelo e sou o único dos meus primos que o tem", eu disse. Me lembro que papai largou o livro que estava lendo e fez um gesto de tédio. Naquela época eu ainda não descobrira os cartazes que os adultos levam na testa e pensei que me repreenderia por descer as calças em seu escritório. Mas o que me disse foi o seguinte: "Sua mãe e eu resolvemos circuncidá-lo por questões de higiene. Para que você saiba, nos Estados Unidos muitos meninos são circuncidados assim que nascem." Depois, logicamente, teve que me explicar o que significava a palavra circuncidar. No colégio meus colegas se encarregaram de me informar que só os judeus faziam isso. Zombaram de mim. Eu lhes contei a história dos meninos dos Estados Unidos, mas não acreditaram. Insistiram que eu era judeu e por um bom tempo, em vez de me chamarem pelo nome, me chamavam de "quiridi".* Paro em uma esquina e gravo:

Quarta descoberta: De acordo com o que diz o Sr. Milowsky, mamãe era judia e eu também sou.

Quinta descoberta: Mamãe morreu na rua, diante de Aguas Claras.

Eu supunha que os santuários deviam ser muito tristes, sempre recordando a morte de alguém — como a do avô —,

*Termo utilizado para se referir a judeus (*N. do T.*)

mas o memorial de mamãe, com sua Barbie, seu cometa e sua estrela de davi, parece dizer: "Venham me ver, não estou nada mal aqui dentro."

O caminho de volta é mais longo. O mapa não funciona como antes. Tento identificar os pontos de referência que memorizei, mas minha cabeça está cheia de ideias que me desconcentram. A noite está quase chegando. Sei que devo pedalar em direção à cordilheira. Eu vivo em uma de suas ladeiras. A subida é mais dura quando você está cansado, mas não tenho tempo de medir as batidas do meu coração. Ao chegar em um determinado ponto tenho que parar, não consigo respirar. Jogo a bicicleta no chão, dobro o tronco e apoio as mãos nos joelhos, olhando para o cimento sem vê-lo. Meu coração se ajeita dolorosamente, tenho vontade de pegá-lo com as mãos e ajudá-lo a bater como deveria. Tomo um gole de suco de laranja. Está morno e amargo. São 9h05 da noite. Continuo caminhando. Não há descidas, só escaladas, e as ruas me são estranhas. O esforço é tanto que tenho vontade de deixar tudo aqui, sentar na calçada e esperar que aconteça alguma coisa. As luzes dos edifícios de vidro e aço já estão acesas. Tudo está muito longe, meu quarto, minha Caixa de Tudotudo, Kájef. As costelas me doem. Passo a mão nos olhos com força, uma e outra vez, até que me machucam. São 10h03 da noite quando reconheço a esquina fosforescente do posto de gasolina. Uma lua branca, como uma horrível bola de futebol, sai da montanha. O que me espera em casa é pior que a rua. Minha única salvação é se papai e Alma não tiverem chegado. Uma possibilidade que, pensando bem, não é remota.

Ao abrir a porta, Yerfa se atira sobre mim e me abraça.

— Tommy, Tommy! — Me solto. Não gosto que me toquem assim. Nem que chorem no meu pescoço. Nem mesmo Yerfa.

— Você tem ideia do susto que nos deu? Hein?

— Perdão. Foi sem querer.

Lola, de pijama, aparece na porta do corredor com sua foca. Sorri para mim. Yerfa continua gritando. Eu também sorrio para ela.

— E papai?

— Por sorte ainda não chegou. Nem a Sra. Alma. Se estivessem aqui, você estaria perdido. E eu seria colocada no olho da rua por sua causa.

— Então não lhes diremos nada.

— Nadinha de nada — diz ela, e gesticula com as mãos como se limpasse um espelho.

27.⌛

Evadir: evitar um dano ou perigo iminente. Esquivar-se com arte e astúcia de uma dificuldade prevista. Fugir. Escapar.

É o que faço ao ligar os motores, apertar o acelerador e depois de alguns minutos levantar o nariz do meu teco-teco. A arte de voar mascara a ainda mais complexa e delicada arte da fuga. Para ser rigoroso, poderia dizer que tinha preparado tudo de antemão e não estaria mentindo. Antes de sair rumo à clínica hoje de manhã, coloquei no porta-malas de meu carro a jaqueta de aviador e outros apetrechos que carrego comigo nesses curtos passeios. E aqui estou, voando ao longo da costa, procurando a palavra exata para descrever a franja de areia ou a distância precisa entre um barco cargueiro e a margem. Sutilezas da evasão. A uns 50 quilômetros, uma miríade de nuvens se aproxima vindo do mar. Poderia também dizer que continuo aturdido, que esta é uma forma de organizar meus pensamentos, de encarar os últimos acontecimentos em perspectiva. E também não estaria mentindo.

Cristóbal está morto. Lembro-me de Emma com as mãos agarradas na grade metálica de sua cama, o olhar fixo no monitor, aguardando minhas palavras. Vi a cena de fora de mim mesmo, como em tantos outros momentos de minha vida, sempre convencido de que a razão é a única saída possível.

— Ele morreu, não é verdade? — me perguntou sem tirar os olhos do monitor.

A desgraça está dentro das probabilidades quando você trabalha no limite precário que separa a vida da morte. Por isso começa a construir uma engrenagem de defesas no próprio dia em que resolve se enfiar em uma sala de cirurgia e põe a serra para funcionar no tórax de um ser humano. É minucioso o trabalho de se colocar fora do alcance da culpa, do sofrimento e, de passagem, dos afetos.

Onde está Deus? Desde criança acreditei que se cumprisse Sua vontade tudo correria bem. Tenho procurado agir com atenção, com bondade, com rigor. Mesmo assim Cristóbal está morto. Soledad está morta. E eu estou longe de tudo. Procuro rezar, mas toda essa conversa fiada e a escuridão espessa que dela brota me levam a sentir repulsa. É impossível que Deus seja onisciente e que decrete a morte de seres como eles. É uma contradição que destrói os pilares da minha fé.

Protegido por minhas armaduras, parece que caminhei um longo tempo por uma superfície congelada, e aquelas fendas que de tanto em tanto apareciam e que eu driblava com destreza eram nada menos que a vida.

Desse fundo emergem as imagens, e elas me sacodem. Acontecia de repente. Soledad ficava paralisada. Se estivesse procurando um número de telefone em sua agenda ou arrumando sua escrivaninha ou trocando a roupa de Tommy, interromperia seus afazeres, e seu olhar vítreo se perderia em algum ponto da parede, como se, sem mais nem menos, tivesse se deixado vencer por uma força interna que a oprimia. Recordo o vazio presente em seus olhos, sua expressão sombria e impenetrável.

Episódios que foram se tornando mais e mais frequentes até explodirem na manhã de uma segunda-feira, quando recebi uma ligação da dona do imóvel que Soledad alugara para sua galeria de arte. Ela estava há três meses sem pagar o aluguel. À tarde fui à galeria para ver como iam as obras. Havia estado lá com Soledad bem no início de seu projeto. O acesso estava obstruído e pelas janelas se via o mesmo espaço amplo e vazio que eu vira aquela vez. As reuniões às quais Soledad ia toda manhã com o arquiteto, com o construtor, com seus múltiplos assessores não haviam dado em nada. Ou talvez — comecei a pensar — nunca tivessem acontecido.

Resolvi segui-la. Precisava saber aonde Soledad ia todos os dias com nosso filho, com quem se encontrava, o que estava tramando. Na manhã seguinte parei o carro em uma esquina e fiquei esperando por ela. Por volta das 10 horas a vi passar em seu automóvel. Segui-a. Depois de um tempo estávamos no bairro onde vivera com seus pais. Parou diante da praça onde costumava passear quando era menina e desceu com Tommy nos braços. Sentada em um banco, ficou muito tempo olhando para a frente, sem se mexer, os joelhos juntos e as mãos ocultas entre eles. Tommy, enquanto isso, brincava aos seus pés na terra. Em certo momento encostou-se na mãe e não voltou a se mexer. Era uma manhã gelada, e do meu automóvel eu podia ver sua respiração flutuar no ar. Temi que Tommy tivesse uma hipotermia. Não compreendia como, conhecendo sua fragilidade, ela podia expô-lo ao frio. Quis pegar meu filho e afastá-lo daquela mulher que já não me parecia a mesma pela qual me apaixonara. Mas tinha que ir até o fim. Precisava ver como Soledad havia me enganado nos últimos três meses. Tal era minha raiva que não avaliava a verdadeira dimensão do que estava acontecendo. Depois de pelo menos uma hora, Soledad entrou em seu automóvel e se dirigiu ao leste. Dirigia de forma temerária. Parecia que todo aquele tempo de desleixo explodira de repente em sua cabeça. Estacionou diante daquela que seria sua galeria, tirou Tommy de sua cadeira e despertou-o com muitos beijos. Essa manifestação de afeto, tão usual nela, me trouxe de volta a Soledad que eu conhecia. Quando estava diante da porta de entrada, levantou algumas tábuas que deviam estar soltas, se agachou e entrou com Tommy. Uma vez lá dentro, voltou a colocá-las no lugar. Esperei um tempo antes de sair do carro e ir espiá-la por uma das janelas. A imagem que avistei através do vidro sujo e embaçado desbaratou tudo o que até então eu dava como certo. Soledad estava atirada no chão com o corpo encolhido; Tommy, aconchegado em seu colo. Bati no vidro com violência até quase quebrá-lo, mas Soledad continuou quieta, apertando os olhos, como se evitasse o estrondo de um bombardeio. Entrei pelo buraco. Chamei-a pelo nome. Tommy começou a chorar. Soledad o apertou contra si para impedir que escapulisse. Arranquei meu filho de seus braços. Tommy gritava. Soledad começou a berrar, me dando pontapés, me socando. Peguei-a pelos pulsos. Sua expressão me deixou alterado. Continuava gritando com a boca aberta e os olhos vazios, em outro mundo.

Levei-os para casa. Sentada no carro, ao meu lado, com a cabeça dobrada, Soledad tinha a aparência de uma marionete. De repente começou a tremer. Um mal havia tomado minha mulher e uma nova versão da realidade se instalara em nossas vidas. Dali em diante, pensei, talvez nunca mais soubesse o que lhe dizer.

Tommy passou as semanas seguintes na casa de meu pai. Tanto para protegê-lo como para ajudar Soledad a romper a relação simbiótica que estabelecera com ele. A pressão dos últimos anos se acumulara, a ponto de quebrar os cimentos de seu ego, de seu ser. Foi essa a explicação que o psiquiatra nos deu. No começo, Soledad passava os dias diante da televisão, em um estado de triste inexpressividade. Pouco a pouco — com a ajuda dos remédios — foi recuperando sua fisionomia familiar, até voltar ao nosso mundo, à sua própria vida. Por isso baixamos a guarda e, quando uma tarde ela colocou Tommy em seu carro para "dar um passeio", Yerfa, que tinha ordens rigorosas para não permitir que saísse com Tommy, deixou-a partir.

Estatelou-se contra o muro de um viaduto subterrâneo. Eram 3 da tarde e a estrada estava quase deserta. Não havia outra maneira de colidir com o muro que não fosse com a firme intenção de fazê-lo. Tommy não estava sentado em sua cadeirinha de segurança. No chão encontramos seus lápis de cor. Deve ter se inclinado para pegá-los no instante em que Soledad bateu com o carro no muro. Esse movimento salvou sua vida. Ela acabou no hospital com vários ossos quebrados e lesões no rosto. Quando se recuperou dos ferimentos, nós a internamos em uma clínica psiquiátrica. Nunca lhe perdoei que quisesse levar Tommy junto.

⌛

Meu teco-teco se sacode. Tenho a impressão de que estou navegando sobre a superfície eriçada do oceano. Trouxe a garrafa de vidro com o navio dentro. Olho-a contra a luz. Tem detalhes que eu não havia percebido, como uma âncora pendendo da proa. O zumbido do motor ecoa em meus ouvidos. Empunho-a com tanta força que acabo quebrando-a. Estou sangrando. Levanto a mão, e as gotas caem em minha calça. Percebo a lufada desse sentimento que conheço: o de ter quebrado algo irreparável. Recordo as palavras de Alma no dia do casamento de Miguel: "É do que você mais gosta, não é verdade? Abrir as portas da sala de cirurgia e ver aquelas caras que o observam como se fosse um deus." E tem razão. O que ela não sabe é que esses olhares agradecidos me ajudam a esquecer o homem cheio de raiva, de culpa e de mesquinhez que carrego dentro de mim. Uma mesquinhez que temo que se espalhe pelos demais.

Quando Emma me perguntou se seu filho estava morto, puxei-a para mim. "Pode chorar. Eu nunca consegui", lhe disse.

Enquanto Soledad nos abandonava lentamente na clínica, eu construí uma couraça, sob a qual só um desejo me alimentava: não deixar que a tristeza me destruísse. Devia transformar tudo em força, em raiva. Era a única forma de sobrevivência que conhecia, a última convicção que me restava.

Emma não chorou. Ficou com o rosto enterrado em meu peito. Foi assim que fomos encontrados pelo pai de Cristóbal alguns minutos depois. Começou a gritar. Emma se soltou de mim e pegou-o pelos ombros. Eu peguei o barco na mesinha de cabeceira de Cristóbal e saí do quarto.

De repente tenho uma visão que jamais tivera. Enquanto o sol se prepara para se pôr no mar, a lua aparece entre as encostas da frente, alva, imensa. Uma figura que em outros tempos teria me levado a pensar na grandeza de Deus. Mas não agora. Preparei-me a vida inteira para experimentar a graça e a revelação, mas nada acontece. Ele permanece ausente, uma e outra vez.

28.♒

Em vez de ficar escondida em um lugar escuro e solitário, a casa de água da minha infância tornou-se transparente e flutua na cidade. Outra noite roubada. Observo Leo enquanto dorme. Seus traços relaxados lhe dão uma aparência mais ingênua, mais cândida. Os sulcos da testa desaparecem, e também os olhos perspicazes, os gestos enérgicos, o ceticismo. Apesar do olhar de desconfiança sobre o mundo, apesar do passado de vícios, Leo tem um ar de saciedade, como se tivesse passado a vida colecionando prazeres. Às vezes acho que é isso que me atrai nele com mais intensidade. Abre os olhos, pisca várias vezes antes de conseguir me enfocar. Sorri. A luz destaca seu esplêndido rosto anguloso. Sob os lençóis, me puxa para mais perto.

— Posso perguntar uma coisa? — pergunto.

— Depende.

— Quando o conheci, você estava acabando de sair de um tratamento e duas semanas depois estava cheirando. Por quê?

— De que você está falando?

— Você se lembra de quando nos conhecemos?

Apoio minha cabeça em seu ombro. Leo confirma.

— Naquela festa você só bebeu Coca-Cola, foi cedo para casa, tinha decidido se curar. E quando fomos à colina você cheirou cocaína. O que aconteceu nesse meio-tempo?

— Por que você quer saber isso agora? — Seus músculos ficam tensos. — Aconteceu há tanto tempo, Alma. Não foi minha primeira recaída, nem a última.

— Me conte, por favor. — Leo se acomoda e eu me adapto à sua nova posição.

— Minhas recordações dessa época são tão confusas... Foi um milagre você ter me encontrado limpo naquela festa.

— Na colina você me disse que estava com outra mulher e que por isso não queria se envolver comigo — comento e trago sua mão ao meu rosto.

— É incrível como você se lembra dos detalhes. Uma mulher... Devia ser uma professora de ioga ou de meditação, com quem fiquei um tempo. Sim, era ela. Tinha cabelos incríveis, assim como os seus, e suas pulseiras pareciam um chocalho quando se mexia.

— Quer dizer que era bonita.

— Você é infinitamente mais.

— Não estou procurando elogios.

— Não estou dizendo isso por acaso. Era bem mais velha do que eu. Acho que a convidei para sair no mesmo dia em que a conheci. Era um desavergonhado.

— Continua sendo — afirmo.

A lua lampeja entre os perfis escuros dos edifícios do fundo. O céu vibra, e um pó branco desliza pelas copas das árvores.

— Ela sabia que você estava saindo de um tratamento?

— Por que tudo isso lhe interessa tanto?

— Curiosidade.

— Não tinha a menor ideia, nunca lhe contei. Acho que foi com ela que comecei a beber de novo e a fumar baseados. Não durou muito. Um dia me expulsou de sua casa e nunca mais a vi.

— Essa mulher era minha mãe.

— O quê? — Leo se levanta e me olha nos olhos.

Enquanto falo com a tranquilidade de quem conta um sonho remoto, observo a lua, insone, flutuar diante da nossa janela.

— Eu vi você naquela manhã, dormindo. Estava nu. Fiquei um bom tempo observando os dois, você e minha mãe.

— Não posso acreditar… — Me aperta com força entre seus braços. — Não posso acreditar.

— A pele dela e a sua tinham a mesma cor oliva, mas a sua era mais forte, mais jovem.

— Então aquela mulher era sua mãe — comenta para si.

— Você se importou que ela o tivesse expulsado de casa? Ficou magoado com o fato de tê-lo apagado sem mais nem menos da sua vida?

Sei que minha pergunta é mórbida e por isso a faço. Porque tudo isso é mórbido, mas imprescindível. Leo fica calado por alguns instantes e depois diz:

— Sinto muito, Alma, de verdade.

— Mas como, se você não tinha a menor ideia? De fato, ela também não sabia que nos conhecíamos. E não sabe até hoje.

— Alma… de qualquer forma é terrível, e eu quero que você me perdoe. — Me abraça, agora com mais intensidade.

— Perdoar o quê?

— Por não a ter visto, por ser naquela época um bêbado sem-vergonha e um viciado em drogas e por não ter visto você.

— Por ter ido para a cama com minha mãe?

— Por ter ido para a cama com sua mãe — repete com seriedade, e eu começo a rir.

— De que está rindo?

— Consegui que você falasse a sério, consegui tirar sua máscara de sarcasmo, consegui que me sentisse.

— Mas eu a sinto o tempo todo…

— Nunca tanto como agora — declaro.

— Nunca tanto como agora — reconhece.

29.♐

Uma lua gigante se apoia na casa do Bebê Hipopótamo Malvado e me observa ameaçadora. O teto do meu quarto é um buraco por onde as sombras penetram como ratazanas. Acendo a luz. Penso no 6,5 que tirei hoje em inglês, no 6,2 em literatura e no 7 em desenho na semana passada. Lamentavelmente, também me lembro do 3 em matemática. Imagino que serei nomeado rei de um país chamado Tommylândia, mas o MDN — o Medo da Noite — é maior do que minhas invenções. Maior do que eu. Levanto e vou ao corredor. O passeio de bicicleta me deixou com o corpo moído. Não ganho nada entrando no quarto de papai. Alma não está; vai ficar trabalhando até de madrugada, e papai diz que já estou grandinho para ter MDN. Desço ao primeiro andar e bato na porta do quarto de Yerfa. Ela aparece com uma camisola branca que só deixa descobertos seus pés escuros. Sem dizer palavra, nos enfiamos em sua cama. Yerfa tem uma barriga macia e quente, assim como seus peitos. Pela sua janela olho para fora. A lua está ali de novo.

— A lua me seguiu até aqui — informo a Yerfa. — Na verdade, segue todo mundo em todos os lugares.

Ela me responde com um grunhido. Ouço-a respirar. Sua barriga se mexe para cima e para baixo. Para cima e para baixo. No fim das contas, a lua cheia não é tão ruim. As noites sem lua nem estrelas são ainda piores porque a escuridão desce das alturas com seus demônios. Pensando nisso, adormeço.

Ao se virar, Yerfa me joga para fora da cama. Estou no chão com um sapato dela no meio das costelas. Amanhece. Os primeiros reflexos azuis da madrugada derrotaram a lua. Volto para meu quarto e ligo o computador. Não entendo como nunca se cansam.

HAHAHA OCÊ É 1 POBRE VIADO NANÃO EXTRAVIADO. E VAMOS TE ARRANKAR TUA PICA SE NÃO TRUZER 5 MOEDAS OUVIU MARICOTA??????????????????????????

Sinto a mesma raiva de sempre, mas desta vez não tenho forças para imaginar algo espantoso. Às vezes gostaria de contar tudo a papai, mas ele pensará que essas coisas só acontecem com meninos muito tolos e muito fracos.

Por sorte, agora tenho Mr. Bridge. Antes de visitá-lo transfiro as gravações das minhas últimas descobertas para o computador. Quando entro em seu blog, está amanhecendo no fim do mundo. Como aqui. A câmera está fixa na ilha da família alacalufe. A voz enrouquecida de Mr. Thomas Bridge interrompe o silêncio. "Good morning", diz, e seu rosto avermelhado aparece na minha tela. Esfrega os olhos e sorri para mim. Se poderia dizer que somos amigos. Eu também sorrio para ele. É uma pena que ele não possa me ver. De repente diz:

— Uuuupsss!!! They are finally emerging from the forest!

Estão todos montados na canoa. A mãe rema água adentro. Não haviam avançado muito quando a canoa para. Não consigo distinguir o que estão fazendo. Mr. Thomas Bridge se pergunta o mesmo que eu. De repente tudo fica evidente. Não posso acreditar no que vejo. Tampouco Mr. Bridge, que agora grita: "What the fuck! What the fuck!" Primeiro é o menino.

Vejo sua silhueta pequena como a minha subir na borda da canoa e, com uma pedra amarrada em um dos pés, atirar-se no mar. Não se passaram mais de cinco segundos quando a água volta a ficar plácida, como se nada tivesse acontecido. A menina parece abraçar a avó. Solta-se dela e se aproxima da borda da canoa. Para um momento e depois, como o irmão, desaparece debaixo d'água. O pai a segue, e depois de poucos instantes também a mãe. A avó espera que as águas voltem a se acalmar, apaga o fogo com os pés e se atira. Desapareceram. O mar, indiferente, engoliu-os, e agora finge que dorme.

Mr. Bridge fica em silêncio. Desliga a câmera e tudo se desvanece. "Mr. Thomas Bridge!", grito para a tela do meu computador, que permanece negra como a água. "Mr. Bridge, Mr. Bridge!", volto a gritar com todas as minhas forças. Estico a mão para tocá-la, mas é inútil. Mr. Bridge se afunda nela como os alacalufes em seu mar, como mamãe em sua rua.

30.⌛

O rabino canta salmos em hebraico enquanto cada um dos homens vai atirando três pás de terra sobre o pequeno caixão de Cristóbal. Um arco de ferro forjado, de onde pende uma sóbria estrela de davi, coroa sua sepultura. Emma, em pé diante deles, os observa. O pai de Cristóbal não perdeu sua expressão nublada e febril. A sombra de um toldo branco protege o grupo de amigos e familiares que se despedem. Alguns estão com os olhos fechados e sussurram, muito próximos, formando um muro intransponível. Um ancião, cuja cabeleira branca lembra um leão, começou a orar.

É neste cemitério que Soledad deveria estar enterrada. Tommy tinha 2 anos quando uma prima argentina entrou em contato com ela e lhe disse que seus avós eram judeus. Seu avô havia chegado da Ucrânia a Buenos Aires e se convertera ao catolicismo com o objetivo de fundar um colégio para senhoritas. As gerações seguintes foram educadas na nova religião. Ficar sabendo de sua origem judia deixou Soledad alterada. Algo intangível, que nunca soube me explicar, mas que se transformou em uma fonte de infinitas perguntas e em uma procura extenuante. Na época eu estava começando a trabalhar como cirurgião e foi difícil acompanhá-la em seu périplo. Uma noite, meses antes do primeiro sintoma de alarme, quando estávamos deitados um ao lado do outro esperando que o sono chegasse, declarou:

— Hoje circuncidei o Tommy.

Fui incapaz de me controlar. Gritando, lhe disse que não tinha esse direito, que devia ter me consultado antes.

— Quero que Tommy seja judeu, como eu — respondeu com a calma de quem ensaiou suas palavras mil vezes.

— Mas... Ele já é — argumentei.

— Quero que ele reconheça sempre suas origens, que as carregue no corpo e que não lhe aconteça a mesma coisa que aconteceu comigo.

Movido pela raiva, repliquei com sarcasmo:

— Você vai estar aqui para lembrá-lo.

Soledad percebeu minha ironia. Minhas palavras, de certa forma, confirmavam seus temores.

— Também posso morrer — concluiu com emoção e seriedade.

Abracei-a envergonhado e lhe disse que não me importava que o tivesse circuncidado, mas que teria gostado que o tivéssemos feito juntos.

— Não posso ficar sozinha, preciso que alguém de nosso círculo familiar faça parte disso.

Mesmo quando conseguia entender o significado que isso tinha para ela, sentia raiva por ter marcado meu filho com um sinal indelével. A mesma raiva que senti quando me deixou sozinho com Tommy. Ressenti-me de sua inconsciência, da intensidade doentia com que vivia, que terminaram matando-a. Maldisse sua falta de coragem. A vida de Tommy e a minha ficariam obscurecidas por sua sombra.

Por isso escondi a verdade de Tommy: a morte de sua mãe e essa fração de sangue judeu que possui. Por isso também não a enterrei neste cemitério. Foi minha vingança pelo que nos fizera. O rancor tem uma energia e uma clareza de que o desconsolo precisa, por isso persisti nele. Vingança, amargura? Sinto-me invadido por uma tristeza tão profunda que começaria a chorar. Devo acreditar, e não pensar, me digo inúmeras vezes. Mas é inútil. Nunca antes Deus me parecera tão desumano. Sua grandeza está no fato de que nada do verdadeiramente humano é alcançável, de que estamos condenados a viver na dor e no pecado.

Emma coloca uma flor sobre o ataúde do filho, já coberto de terra. Nossos olhares se cruzam. Desce as pálpebras e depois as levanta, como se agitasse uma mão em um gesto de despedida. É hora de voltar para casa. Quero ver Alma, Tommy, Lola. Tenho a impressão de ter estado fora durante muito tempo.

31.♐

Eu acho que papai costuma guardar silêncio porque dizer algo simples a outras pessoas é, às vezes, terrivelmente complicado. Essa é, ao menos, a razão pela qual eu prefiro não falar.

Hoje no colégio lemos um poeta que se chama Vicente Huidobro.

Descobri que as palavras servem para expressar e entender assuntos que de outra forma seria impossível. Como por exemplo: *Penso neles, nos mortos. Naqueles que vi cair. Naqueles que estão gravados em minha alma. Naqueles que ainda estão caindo em meus olhares.** Quando o professor de literatura nos leu esse poema, meu coração deu um pulo. Nunca imaginei que pudesse existir um lugar, muito, mas muito dentro de nosso corpo, onde todos fôssemos iguais. Se não, como explicar que o Sr. Huidobro, que morreu há sessenta anos, fale do que acontece comigo?

Mas o mais importante é ter descoberto que com as palavras ele construía estrelas, capelas, caleidoscópios, flechas... Por isso resolvi finalmente fazer algo. Construirei minha própria Caixa de Letras, onde deixarei as mensagens presas para sempre.

---

*Tradução livre de trecho do poema "*Pienso en ellos los muertos*". (*N. do E.*)

CAIXA DE LETRAS DE TOMMY

Vá se kolokar ao ldo de um bixiño de peluçia q e do sem tmanho até 1 poko + gde que teu pintim q ê + peqno que o dedo mindim do pé pobre penosa parece um fungo... POBRE PRIVADA e EXTRA coraçãozinho de mina =

Ouve venenosa heherda a **xota** da tua mãe anda com o q fa[illegible] a boca do teu tamaño vc é até 1 pokiño + grande q teu pintim q. é mais peqno q

POBRE viado de mãe vale fungo... já q não tem quem [illegible]

tanto POBRE teus únikos amicos... Vá segurar um bixiño de **peluçia** quem [illegible]

que te amamos q são teus k[illegible] Vá prokur teus [illegible]zinha

32.♒

Sento no braço do sofá e deslizo de costas até Leo. Observo-o enquanto revisa suas anotações para uma crônica que precisa enviar a um jornal. Franze o cenho e depois rasura. Passa seu braço sobre meu ombro e me aperta.

— Não sei o que vou fazer sem você quando voltar para Bogotá — diz com um brilho nos olhos. Ri com um canto da boca.

Diz que apaziguo seus demônios e que o ajudo a se conectar com o lugar onde estão as histórias. Faço uma careta em sinal de incredulidade e explodimos em gargalhadas. Nenhum de nós ignora que escreve — sem a ajuda de ninguém — romances que lhe deram prestígio e uma vida confortável. Desvencilho-me dele e abraço meus joelhos. Leo volta a pegar seus papéis.

Não posso evitar que esse tempo futuro que Leo mencionou me entristeça. Há alguns instantes, quando estávamos nus na cama, ele me falou de sua vida. Uma existência livre e ao mesmo tempo perversamente solitária. Quis abarcar esse mundo amplo, cheio de oportunidades. No entanto, enquanto observava sua expressão intensa, sem chegar a ser feliz de todo, percebi sob seu relato desenvolto um certo vazio.

Pedi-lhe que me abraçasse. Precisava saber se esse momento tinha consistência, se era real, ou se não passava de mais um de seus malogrados casos que em um futuro não muito distante se transformaria em um de seus contos.

— Ouça isto — diz. — "Telêmaco querido, todas as ilhas se assemelham entre si quando erraste tanto tempo e o cérebro começa a extraviar-se contando ondas, as pupilas, sujas de horizonte, choram, e a carne das águas fere os ouvidos." É um poema de Joseph Brodsky. — Informa com o lampejo de picardia que costuma estar presente em seus olhos.

— Por um instante pensei que era você quem o havia escrito.

"Todas as ilhas se assemelham entre si quando erraste tanto tempo." Estaria tentando por acaso me dizer que chegou sua hora de se assentar? Não vou resolver as charadas de Leo. O que eu fizer ou deixar de fazer com minha vida não está subordinado ao que ele resolva fazer com a dele.

Atrás dos altos edifícios iluminados, o azul-escuro do céu vai adquirindo uma tonalidade alaranjada. A atmosfera está quieta. A inquietação me assalta. Atemoriza-me ser capaz de quebrar sem mais nem menos o mundo de Lola, de Tommy, de Juan.

Afinal, depois de duas tacinhas, Juan pode obter de mim o que quiser, assim como eu dele. A diferença está em elementos de aparência insubstancial, como a maneira que Leo tem de coçar a cabeça, seu timbre de voz, a forma como mexe as mãos, como me toca, o peso de seu corpo sobre o meu, suas investidas, a onda de prazer que me proporciona.

Quando, depois de certo tempo, a paixão morre, começamos a viver em torno de acordos, objetivos, lealdades e afetos que têm valor igual ou maior do que o ardor que substituem. Até há algumas semanas entender isso me parecia um sinal de maturidade; agora, no entanto, me parece uma elegante caixa vazia. Dentro de nós acontecem infinitos processos invisíveis, morrem células, nascem outras, certos assuntos param e outros começam a engrenar. Até que de repente mudamos. Foi quando uma dessas milimétricas atividades internas estava a ponto de se tornar visível que Leo voltou a aparecer em minha vida. Talvez ele não seja mais do que uma obsessão, uma miragem criada pela minha vontade de levar uma vida diferente, de começar de novo. Neste ar confuso que respiro, minha única certeza é a de que não sou capaz de viver em um ermo, afastada de minhas emoções, do calor de um corpo próximo e amado, cercada por caixas vazias.

— Leo — interrompo-o —, posso fazer uma pergunta?

Deixa seus papéis no chão e me olha.

— Por que em seus romances aparecem todas as formas possíveis de relações, até mesmo as mais desumanas, mas o amor nunca está presente?

— Isso não é verdade. Em *Bifurcaciones,* Pascual e Elisa se apaixonam.

— Mas Elisa está doente. Ela não pode receber o amor de Pascual.

— O amor jamais acontece de uma forma pura. Elisa o recebe e o sente, mas, por causa de suas incapacidades, deve encontrar sua própria maneira de expressá-lo.

— Você sabe o que eu acho? Acho que você está tentando banir a palavra amor e a está trocando por um discurso do desarraigamento. Mas você não é o único. No entanto, o pior é que essa nova retórica, que, na verdade, não tem nada de nova, em vez de ser mais livre está sujeita a padrões literários muito restritos. De verdade, não consigo entendê-lo.

— Primeiro, devo argumentar em minha defesa que não tenho nada contra o amor. E ainda que o que você diz fosse verdadeiro, estaria diante de uma batalha perdida. O amor é um sentimento que, mesmo sem ser formulado, continuaria existindo. E, segundo, você está me colocando no saco errado.

Conheço esse discurso do desânimo ao qual você se refere, mas minhas narrativas não comungam em nada com ele, e poderei lhe mostrar isso amanhã mesmo se me acompanhar à conferência que darei na universidade.

— Li seus romances, Leo, e toda esta sua eloquência não me convence nem um pouco.

— Deixe-me persuadi-la. Gostaria muito que você fosse amanhã. De verdade. Talvez eu tenha mudado... — me diz com um sorriso não desprovido de encanto.

— Para que o veja espalhar suas penas de pavão?

— Por que não? Talvez assim caísse rendida aos meus pés.

— Isso pode ser um pouco difícil. Já estou grandinha para esse tipo de humilhação.

— Então pelo menos aceite ir à rua comigo. Sabe o que gostaria de fazer?

— O quê?

Seus olhos estão iluminados por uma onda de candura e determinação.

— Gostaria que fôssemos ao cinema. Vi no jornal que está passando um filme dos irmãos Coen no cinema que fica aqui ao lado. Começa às 8h30.

Olha-me com expectativa, enfia as duas mãos nos bolsos da calça e deixa os polegares para fora, gesto que, suponho, pretende me encher de entusiasmo.

— Você sabe que não posso.

Não é a primeira vez que Leo tenta me tirar da casa de vidro.

— Mas por que você acha que encontraremos um conhecido em qualquer lugar que formos? — pergunta depressa. Vejo em seu rosto uma expressão de aborrecimento que procura dissimular com um sorriso fingido.

— Esta cidade é muito pequena, já lhe disse mil vezes. — Levanto e vou até a janela com as bochechas queimando de raiva. Leo parece não notar.

— E você acha que se formos ao cinema na noite de uma terça-feira vamos esbarrar com alguém? Acha mesmo? — questiona com o mesmo tom leviano.

Esforço-me para evitar que a raiva tome conta de mim. Se reproduzir com Leo as brigas que tenho com Juan, tudo isto perderá o pouco sentido que tem.

— Conheço muita gente. Além disso, outro dia você disse que, segundo Maugham, a paixão não prospera quando é satisfeita, mas sim quando é estorvada.

— Não trapaceie, ele não se referia à impossibilidade de ir ao cinema. Em todo caso, de que poderão acusá-la? De sair com um velho amigo?

Apesar de meus esforços para evitar um confronto, Leo continua me provocando. Por quê? Será que ele também quer terminar com isto antes que se torne insuportável para ambos?

— Essa não será a interpretação de ninguém, tenho certeza — contra-ataco sem perder a tranquilidade.

— Então dirão que você tem um amante. E daí? Setenta por cento das mulheres casadas deste país têm ou tiveram um amante. — Dá meia-volta e abre as mãos como um mágico.

— Eu não sou um número. E suas cifras são uma piada. Ou por acaso fazem pesquisas anuais sobre esse assunto?

— Posso lhe garantir que é assim. Não preciso de pesquisas oficiais.

— Certamente porque já fez teste com várias, não é mesmo?

— Não seja masoquista, Alma. Não tem sentido. — Esboça um meio sorriso e pega meu braço com um gesto cansado.

— O que não tem sentido é isso tudo — concluo com uma entonação muito aguda, e afasto-o de mim.

Contenho-me com todas as minhas forças. Leo não vai me ver chorar. Deixo que meu olhar se afaste das paredes e se perca entre as copas das árvores.

— Eu sei, Alma. É que às vezes lamento não poder compartilhar com você coisas de que gosto, como um bom filme ou um jantar... Me perdoe. É a frustração que me leva a falar assim. — Tem o olhar de alguém invadido por uma mistura de emoções.

Estende a mão e toca minha cintura. Em seguida, com uma suave pressão, desliza a mão para dentro da minha blusa.

— Sinto muito mesmo. A última coisa que eu quero é que nos envolvamos em discussões estúpidas.

— Eu também não quero isso.

Leo me abraça, e eu me entrego. Minhas articulações perdem consistência. Sou uma matéria flácida que precisa ser abrigada para não se desfazer. Ele percebe minha rendição. Me beija. Quando nos afastamos, ficamos olhando as luzes que relampejam no outro lado da casa de vidro.

— Está na hora de ir embora — digo de repente. — Prometi a Lola que a ajudaria com seu dever de inglês.

Pego minha bolsa e meu casaco. Antes de partir lhe digo que amanhã à tarde tenho uma reunião no colégio de Tommy e que não poderei vir.

— Está bem.

— Você está me dando uma permissão?

— Não. Estou dizendo a mim mesmo que está bem e que nada de ruim vai acontecer comigo se não a vir amanhã.

Afasto o olhar antes dele e digo:

— Não, não vai acontecer nada de terrível com você, Leo, posso lhe garantir.

33.♐

No recreio, um menino do sexto ano que tem a cabeça pontiaguda e os olhos separados como uma ovelha se interessou por meu cervo voador. Abri a caixinha e deixei que o tocasse. Como sua superfície é lisa e brilhante, o menino afirmou que era de plástico. Fechei a caixa e prometi a mim mesmo não voltar a abri-la nunca mais. Minutos antes de a campainha tocar avistei no corredor o professor de ciências. Costumo falar com ele sobre os programas científicos que vejo na televisão. Desta vez lhe perguntei:

— Mr. Berley, é verdade que se um pedacinho de Sol do tamanho da cabeça de um alfinete cair sobre a Terra poderá calcinar todas as pessoas que estiverem em um raio de 170 quilômetros?

Mr. Berley me respondeu que, em vez de ficar pensando em atrocidades, imaginasse assuntos que fizessem bem à humanidade. Disse-lhe que quando fico sabendo de alguma coisa não consigo mais achar que não existe e que o nome disso é *tomar consciência*. Olhou-me com seus olhos da cor de girassol e me respondeu que eu era um pouco filósofo. Gostei do que disse. Como ele é um homem velho, me ofereci para coçar suas costas, mas me agradeceu e me pediu que deixássemos isso para outro dia.

Guardo a caixinha do cervo na minha mochila e caminho até a biblioteca. Hoje é sexta-feira. Três horas de esportes. Tempo para pesquisar no Google. No corredor cruzo com alguns colegas. Olham-me como se fossem me dizer alguma coisa, mas seguem seu caminho dando risadas. Seus olhares entram em meu corpo e ficam trabalhando dentro de mim como vermes.

Uma vez na biblioteca digito: `Arnold Bulygin judeu`. Em um jornal encontro uma carta com o seguinte enunciado: "A verdade sobre Arnold Bulygin".

Quando li na imprensa que estava fazendo vinte anos da morte de Arnold Bulygin, pensei com meus botões que haviam transcorrido anos suficientes e que já poderia dizer a verdade. Conheci-o ainda menina, no bairro do Once, onde ambos vivíamos. Meus pais tinham um ateliê no qual fabricávamos velas de Shabat, e todas as sextas-feiras Arnold vinha buscar as velas para sua família, ocasiões em que costumava conversar longamente com meu irmão Miguel. Arnold era um menino sério e sonhava ser um grande educador. Eu e meu irmão o admirávamos. Um dia sua família vendeu sua casa do Once e desapareceu. Anos depois, ficamos sabendo do prestigioso colégio de senhoritas que os Bulygin haviam fundado em Belgrano, um dos bairros mais elegantes de Buenos Aires. Mas o que chamou nossa atenção foi que o colégio se chamasse Santa Ana. Não entendíamos o que havia acontecido. Nós, os judeus, podíamos emigrar ao fim do mundo, transformarmo-nos de advogados em fabricantes de velas, de ucranianos em argentinos. Nada era definitivo, mas tínhamos, sim, certeza de que sempre continuaríamos sendo judeus. Arnold Bulygin — o jovem bom-moço empreendedor – havia se casado com uma norte-americana de origem judaica e fundara um novo colégio católico. Dizem que foi feliz. Assim espero. Se tivesse fundado um colégio judaico, não teria ficado rico e também não teria participado da sociedade, aliás, nem ele e nem seus descendentes hoje. Meu irmão se encontrou com Arnold poucos anos antes de sua morte e lhe perguntou se ele se lembrava de suas andanças por Once. Os dois haviam envelhecido. Arnold o olhou confuso e lhe respondeu que estava equivocado, porque nunca vivera naquele bairro. Esta é a história de Arnold Bulygin. Assim é a verdade; ela surge das profundezas alterando a ordenada superfície das coisas. Espero que algum de seus descendentes, que talvez tenha perdido o rastro de sua origem, ao ler isto entenda algum traço de sua natureza, e assuntos que lhe são incompreensíveis por fim adquiram sentido.

Sarah Ravskosky

Tenho a impressão de que Sarah Ravskosky está falando para mim. Eu sou um descendente de Arnold Bulygin, há muitos assuntos que desconheço e outros tantos que me são incompreensíveis. Gravo o que disse sobre a verdade para pensar sobre isso mais tarde:

Descoberta apêndice: A verdade surge das profundezas, alterando a ordenada superfície das coisas.

Sexta descoberta: O avô de mamãe, meu bisavô, escondeu que era judeu para ser aceito pela sociedade.

— O que você está dizendo? — me pergunta Miss Patrícia, a bibliotecária.

— Desculpe, é que às vezes falo sozinho sem querer.

— Não se preocupe, isso acontece com todo mundo.

Algo imenso e feio se ilumina em minha cabeça. Tenho que chegar logo em casa. O resto do dia de aula passa em branco. Não exatamente, porque encho uma página do meu caderno de matemática com a seguinte frase:

No final não acho estranho. Alguma coisa nova e poderosa me une a mamãe.

Chegando em casa me tranco em meu quarto. Depois de um tempo encontro o que procurava. É uma conversa que gravei tempos atrás, quando Alma e papai ainda se falavam. Depois de ouvi-la gravo:

Descoberta apêndice: Alma contou o seguinte ao papai: quando esteve pela primeira vez com o vovô, ele perguntou se ela era judia. Ela respondeu que não era, e o vovô ficou muito contente.

Meus colegas de colégio me disseram que os judeus tinham o pênis cortado quando nasciam para que ficassem marcados. Me disseram também que judeus eram egoístas e comerciantes. Como sou circuncidado, me chamam de "quiridi", e quando me pedem dinheiro por e-mail não tenho alternativa senão lhes dar. Gravo:

Sétima descoberta: Eu acho que vovô, assim como meus colegas, não gosta de judeus.

Transfiro as gravações dos últimos dias para meu computador e recorro a B.H.M. Chamamos um radiotáxi de sua casa e ele mesmo fala com Yerfa; explica que queremos ver juntos um novo capítulo de *Avatar* na televisão e que ficarei com ele até tarde. Quando o táxi aparece na frente de sua casa, batemos as mãos como os meninos descolados. Tenho a impressão de que ele está tão feliz como eu em bater sua mão com a de alguém.

Quando o Sr. Milowsky abre a porta de sua casa, eu lhe pergunto:

— Sr. Milowsky, o senhor gostaria que eu lhe coçasse as costas?

— Isso seria maravilhoso — diz com um sorriso amável.

— Também lhe trouxe um presente. É um caleidoscópio. Fui eu que fiz.

— Isso é ainda melhor.

Exibo-o.

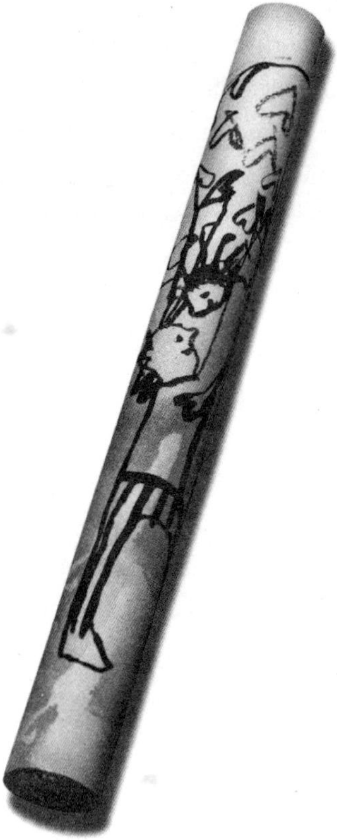

O Sr. Milowsky olha pelo orifício e certamente vê um halo de luz, porque os caleidoscópios que eu faço não são de verdade. Também observa por um bom tempo os desenhos: gira-o de um lado para o outro, como se se tratasse de um objeto caído do espaço. Diz que lhe parece muito interessante e coloca-o em uma estante ao lado de seus livros. Em sua casa há muitos livros e fotografias. Os livros não só enchem as prateleiras que cobrem as paredes, como também estão empilhados no chão, em torres que estão prestes a cair. Não tem muitos móveis além de uma mesa de jantar, uma poltrona e um abajur de pé que está aceso. As janelas são pequenas, e a luz de fora mal consegue penetrar por elas. Como se tivesse lido meus pensamentos, o Sr. Milowsky diz:

— Tenho muitos livros, eu sei, por isso quase não há móveis, para lhes dar espaço.

— Leu todos eles?

— Quase todos, falta ler uns poucos, mas a vista me falha.

Também há muitas fotos de sua mulher. Ela tem orelhas grandes e um sorriso que dá vontade de continuar olhando. Não vou perguntar se a amava, porque isso salta à vista.

— Você chegou a tempo — diz o Sr. Milowsky.

— A tempo de quê?

— São 7h21, está na hora de acender as velas do Shabat. Dezoito minutos exatos antes do pôr do sol. As mulheres são as encarregadas de fazê-lo, mas nesta casa não há mais mulheres, e acendê-las faz com que eu me sinta perto de Elena. Tenho certeza de que Deus não se incomoda com isso.

O Sr. Milowsky acende duas velas, abre os braços, faz três movimentos circulares para dentro ao redor das velas e diz:

בָּרוּךְ אַתָּה יְיָ אֱלֹהֵינוּ מֶלֶךְ הָעוֹלָם
אֲשֶׁר קִדְּשָׁנוּ בְּמִצְוֹתָיו וְצִוָּנוּ
לְהַדְלִיק נֵר שֶׁל שַׁבָּת׃ (אָמֵן)

“O que eu disse foi: Bendito és Tu, Adonai, nosso Deus, Rei do Universo, quem nos santificou com Seus preceitos e nos ordenou acender as velas do sagrado Shabat. Shalom Shabat, Tomás Montes.”

— Shalom Shabat, Sr. Milowsky — repito.

— Você fez muito bem.

O Sr. Milowsky me abraça e me dá um beijo na face. Meu nariz escorre um pouco.

— Você gostou?

Eu confirmo com um gesto de cabeça porque é difícil falar com o nariz escorrendo.

— Sua mãe gostava de acender as velas do Shabat.

— E gostava de outras coisas?

— Segundo Elena, ficava feliz quando nadava na piscina. Mergulhava até o fundo e ia de uma margem a outra sem respirar.

— Eu também gosto de fazer isso — sussurro.

Ouço ao longe o som de uma sirene. Imagino que carrega uma pessoa prestes a morrer e que daqui a pouco lhe arrancarão o coração. Não liguei meu mp3 e nem quero fazê-lo. Se gravasse este momento, me afastaria, e o que quero é mergulhar nele, como faço quando estou dentro d'água.

— Sr. Milowsky — me aventuro depois de alguns minutos.

— Diga.

— Mamãe se suicidou porque era judia?

— O que o leva a achar isso? Como você sabe que sua mãe se suicidou?

— Ouvi alguém dizer.

— Alguém em quem você confia?

— Não sei.

— Então não tenha tanta certeza a respeito do que ouviu.

— Sei que o senhor não vai me dizer que minha mãe se suicidou, e o entendo, porque é muito duro dizer isso a um menino de 12 anos. Eu lhe proponho que só me responda se mamãe se incomodava por ser judia.

— Para quem tem 12 anos, você é um menino muito perspicaz.

— O que significa "perspicaz"?

— Esperto.

— E então?

— Eu não conheci sua mãe o suficiente. Sei que conversava com Elena sobre a história do povo judeu, nossos costumes e rituais. Tenho certeza de que sua mãe não se incomodava por ser judia, pelo contrário. O que acredito, sim, é que seu interesse foi tardio; quer dizer, só quando virou uma mulher adulta.

Penso na família dos alacalufes que fugiu do mundo atirando-se no fundo do mar. Ficamos calados. Eu, porque de repente me sinto muito cansado; e o Sr. Milowsky, bem, não saberia dizer por quê. O letreiro em sua testa está escrito no idioma do Shabat. Os ruídos que vêm de fora penetram pelas pequenas janelas: um rádio ligado, alguém martelando, um cachorro latindo. Os sons flutuam na sala e me aproximam do Sr. Milowsky e de tudo que me cerca.

— Tomás — diz o Sr. Milowsky. Levanto a cabeça para olhá-lo. — Você ainda não coçou minhas costas.

No caminho de volta me pergunto de novo pela coisa que conseguiu fazer mamãe ficar tão infeliz a ponto de se esquecer de contar até dez, e penso que nunca vou ter certeza absoluta porque, pelo menos para mim, as coisas invisíveis são as que doem mais. Quando chego em casa gravo:

Oitava descoberta: O elemento de mamãe, assim como o meu, é a água.

Pela primeira vez desde que iniciei esta procura descubro algo que em vez de me machucar me faz cócegas no coração.

34. ♒

— Você gostaria de sair para jantar em algum lugar? — sugiro a Juan da porta de seu escritório.

— Você poderia ter me avisado que chegaria cedo. Yerfa já me serviu um sanduíche — me responde com os olhos fixados na tela do computador.

Levanta-os por um segundo e volta a enterrá-los na luz que se reflete em seu rosto. A sala está mergulhada na tranquila penumbra do anoitecer. As sombras se expandem sobre as cores creme e marrom que dominam o ambiente.

— Você vai demorar muito?

— Tenho que responder alguns e-mails. Subo daqui a pouco.

Aproximo-me dele, passo a mão em seu pescoço e lhe dou um beijo na testa. Sempre admirei seu controle; agora, no entanto, gostaria de desprender a matéria que resguarda seus pensamentos, deixá-lo exposto e nu.

— Bem, vou deixar você terminar.

Depois de colocar as crianças na cama, contar-lhes uma história e esperar Lola dormir, me recosto em minha cama. Juan continua em seu escritório. Enquanto o espero, a luz da rua vai se filtrando entre as folhas das árvores.

Talvez Juan espere que eu adormeça, já incapaz de resistir às inevitáveis pressões da nossa intimidade. Nesse caso, minhas tentativas de aproximação devem lhe provocar um crescente desprezo. O silêncio gruda em meu corpo. Cubro-me com a colcha e fecho os olhos. Na escuridão, a imagem de Leo retorna com uma força inusitada. Ligou-me na noite seguinte à nossa discussão e não atendi. Faz cinco dias, e desde então não soube dele. A nossa relação parece ser feita de uma matéria volúvel. O cansaço toma conta de mim. Mergulho no sono como se alguém me puxasse pelos pés até suas profundezas.

Acordo com o barulho da porta.

— É você? — Não sei quanto tempo transcorreu.

— Me desculpe. Os e-mails se arrastaram um pouco. Continue dormindo — diz Juan, entrando no banheiro.

Quando se deita no outro lado da cama, abraço seu corpo, subo em cima dele e começo a me mexer.

— O que está fazendo? — pergunta com um meio sorriso.

— Nada. — Continuo me mexendo até sentir sua ereção sob meu ventre.

Vira-me na cama e me ataca, a princípio com cautela, depois com arrebatamento. Percebo sua ansiedade, seu desejo. Em um lampejo de consciência distingo um elemento, alterado e perverso, sob nossas carapaças. Juan procura algo em mim que está mais além de mim e não encontra. Deita de lado. Vira-se e apaga a luz. Seu ser se comprime até não deixar nem um milímetro descoberto.

SEGUNDA PARTE

O tempo, a água e a guerra

⌛ ♒ ♐

35. ♐

Papai me prometeu que antes de voltar para Santiago passaríamos no túmulo de mamãe. Na próxima semana é o aniversário de sua morte, e todos os anos por volta dessa data vamos ao cemitério de Los Peumos, onde está enterrada.

Alma costuma inventar brincadeiras para nos entreter no caminho, mas desta vez não desgrudou os olhos da janela. Lola, para sua sorte, adormeceu.

— Como vai Cristóbal Waisbluth? — indaga Alma tirando do porta-luvas um lencinho de papel para assoar o nariz.

— Bem — diz papai, e acelera com tanta força que os pneus rangem contra o pavimento.

Papai não gosta que façamos perguntas sobre seus pacientes. Prefere deixá-los na clínica, tranquilos. Não entendo por que Alma fala de assuntos que o deixam de mau humor. Lola acorda e vomita no colo do meu avô. Papai para o carro e descemos todos.

— Merda! — grita papai, passando as mãos no rosto.

Lola está tensa. Alma troca sua roupa e depois limpa o banco traseiro com o jornal de hoje.

♐

Depois de provar o primeiro prato, Lola e meus primos menores vão para o jardim. O status de Lola é sempre o mesmo, o de uma "criança", e isso a exime de qualquer responsabilidade. Eu, no entanto, não tenho uma condição definida. Sou "grandinho" ou "apenas uma criança", dependendo das circunstâncias. Desta vez devo ficar sentado à mesa ao lado dos meus primos mais velhos até o final, e ouvir as mesmas conversas que meus tios e meu avô mantêm sempre que se reúnem. Falam sem parar, sustentando assim as comportas por onde atacam os silêncios negros. Estou com o mp3 ligado. Meu primo Rodrigo me dá um pontapé por baixo da mesa. É a vez das queixas de se viver em um país tão provinciano como este. Quando chega o café, começam o inventário das cidades do mundo que visitaram e que comparam com Santiago para se sentirem, ao final dessas viagens imaginárias, mais miseráveis do que eram antes de começarem. Miguel e Júlia voltaram há alguns dias de sua lua de mel e falam maravilhas de Paris.

— *Não há nada como o Parque Arauco* — intervém tia Corina. Tem as bochechas vermelhas e inchadas como se fossem balões prestes a arrebentar. Me lembro de suas tetas flutuando no meio da piscina.

— *Não diga besteira* — diz tio Rodrigo com um sorriso que não sorri.

— *Então ninguém nesta família tem senso de humor?* — grita tia Corina.

Tio Esteban, sem parar de mastigar, mexe sua cabeça de avestruz para cima e para baixo. Meu primo me chuta de novo. Olho a janela. Ao longe vejo o viveiro de pássaros. O maior pássaro de vovô é um pavão real e o menor, um colibri conhecido como zunzuncito ou elfo das abelhas. Vovô tem o hábito de alimentar os pássaros de manhã. Ninguém lhe diz que as lapelas de seu paletó estão cheias de alpiste; me lembra a história do imperador nu. Cada vez que tento avisá-lo, alguém me interrompe. Não tenho alternativa a não ser observar como as pequenas sementes caem pouco a pouco em seu prato. Chega o bolo e cantamos o parabéns em inglês. Meu primo volta a me dar uma patada. É a terceira. Desta vez levanto a vista para o abajur de cristal com seus seis braços dourados que sustentam a águia napoleônica. Segundo vovô, é o abajur que o imperador tinha em seu escritório. Quando meu primo me chuta outra vez, penso que a única forma de evitar que continue machucando minhas canelas é chamando a atenção dos adultos.

— *Vovô* — digo. Todos voltam a cabeça para mim. — *Queria lhe desejar um aniversário muito feliz.* — Papai e vovô me olham satisfeitos. Nunca antes havia falado na mesa. — *Também queria lhe contar que tenho uma amiga chamada Sarah. Ela é judia.*

— *Tommy* — me diz papai em um tom nada amável.

— *Nasceu em Buenos Aires e tem um sotaque maravilhoso* — continuo, arrastando o "l" como fazem os argentinos. — *Sua família trabalha fazendo velas para o Shabat. Vovô, você sabe o que é o Shabat?*

— *Tenho certeza de que você pode nos dizer o que é* — me pede Alma.

— *Não creio que seja o momento* — observa vovô e faz um gesto com seus dedos ossudos, como de papel.

— *Porque se trata de judeus?* — pergunto.

Todos permanecem mudos, e minhas palavras ficam ressoando nas paredes da sala de jantar. Procuro uma aprovação no olhar de papai, mas dou de cara com uma expressão de desagrado. Se não o conhecesse, diria que engoliu uma coisa muito amarga. Esfrega um cotovelo e aperta a boca. Tia Corina faz um bico como se fosse começar a chorar. Vovô me olha do alto da cabeceira. Gostaria de lhe dizer que mamãe e eu também somos judeus, mas teria que lhe explicar tudo desde o começo.

— *Você está passando dos limites, garotinho. Tenha muito cuidado! Ouviu?* — grita vovô.

Com um dedo aponta meu nariz, depois olha para papai e mexe a cabeça de um lado para o outro. Ninguém fala. Sinto o frio das histórias, quando o inverno chega de repente. As cortinas da sala soam como se um esquilo se esfregasse nelas. O silêncio é absoluto. Vovô volta a falar.

— *Meninos mal-educados como você não interrompem os mais velhos.*

— *Perdão* — digo, mas não parecem me ouvir porque já estão falando de outro assunto.

Quando vovô se levanta, todos podemos fazer a mesma coisa. Antes que papai me alcance, pulo da minha cadeira e corro para o jardim. Lola e meus primos desapareceram. Caminho até o viveiro. Os faisões chineses estão diante da porta fechada da gaiola, um ao lado do outro, eretos e quietos. Seria possível dizer que esperam ver a porta se abrir para saírem e darem um passeio. E é o que faço. Abro a porta de par em par e os dois faisões chineses saem cautelosos com seus pescoços brancos muito duros. Avançam alguns metros e param para olhar para trás, sem piscar. O faisão dourado se aproxima da porta, em dúvida, e depois também atravessa o umbral. Dois passarinhos de peito vermelho saem voando. O pavão real aparece balançando sua cauda longa e esverdeada. Um pássaro pequenininho bate na grade, sem conseguir sair. Subitamente, uma bandada começa a voar sobre minha cabeça e em poucos segundos a gaiola está vazia.

36.♒

Através da janela da sala avisto o mar e sua extensão azul marcada por partes mais escuras.

— O que acontece é que ela vive em outro mundo, não se dá conta de nada.

Quem está falando é María Jesús, a única irmã de Juan, que tem o hábito de dizer banalidades no tom grave e decoroso que é usado quando se quer abordar assuntos transcendentes. Lembra minha mãe. Enquanto conversa, vira com frequência os olhos para um canto da sala onde está seu namorado. Pela primeira vez em dois anos traz alguém à casa de sua família. Jamais a ouvi falar abertamente da depressão que sofreu quando seu marido a trocou por sua melhor amiga. Se por acaso alguém deixa escapar um comentário, é sempre evasivo, e nunca consigo entender se o tom é paternalista, irônico ou simplesmente uma espécie de covardia. Os olhos de María Jesús se acendem e seu rosto adquire uma expressão prazerosa, não muito diferente da minha quando olho Leo. Levanto meu copo de conhaque e brindo com meus botões. São seis dias sem falar com ele. Lembrar dele me dói. O que me detém agora não é o medo de perder o que tenho, mas a convicção de que, não importa o que aconteça, no final estarei diante da realidade e de suas misérias. Levando ao extremo as palavras de Tolstoi, poderia dizer que as felicidades não são somente iguais, mas também imaginadas, e que os infortúnios, por sua vez, são únicos e reais.

— É um tratamento que dura 18 dias, uma amiga de Paula perdeu sete quilos. O massagista é tailandês.

— Você se refere a Paula Vicuña? Teve problemas terríveis com o filho menor — intervém uma das minhas concunhadas, cuja conversa se concentra sempre nas desgraças de seus conhecidos.

Leo. Uma paixão, mas sem outro destino além de o de ser vivida e consumida em si mesma. Nada de novo sob o sol. Milhares de páginas escritas tratam da mesma coisa: a incapacidade de se concentrar mais do que no ser desejado. Imagens que me sacodem e diante de cuja força o tecido perseverante de meus pensamentos é inútil.

— Pagou mais de 5 mil dólares, mas eu juro que vale a pena. Você vai ver como ficou.

Atrás de um grande vaso de lírios brancos, Juan continua conversando com seus irmãos. Falam de Wimbledon. Suas palavras me chegam mitigadas pela brisa marinha que penetra por uma janela aberta, rítmicas sílabas sem sentido que exacerbam minha impressão de irrealidade.

Meu celular toca. Tiro-o do bolso da calça e olho a tela. É Leo. Atendo sem dizer palavra. Saio da sala. Vou ao jardim com o celular no ouvido.

— Você está aí? — pergunta Leo.

A luz do sol que cai velozmente sobre o gramado tem um efeito cegante.

— Sim, estou aqui, no jardim da casa do meu sogro, a uns poucos metros do lugar onde nos encontramos — respondo ao chegar ao arvoredo.

Sento na grama à sombra de um peumo. Tudo aqui é úmido e aromático. Do gramado imaculado e de seus tanques emana uma estabilidade agoniante.

— Me perdoe — ouço-o dizer. — Não devia pressioná-la dessa forma.

— Você tem razão. Tudo isso é ridículo. Não podemos sequer pisar na rua juntos, porque morro de medo, e sei que é irracional, mas não posso evitá-lo. — Falo depressa. — E, além disso...

— Além disso o quê?

— Não posso lidar com tudo isso, Leo. Não é o que quero...

— Senti sua falta, Alma. Gostaria de vê-la.

— Você não me ouviu.

— Você não sente falta de mim como eu sinto de você. Por isso está falando assim.

Procuro em seu tom de voz os vestígios de ironia que em seu rosto são tão evidentes.

— Você não pode saber isso.

— É verdade. Então aceite o que vou lhe propor.

— O que está tramando?

— Quero ir com você a um lugar onde possamos passar uns dias juntos. Você pode dizer que vai ver umas locações com Matías. Ele me contou que estavam cuidando disso.

— Você pensou em tudo.

— E então, o que me diz?

— Não sei.

Olho para o viveiro e descubro que está vazio.

— Na próxima semana parto para Bogotá. Não posso continuar adiando mais minha volta. E preciso vê-la.

Sinto um tremor na nuca, nos ombros.

— Trata-se de uma despedida, então.

— Se quiser pensar assim... Daí você consegue ver o mar?

Surpreende-me sua capacidade de desviar o rumo das conversas. Tenho a impressão de estar em um trem a toda velocidade, posso continuar olhando por uma de suas janelas ou dizer "agora!" e pular.

37.♐

— *Sim, vejo. O lugar aonde você quer me levar tem mar?*

(...)

— *Não, não disse que sim, estou apenas perguntando.*

(...)

— *Eu também quero ver você.*

Alma se levanta e avança alguns passos na minha direção. Faz um tempo que ouço sua conversa. Estou de cócoras, escondido atrás de uma árvore. Olha para mim sem falar. Sei que está rebobinando suas palavras e não precisa ir muito longe para perceber que disse coisas demais.

— *Tenho que desligar* — diz e guarda o celular no bolso da calça. — *Você não deveria ouvir as conversas dos adultos. Isso não se faz, e você sabe!* — grita comigo.

— *Não tenho culpa de você não ter me visto. Eu não estava escondido. Estava aqui.*

— *E o que fazia aqui?* — Sua voz está mais calma, mas eu sei que controla sua vontade de me enforcar.

— *Não fazia nada.*

— *Está com seu mp3?* — Tenta entrar em minha cabeça com seu olhar. Por isso a abaixo e começo a desenhar no gramado com o cadarço do meu tênis.

— *Como sempre.*

Não me pergunta se gravei sua conversa. Senta ao meu lado.

Olho-a de esguelha e vejo que coça a cabeça. Entre os galhos das árvores se vê o mar. Nós dois fingimos que o olhamos concentrados.

Não sei quanto tempo transcorre. Não me importa. Quanto mais depressa chegar o momento de irmos embora, melhor. Alma segura seus cabelos e depois passa a mão pela grama com insistência, como se tivesse perdido alguma coisa, até que diz de repente:

— *Eu amo muito você, Tommy.*

Sabe que suas palavras ficarão registradas para sempre no meu mp3.

— *Sei. Papai diz a mesma coisa. Que me ama muito* — afirmo com o tom zombeteiro que ele às vezes usa quando está irritado.

— *Você é a pessoa que ele mais ama.*

— *Essa é a maior mentira do mundo. Maior que a montanha mais alta, maior que o maior telescópio do mundo.*

— *Você se refere ao telescópio ALMA. Pois está profundamente enganado, Tommy. Eu juro.* — Seu rosto está branco.

— *Não precisa jurar nada, pois não acredito em nada do que você diz* — concluo e saio correndo.

— *Tommy, Tommy, não vá embora, por favor!* — ouço-a gritar.

Enquanto corro em direção à casa, olho para trás. Alma está em pé no meio da colina. Paro para ler suas mãos:

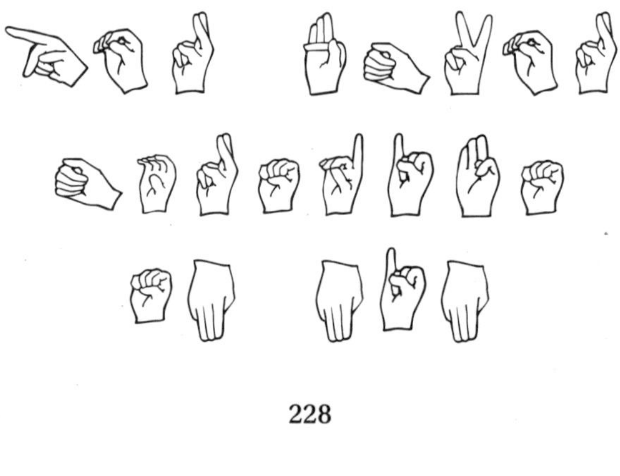

POR FAVOR, ACREDITE EM MIM.

Tiro meu Mp3 do bolso e gravo:

Essa mulher é outra Alma, e eu não a conheço.

Corro outro trecho e volto a parar. Meu coração bate forte. Olho para cima, para as copas das árvores, e avisto um dos pássaros de peito vermelho do meu avô. A qualquer momento alguém perceberá que o viveiro está vazio. Meus primos brincam no terraço. Ouve-se a melodia de uma flauta. As janelas da casa emitem raios amarelos. Parece que estiveram pegando fogo.

38.⌛

Por um segundo parece que vejo pela janela uma espécie de ave muito rara que meu pai trouxe da Indonésia. Me pergunto onde estará Tommy. Sumiu assim que saímos da mesa. Desta vez ultrapassou todos os limites possíveis, e terei que ser duro. De onde terá tirado essa amiga judia? O que o levou a enfrentar assim o avô?

É impossível que tenha relação com sua origem. Na família, decidimos esquecer o assunto. Eu seria incapaz de lhe dar uma educação judaica, e para ele teria sido sempre um traço que o tornaria diferente de seus primos e do resto de seus familiares. Um motivo de dor que teria se somado aos ferimentos que já havia sofrido.

Vejo Alma caminhar em direção ao fundo do jardim com seus movimentos desajeitados. Uma mulher tão diferente — em todos os aspectos — das esposas de meus irmãos, com suas joias cintilantes e seus risinhos que nunca chegam a explodir por medo de não serem adequados e que desaparecem de repente, quando roçados por um olhar.

Quando conheci Alma, lembro-me de ter pensado que não havia nada em minha vida que tivesse essa originalidade, essa maneira de encarar o mundo livremente. Imaginei que ao seu lado ressurgiria o desejo velado de viver mais perto de um romantismo que sempre me pareceu alheio. Não tenho certeza de ter conseguido, mas tenho certeza, sim, de que um belo dia me vi casado com uma mulher a quem amava, era pai de dois filhos e a vida familiar, ao lado de meu trabalho, me absorvia de novo por completo.

— O velho Zañartu está falindo — afirma meu irmão Rodrigo.

— É porque se deixou enganar como um verdadeiro idiota; era evidente que aqueles sujeitos não pensavam em lhe pagar coisa alguma — diz Esteban.

Papai os repreende. Não acha de bom gosto dizer besteiras nem falar de negócios diante das mulheres. Baltazar, o velho empregado, oferece uma nova rodada de licores.

Quando no caminho Alma me perguntou por Cristóbal, menti. Não conseguiria resistir a um olhar seu de compaixão. Sei que espera o momento de me dizer que não sou infalível. E estaria no caminho certo. Não posso driblar a morte nem proteger as pessoas que me importam. Ao esconder a verdade sobre Cristóbal, o que fiz foi defender o refúgio que construí para minha família. Um refúgio onde a morte e as calamidades não têm vez.

Um grupo de meninos irrompe na sala. Entre eles, com sua expressão divertida, está Lola. Procuro Tommy, mas não o encontro.

— Vovô, temos um presente — anuncia um dos meninos —, é uma peça de teatro que preparamos para você no terraço.

— Acho maravilhoso! — exclama papai.

Elegante, ergue sua bengala e saímos todos em fila indiana atrás dele. Uma imagem que traz à minha memória os quatro irmãos pequenos caminhando atrás dos passos firmes de meu pai, expectantes e temerosos do que pudesse nos acontecer se não seguíssemos suas ordens.

Os outros meninos nos esperam no terraço. Construíram várias árvores de cartolina, que formam um círculo em torno de outra mais baixa, pintada de um amarelo que refulge com a luz. Cada árvore é sustentada por um menino ou uma menina com expressão séria. Lola, atrás de uma delas, me faz caretas. Um menino toca uma melodia desafinada em uma flauta doce. Rodriguito se adianta.

— Escolhemos a história de um presidente dos Estados Unidos porque sabemos que vovô gosta muito desse país — declara. Tira uns papéis do bolso e começa a ler.

Vários adultos começam a rir. Papai se limita a esboçar um de seus sorrisos brincalhões. Olho para o jardim procurando Tommy. Avisto um pavão real entre as árvores.

— O pai de George Washington era um homem riquíssimo e havia trazido do Japão uma cerejeira cujas flores e frutos eram cobiçados no mundo inteiro — lê Rodriguito.

Um de meus sobrinhos, de calça curta e chapéu de palha, caminha entre as árvores de cartolina ao lado de outro menino que pintou no rosto um par de bigodes.

— Plantou sua única cerejeira diante de sua janela para poder observá-la quando florescesse.

Enquanto o escuto, avisto a penumbra do quarto de Soledad em Aguas Claras, onde minha memória adentra à procura de uma recordação sólida à qual se agarrar. No entanto, tudo o que encontro me é desconhecido. Seus olhos vazios, seu sorriso vazio, seus gestos vazios. Havíamos crescido juntos, e recentemente me dera conta de como a conhecia pouco. Depois de sua morte, a única maneira de não continuar nessa roda que girava com suas interrogações foi pular fora. Não iria permitir que Soledad se tornasse uma obsessão, um remorso estéril. Contudo, apesar de meus esforços, as recordações me perseguiam até me alcançarem. Muito tempo depois, Soledad continuava aparecendo nos lugares mais inusitados. Avistava-a caminhando depressa pela rua, através da janela de um restaurante, sempre ela, com seus cabelos escuros, deixando-me uma sensação de algo inacabado.

— Em seu aniversário, George Washington ganhou do pai seu primeiro machado. Feliz, o menino saiu para testá-lo.

O menino de calças curtas derruba as árvores com seu machado. Os meninos vão caindo um a um. No instante em que Alma se senta ao meu lado, Lola é derrubada. Olha-nos do chão com uma expressão desconsolada. Alma lhe indica algo com as mãos na linguagem dos surdos-mudos e depois prende seus cabelos em um coque. Seu corpo emana uma energia intensa.

— Sem se dar conta, George Washington derrubou a adorada cerejeira de seu pai — continua lendo Rodriguito.

A árvore amarela vem abaixo, e a menina que a segura tropeça em Lola, que está no chão.

— Você se lembra da árvore? — me pergunta Alma. Olho-a sem responder. — Não se lembra? — repete, e em seu rosto há uma expressão de súplica.

Alma pega minha mão. Eu sei exatamente a que se refere. À noite em que representou uma árvore em uma peça de teatro e descobriu que sua mãe tinha um amante. Mas não quero compartilhar suas recordações e nem que ela toque nas minhas. Se acredita que um gesto pode reverter sua distância e suas ausências nos últimos tempos, está equivocada. Surpreendo a mim mesmo dizendo "não, não lembro" com absoluta frieza. Alma afasta sua mão e segura os cotovelos, olhando para a frente, sem pestanejar.

— Você viu Tommy? — pergunto. Ela nega com a cabeça.

— Mas você estava com ele ainda há pouco!

Alma volta a negar com a cabeça e aperta os olhos.

39.♐

— *Ao encontrar sua cerejeira desabada, o pai mandou chamar todos os peões da fazenda para descobrir o culpado. Quando estavam reunidos diante dele, mortos de medo, o pequeno George Washington deu um passo adiante e confessou que havia cortado a cerejeira.*

É curioso que, enquanto eles ensaiavam essa história estúpida eu estivesse fazendo uma travessura não muito diferente da do pequeno Washington. Eles não têm ideia do que é fazer isso. Papai e Alma estão juntos, sentados logo ali. Eu os observo do meu esconderijo, atrás da paliçada que protege o terraço do vento.

— *O pai inicialmente se irritou e ameaçou castigá-lo, mas depois percebeu que George havia sido corajoso ao confessar sua falta e resolveu perdoá-lo. Para ele, dizer a verdade corajosamente era o mais importante.*

Em sua carta, Sarah Ravskosky disse que, não importa o que façamos, a verdade sempre aparece. Mas o problema é que cada um acredita que a sua verdade é a única ou a mais brilhante, em torno da qual giram as outras verdades.

Quando eu disser que abri a gaiola porque tinha pena de que os pássaros de vovô nunca tivessem voado em liberdade, eles acharão que estou mentindo. Vovô dirá que a culpa é de papai porque não sabe me controlar, e essa será sua verdade. Alma pensará que o fiz por despeito depois de ouvi-la, e essa será sua verdade. Papai pensará que faço essas coisas e digo bobagens à mesa porque não tenho amigos, porque estou sempre chateado e preciso chamar a atenção, e essa será sua verdade.

Uma bandada de pássaros cruza o terraço em voo rasante. Todos olham para cima. Um novo grupo os sobrevoa e depois sobe em círculos. São os pássaros de vovô. Parecem desorientados. Não querem partir, não querem a liberdade que lhes dei. Talvez eles também tenham sua verdade.

Vovô levanta sua bengala-espada no ar, e um dos meus primos grita: "São os pássaros do viveiro!" Ao olhar para o jardim, descubro que o pavão real e os faisões chineses também não quiseram fugir. Caminham calmamente pelo gramado sem avançar muito, como se estivessem dentro de sua gaiola. Todos correm até o viveiro. Vovô vai na frente. Atrás de uns arbustos vejo Black, um dos cães de vovô, com um faisão no focinho. Ao ouvir o alvoroço, Black sai correndo com o pássaro moribundo entre os dentes. Uma das minhas tias grita como se fosse ela quem estivessem matando. Vovô dá ordens em um idioma incompreensível. Saio do meu esconderijo e caminho até o lugar onde se reuniram todos, diante da porta aberta do viveiro. Tia Corina carrega os sapatos na mão. Alma é a primeira a me descobrir. Me olha com os olhos arregalados. Como gostaria que ela fosse a outra Alma para assim segurar sua mão. Vovô entra na gaiola vazia e exclama:

— *Isto é uma desgraça!*

Papai se aproxima de mim.

— *Ah, então você está aqui. Onde havia se enfiado?*

Não lhe respondo porque todos olhamos para o interior da gaiola, onde está vovô.

— *Que alguém chame Baltazar, preciso de alpiste!* — vocifera andando de um lado para o outro.

Um grupo parte para a casa a fim de chamar Baltazar, enquanto o resto entra no viveiro para acompanhar vovô. Meu primo Jaime se afasta do grupo e avança em minha direção. Olha-me fixamente e me faz uma careta. Respiro com dificuldade. Deve ter me visto abrindo a gaiola. Será capaz de levantar a voz diante de todos os adultos para me delatar? Quem é mais corajoso? Quem pula primeiro? Olho para ele sem dizer palavra. Jaime mantém seu sorriso. "Você está perdido, animal insignificante", me dizem seus olhos. Dou cinco passos. Estou diante de vovô.

— *Vovô, fui eu quem abriu a gaiola.*

Vovô me olha da mesma forma que olha os desconhecidos quando falam com ele.

— *Não diga besteiras, menino.* — Às vezes, no meio de tantos primos, esquece nossos nomes.

— *É verdade. Eu abri a gaiola.*

— *Como você se atreveu a fazer isso? Está louco? Este menino está absolutamente louco!* — grita. — *Tão louco como a mãe dele!*

Os adultos permanecem mudos. Vovô continua falando.

— *A culpa é sua, Juan. Nunca lhe deu uma educação como a gente. Trata-o como se fosse um imbecil, e o que conseguiu? Isto.* — Aponta com sua bengala primeiro para meu peito e depois para as manchas de sangue no chão deixadas pelo faisão morto. — *Você não tem caráter para lidar com o que lhe coube viver. É uma desgraça. Agora saiam daqui, saiam, a festa acabou.*

Papai, ao invés de lhe responder, fica calado. Os adultos, seguidos pelas crianças, começam a abandonar a gaiola.

Alguns se aproximam de vovô para se despedir, mas ele, sem parar de olhar para dentro da gaiola vazia, os afasta com um gesto de mão. Alma tenta segurar a minha, mas eu a impeço.

Saio e caminho em direção ao estacionamento. O carro de papai está aberto. Entro e me encolho. Tenho uma dor no peito, aquela que me faz pensar que alguém enfiou uma bola de futebol entre minhas costelas. Para que serve dizer a verdade? A história do pequeno Washington é uma farsa. Creio ter finalmente entendido. As pessoas mentem porque a verdade sempre destrói tudo, como os furacões norte-americanos. Gravo:

Nona descoberta: Vovô tem razão, papai é um homem fraco e eu estou louco, como mamãe, por isso não consigo contar até dez antes de ferir os outros.

♐

Na volta, papai vai concentrado na estrada, sem falar com a gente. Volta e meia pisa no acelerador com mais força. Minha janela está aberta, e deixo o vento bater em meu rosto. Papai ultrapassa um caminhão com uma manobra violenta. Alma lhe pede que se acalme, lhe diz que vamos terminar no cemitério. Papai, sem reduzir a velocidade, grita para que não seja histérica, que nada vai acontecer conosco. Por um momento penso em lhe dizer que amanhã preciso estar vivo para minha prova de inglês, mas logo desisto.

— Juan, por favor — implora Alma.

Papai continua acelerando. Alma faz o mesmo que eu. Abre a janela. No meio de seus cabelos que se agitam ao vento vejo sua cara e percebo que está chorando. Mais uma vez papai e Alma brigam por minha culpa. Se pudesse fazer alguma coisa para que Alma não nos deixe, faria agora mesmo. O que fosse. Papai é a metade que está viva de meus seres mais próximos, e isso me impede de odiá-lo como gostaria. Tiro do bolso do meu casaco o desenho que fiz para vovô e o atiro pela janela.

Ao longe o mar é azul e grande. Imagino que acompanha sempre mamãe com seus sons. Há um barco no horizonte. Subo por uma escadinha que encontro na proa e fujo nele.

40. ♒

Observo a esplanada deserta passar diante dos meus olhos. Sem largar o volante, Leo estica um braço por cima do banco e pega meu ombro.

— Você está bem? — indaga.

Tem um ar de satisfação que me provoca sensações contraditórias. Ao mesmo tempo que compartilho seu prazer, não posso deixar de ver a ligeireza de seus sentimentos.

— Sim, sim, estou bem.

Tiro o tênis. No banco traseiro da minha caminhonete descansam a bolsa do computador de Leo e pelo menos uma dezena de livros.

— Você se preparou como se fôssemos passar um mês na praia — observo.

Leo franze o nariz e solta uma gargalhada que me contagia.

— Deve ser a vontade que tenho de ficar com você — diz.

À medida que vamos deixando a cidade tórrida e avançamos em direção à costa, a luz vai ficando cinza, com pequenas manchas amarelas de sol. Um teco-teco zumbe nas alturas e me faz pensar em Juan. Leo põe um CD para tocar. A cadência do jazz inunda a caminhonete.

Em poucos dias tudo terá desaparecido: Leo, o sentimento que provoca em mim, nossa paixão, a cabana que nos aguarda à beira-mar. Depois de sua partida recuperarei a delicadeza e poderei concentrar minhas energias em resgatar o que me pertence. Procuro fazer com que esses pensamentos se imponham aos outros. Estes que me dizem que quando Leo tiver voltado a Bogotá o que sentirei será um imenso vazio. Por instantes consigo, sobretudo quando recordo momentos felizes passados com Juan, quando vejo Lola e Tommy e imagino coisas tão concretas como nossas próximas férias — que já programamos — em uma praia do Caribe. Leo percebe meus pensamentos; eu o noto pela forma como morde os lábios e o suspiro que vem depois.

— Passaremos dias incríveis. Você vai ver. O lugar é maravilhoso, eu o encontrei por acaso há uns dois anos, quando acompanhei uns amigos que iam comprar uma casa — comenta.

Olha-me com esses olhos que mais parecem olhar para dentro de si mesmos do que para fora. Detenho-me em sua constituição harmoniosa, em suas mãos grandes, em suas extremidades não muito grossas mas fortes, em seu nariz meio torto, em sua testa larga e lisa. Coloco minha mão em sua coxa desnuda, deslizo-a até o interior de sua bermuda e depois recuo. O contato de sua pele me excita e anima. Não vou resistir ao encanto de sua presença. Tampouco vou perguntar sobre a natureza do que sente por mim. As respostas a essas perguntas jamais são satisfatórias. No entanto, é a armadilha de que preciso, a de que precisam todos os seres humanos quando consideram a possibilidade de abandonar a vida que levam. Alguma mínima ou delicada certeza. É, além do mais, a pergunta que não tem sentido fazer a um homem como Leo, lacônico, desavergonhado, gracioso, ligeiramente perverso e extremamente cético.

— Qual a pergunta que jamais deve ser feita a um amante? — pergunto.

— Vamos ver, vamos ver... Algo assim como “o que estaria disposto a fazer por mim?”

— Exatamente!

— Você quer fazê-la a mim? — Uma ranhura se abriu em seu interior, e através dela diviso um Leo hesitante e temeroso.

— E você a mim?

— Eu não — recupera sua expressão habitual, irônica e impenetrável.

— Nem eu — afirmo imediatamente.

Leo reduz a velocidade da caminhonete. Alguns metros mais adiante para no acostamento e abre a porta. Não sei o que pretende.

— Desça — ordena.

Obedeço. Estamos frente a frente, ele está com as duas mãos em meus ombros. Uma corrente de ar penetrante que os automóveis deixam ao passar a toda velocidade gruda em nossas roupas. Meus cabelos se levantam sobre os nossos rostos, se interpõem entre nós, mas no fundo de suas pupilas consigo ver os minúsculos caracóis cravados em mim. Ele me abraça. Isto não é uma promessa, digo a mim mesma, é apenas um ser que se infiltra no sonho de outro.

— Quero viver com você — sussurra no meu ouvido.

No momento suas palavras me surpreendem, depois me comovem. É o que eu queria, o que estive esperando: um gesto que me atraia a sua margem.

— Repita o que acabou de dizer.

— Quero viver com você, quero vê-la fazer suas coisas, quero compartilhar minha vida com você.

— Onde? — pergunto, não sei muito bem por quê, talvez para escorregar para o mundo real, para dar consistência a uma vida que me parece inimaginável.

— Não sei. Onde você quiser. Aqui, em Bogotá, em Paris, em Barcelona, para mim tanto faz — diz, levantando os ombros.

— Quando brigamos outro dia achei que não o veria mais.

— Eu tive a mesma impressão.

— E então?

— Estes dez dias sem vê-la foram insuportáveis, Alma. — Olha para mim como se faz com as pessoas que acreditamos conhecer a fundo.

— Você não tem medo de que ao virar a esquina constatemos que tudo isso é um terrível equívoco?

— Não. Sei que não é.

Tem um olhar sereno.

— Como pode ter tanta certeza?

— Porque amo você.

— Essas palavras não existem no seu dicionário — argumento com firmeza.

— Por sorte, por mais esforços que façamos, nem a vulgaridade nem a malícia podem aniquilá-las de todo. E lhe garanto que expressam com bastante exatidão o que sinto por você.

— E a sua liberdade?

— Não tenho por que perdê-la — diz com seu sorriso desavergonhado.

— Você está brincando, não é?

— Claro que estou brincando no que se refere a isso. Mas, em relação a todo o resto, estou sendo absolutamente sincero.

Pega-me pelos braços. Sou assaltada por uma ligeira vertigem. Percebo sua emoção e ao mesmo tempo o incômodo que lhe causa um instante como este, que não foi feito para a ironia.

— Você me ouviu? — indaga.

— Sim, ouvi.

— E então?

Sorrindo, abraço seu corpo e escondo o rosto em seu ombro. O vento sopra, mas não sinto frio.

— E achávamos que íamos nos despedir — murmuro.

41.♐

Alma partiu há dois dias. Disse a papai que iria trabalhar, mas eu sei que está na praia com o homem que a trouxe no táxi. Lola está na casa de Maná e papai quase não tem parado em casa. Não conversamos desde o aniversário de vovô. Continua aborrecido, e com razão. Dos 45 pássaros da gaiola, só 20 voltaram.

Assim que chego do colégio me tranco em meu quarto. Yerfa acha que estou doente e me traz comida. Não tenho fome. Como o necessário e jogo o resto na privada. Quando ouço Yerfa descer as escadas, escondo a cabeça sob o edredom da minha cama e vou encontrar Kájef. Sulcamos as águas revoltas em sua canoa e paramos no meio do oceano. Na escuridão, o céu tem um resplendor estranho, como se um foco gigante nos iluminasse. Kájef se levanta e estica os braços. Sorri para mim. Está grande, forte, e se não fosse meu amigo pensaria que se trata de um deus. “Você também pode fazer isso”, me diz. Fico em pé ao lado dele e plano com os braços abertos; prendo a respiração, mas não sinto medo. O vento me toca e murmura em meu ouvido. De repente a canoa balança, me aferro aos seus cantos, mas nossa embarcação vira e os dois caímos. Kájef desaparece no mar. Eu flutuo. Tenho a impressão de já ter vivido isso. Mas quando? QUANDO? Me encolho todo e a lembrança se torna mais densa, ouço um estrondo e depois uma voz se dirige a mim. Tento segurá-la com as mãos para que não vá embora, aperto os punhos, mas não consigo, o fio da minha memória se quebra, a recordação afunda na água sombria do fundo do mar, junto com Kájef. Sou assaltado por uma sensação de pânico, meus dentes chacoalham, quero gritar, mas sei que é inútil. Empurro o edredom e pulo da cama. Anoitece.

♐

Papai bate na minha porta ao chegar da clínica. Briga comigo porque estou trancado a chave. Antes de abrir, ligo meu mp3 e o escondo atrás de um livro. Sentamos em minha cama, ele com as pernas abertas e os cotovelos nos joelhos, eu ao seu lado com os joelhos muito juntos e as mãos sobre eles. Olhamos para a janela. Ele fica calado e eu espero. Está cansado. De repente fala:

— *Olha, Tommy, eu sei que é difícil não poder fazer as mesmas coisas que os outros meninos, que é difícil ser diferente. E talvez não devesse lhe dizer isto, mas acho que você já está grande e é bom que saiba. Para mim também não tem sido fácil. E sabe por quê? Por que o amo muito e tudo o que lhe acontece me afeta como se estivesse acontecendo comigo. Está entendendo?*

Eu faço que sim com a cabeça.

— *Então, quando você faz uma besteira, como soltar os pássaros de seu avô, isso me afeta duplamente, porque me sinto responsável. Antes de fazer uma idiotice como essa, pense em seu pai, pense no dano que me faz, e assim vai perder a vontade. Você acha que consegue?*

Eu faço que sim outra vez e mudo de posição porque minhas pernas começam a doer de tanto ficarem uma colada na outra.

— *Yerfa me contou que você continua com a história do seu amiguinho imaginário. Eu já disse mil vezes, Tommy, que isso não é bom para você. É legal imaginar, mas as coisas que imagina não são mais importantes que a realidade. Eu sei que é divertido criar suas próprias brincadeiras, ter um mundo próprio, mas é na realidade que você se alimenta, onde se relaciona com os demais... Você imagina o que aconteceria se todos vivêssemos sempre em um mundo imaginário?*

Tenho certeza de que papai não gostaria de saber que por um bom tempo segui meus colegas como uma sombra. Não me importava que não falassem comigo, porque eu tampouco teria sabido o que lhes dizer. Até que começaram as mensagens. Na primeira me confessaram que sentiam pena de mim e que essa era a única razão que os levava a me permitir segui-los. Parei de tentar. Não precisava deles.

Papai não levanta a voz. Fala com calma, modulando cada sílaba. Sabe se controlar. Eu também aprendi a me segurar. Papai tem vergonha de que eu seja como sou, tem vergonha do meu corpo, de que não jogue futebol, que tenha medo dos espaços fechados, que faça coisas que ele acha estúpidas. E, como acha que sou uma parte dele, tenta controlar essa parte como faz com ele mesmo. Mas o que quer é impossível, porque ele não é eu. Se pudesse entender isso, não teria dito o que me disse, porque o que eu faço é parte de mim, e isso eu não posso mudar. E não é que eu me faça de filósofo, como disse Mr. Berley, simplesmente é assim. "Isso" está comigo em todos os lugares e para arrancá-lo de mim teria que expulsar meu ser de mim mesmo. Antes de sair ele segura minha cabeça e diz:

— *Estamos de acordo, campeão?*

— *Estamos.*

Nunca lhe confessei que odeio essa palavra, "campeão". Campeão de quê? É como se falasse com outro menino, como se não me visse.

♐

Tenho que dormir. Mas a lembrança do corpo de Kájef desaparecendo no mar não para de voltar. Tiro a fotografia de mamãe da Caixa de Tudotudo. Seu rosto está dividido em dois: em um lado, a ferida, e no outro, uma luz. Deve ser o reflexo do papel que segura na mão. Parece que em seu rosto estão ao mesmo tempo as coisas boas e as ruins. Ao olhá-la com atenção, descubro uma coisa que não havia visto antes. O que mamãe tem nas mãos é o desenho de um menino. E esse desenho só pode ter sido feito por mim. Agora o vejo com muita clareza! No canto iluminado de seu rosto estou eu. Meu coração começa a bater descompassado. Fecho os olhos. A imagem de mamãe — até agora estranha — abre caminho nos corredores que tenho dentro de mim até chegar a um território escondido, onde estão as recordações verdadeiras. O espaço é morno e não tem imagens. Não preciso de provas. É o abraço de mamãe. Mergulho nela, como em minha piscina. Seu calor me envolve e me transporta.

Lá fora a noite está imóvel. Aspiro uma grande porção de ar e tento compassar meu coração. Volto a olhar o resplendor no rosto de mamãe e ouço um murmúrio percorrer meu corpo. De repente tudo se organiza em minha cabeça. Gravo:

Décima descoberta: Mamãe sabia que "isso" era o que fazia que eu fosse quem sou, e era "isso" o que ela amava em mim. Não havia ninguém no mundo que mamãe amasse tanto como a mim, não há ninguém no mundo que me ame como ela me amou e não há nada no universo que eu ame mais que minha mamãe.

Volto a me recostar. Agarro com firmeza meu travesseiro e mergulho no sono. Desço depressa em um elevador ao fundo do mar. O silêncio é absoluto, mas não tenho medo. Quase ao amanhecer, antes que Yerfa bata na minha porta para me acordar, transfiro as últimas gravações para o meu computador e depois preparo minha mochila. Preciso levar roupa para me trocar. E dinheiro. Nos últimos meses juntei o suficiente. Também um casaco e um gorro de lã para cobrir as orelhas. Guardo meu mp3, o canivete Swiss Army que papai me deu de presente de aniversário e a fotografia de mamãe.

42. ♒

Acordo cedo e encosto meu corpo no de Leo. Seu tronco nu é mais delgado que o de Juan. Assim, com o rosto enterrado sob os lençóis, me recorda um menino a meio caminho de se tornar homem. Ontem à tarde, depois de receber Leo com um entusiasmo exagerado, a caseira lhe perguntou por uma mulher chamada Inés. Um gesto de Leo — que não vi — deve tê-la dissuadido de continuar perguntando. Não havia pensado na possibilidade de não ser a primeira mulher que Leo trazia a esta cabana, e ter absoluta certeza sobre isso me fez sentir uma pontada no peito. Por isso, assim que entramos, lhe pedi que mudássemos de lugar a cama, a mesa, a poltrona e até mesmo o espelho ovalado. A emoção poderosa que sua proposta me fizera sentir se transformou em raiva, e muito depressa em decepção. Como era possível que ainda agora tivesse considerado a possibilidade de viver com um homem que nunca se comprometera com ninguém a não ser consigo mesmo e que, além do mais, se vangloriava disso? O que entendi — segundos mais tarde — é que nem Leo nem eu chegamos ao fundo das coisas, que nossas emoções são precárias a ponto de a pergunta de uma desconhecida poder me atirar em uma espiral de conjecturas destrutivas. Quando acabamos de acomodar os móveis, nos jogamos na cama e fizemos amor.

Na nova distribuição, a cama ficou ao lado da porta, e o ar que penetra por uma fresta congela meu nariz. Levanto com cuidado para não acordar Leo. Visto um suéter por cima do pijama e calço o tênis. Prometi a Lola que ligaria antes que saísse para o colégio. Está na casa de minha mãe. Embora gostem de ficar juntas, não costumo deixá-la com ela. A falta de bom-senso de Maná às vezes alcança níveis preocupantes. No entanto, dessa vez fui incapaz de deixar Juan tomando conta das duas crianças. Ou talvez tenha sido um gesto mais categórico, uma forma de começar a separar as águas.

Lá fora faz frio. Diante da cabana se estende um mar prateado, coberto no fundo pela bruma. Na praia deserta, um cartaz branco com letras vermelha avisa:

PRAIA IMPRÓPRIA PARA BANHO

O vento é penetrante. Entro na minha caminhonete e disco o número de Maná. É Lola quem atende. Devia estar esperando ao lado do telefone.

— Mamãe, onde você está?

— Em uma praia fria, fria.

— Maná disse que vai me buscar no colégio e que iremos a uma chácara cheia de animais.

Leo aparece no umbral da porta com um cobertor nos ombros. Olha para a praia, me procurando. Segura os cotovelos e dá pulinhos. Bato no vidro para que me veja.

— Acho ótimo, mas não se esqueça do dever de casa — digo a Lola.

Sinto ternura ao observar Leo, indefeso diante do frio, e talvez achando que esteja passando por uma crise de remorso. Dá alguns passos em direção à praia. Mesmo assim, com a manta nos ombros, gosto da sua maneira de andar, da pausa indolente e ao mesmo tempo decidida que faz entre cada passo.

— Você é sempre tão chata, mamãe. Não consegue relaxar um pouco?

— É que sou sua mãe, Lola, e isso não passa nunca. Amo você, querida. Fique bem comportadinha.

— Sim, mamãe — diz Lola, e começa a rir, porque nós duas sabemos que esse "sim, mamãe" tão solícito significa exatamente o contrário.

Leo vira a cabeça e me vê. Faz gestos com a mão para que vá ao seu encontro. Pulo para fora da caminhonete. Seu sorriso matinal me fascina. Eu o abraço e sugiro que entremos para tomar um delicioso café da manhã que quero preparar para ele.

43. ♐

Pela janela do ônibus vejo passar montanhas, pastos, casinhas de madeira, árvores secas, árvores frondosas, letreiros anunciando paraísos, sinais de trânsito, dois meninos de bicicleta, seis vacas, um cachorro, postes e mais postes. Começo a contá-los, mas passam muito depressa e fico tonto. Olho o céu e penso que é uma longuíssima faixa cinza. Mas como não há nada para contar no céu, começo a sentir medo e tenho vontade de estar de volta em casa. Então me lembro por que estou aqui.

Inclino minha poltrona e ouço no meu mp3 a ópera rock *Tommy* que Alma me deu de presente. Ao som dos primeiros acordes me sinto melhor. Atravessamos uma aldeia adormecida. Penso nas pessoas que estão dentro de suas casas e que nunca conhecerei. Canto devagar:

— See me. Feel me. Touch me. Heal me.

Não foi difícil chegar à estação. Quando o ônibus escolar me deixou na frente da porta do colégio, esperei que desaparecesse, dei meia-volta e caminhei até o ponto que fica na frente da praça. Há poucos dias vi parar ali um ônibus que levava ao terminal. Quando cheguei à rodoviária, a primeira coisa que fiz foi entrar em um banheiro, tirar o uniforme, guardá-lo em minha mochila e vestir uma calça jeans. Assim ninguém perceberia que fugi da escola.

Mas agora, ao chegar a Los Peumos, me sinto perdido. Estou em um lugar da aldeia que não conheço. Intuo que é Los Altos, onde vive a família de Baltazar. Alguns passageiros saem depressa, outros ficam ao lado do ônibus esperando suas malas e cumprimentando as pessoas que vieram buscá-los. Um grupo de crianças abraça uma mulher de cabelos brancos e longa capa cinza. Seu rosto é cheio de rugas que se contraem com seu sorriso, como uma sanfona. As vozes das crianças ecoam no pavimento. Permaneço em pé, sem me mexer, com a mochila no chão. Os passageiros vão se afastando um a um com as cabeças enfiadas em seus abrigos, como se fossem tartarugas. A mulher com sorriso de sanfona continua ao lado do ônibus. De repente olha para mim e sorri. Suas rugas riem com ela. Seu olhar é tão profundo e repentino que fico com vergonha. Inclina o rosto e levanta as sobrancelhas. Parecia me dizer: e então, você vem? Penduro a mochila no ombro e começo a caminhar rua abaixo. Em direção ao mar.

44. ♒

Leo escreve no computador. Acho que ouço os passos de seus pensamentos nas suaves batidas das teclas. Observo seus livros e papéis — amontoados sobre a única mesa da cabana — e me deixo levar pela ilusão de permanência que produzem. Eu também trouxe minhas leituras, os contos de Alice Munro, em cujas palavras me apoio. Uma chuva leve não chega a ocultar a linha do horizonte. O vento, com seus dedos, faz a janela vibrar. Observo as gotas que caem, reluzentes ao fulgor fugidio do sol. Leo ergue a vista, sustentamos o olhar. Intuo que nossos pensamentos convergem, a avidez em seus olhos é uma confirmação. Sorrimos e volto à minha leitura. O ar da cabana é cálido e ligeiramente salgado. Gosto de prolongar o desejo, sabendo que um único gesto basta para provocar um encontro. Gosto de olhar para Leo da distância exata para estender minha mão e tocá-lo. Com a mesma simplicidade posso desfazer meu mundo. Uma única palavra é suficiente, e tudo terá acabado. Agora entendo por que deixei Lola na casa de minha mãe.

Penso em Pauline — a heroína de um conto de Alice Munro — quando, de repente, recebe uma ligação de seu jovem e atribulado amante, que está em um motel próximo do lugar onde ela passa as férias com sua família. Ao falar com ele, sustenta sua filha menor nos braços, enquanto a outra, um pouco mais velha, dá voltas em torno do telefone berrando por um chocolate. Isso é comovente e poderoso. A mesma história contada de mil formas.

Mesmo assim, uma parte de mim acredita que a minha história é única e particular, enquanto a outra me recorda que a paixão tem exatamente esta enganosa peculiaridade: fazer com que quem a experimenta se sinta uma pessoa excepcional.

Um pássaro bate no vidro da nossa janela. Ficamos sobressaltados, o vemos se erguer e voar.

Sem ter consciência, quando deixei Lola com Maná, rompi o laço que me atava à casa onde construí uma vida ao lado de Juan. Nossa vida. Fecho os olhos e imagino que, como Paulina algumas horas depois da ligação de seu amante, já nada do que essa casa e esse mundo contêm me pertence, que a única coisa que tenho é este desejo que sinto, e, para minha surpresa, não tenho vontade de gritar. Pelo contrário, uma paz imensa se apodera de mim, como se, finalmente, a trégua houvesse chegado ao campo de batalha. Tenho brincado de trem, e as contusões são mínimas se comparadas ao salto que dei. A proximidade de Leo reduz os danos. Leva-me inclusive a acreditar que minha vida no futuro — ao lado ou longe dele — será, em seu conjunto, diferente e melhor. Leo despertou em mim o sonho, e não é mais possível voltar atrás, a nostalgia desta apetência recuperada tornaria a vida ao lado de Juan insuportável. Não se trata apenas de seu comportamento distante. Em minha ânsia de me afastar do caos de minha mãe, coloquei todos os meus esforços na transformação do nosso laço em uma instituição. E sem me dar conta fui assassinando a natureza imprevisível do amor que nos unia. O calor da estufa a lenha mitiga meu medo. Leo volta a me olhar. Minha expressão deve espantá-lo. Levanta-se e acaricia meu rosto. Permaneço imóvel. A paixão tem a capacidade de transformar qualquer coisa em um pretexto poderoso e definitivo para abandonar o mundo por ela. Ensaio um sorriso e digo para mim mesma: "Se Leo estiver ao meu lado, tudo correrá bem."

— Você quer conversar?

Nego com a cabeça. Não posso lhe explicar o vaivém dos meus pensamentos sem ao menos esboçar uma resposta à sua proposta, aquela.

— Não se preocupe, sei que isso é muito mais difícil para você do que para mim. Eu não tenho que abandonar nada... — diz, sorrindo suavemente. — Além do mais, está na hora de tomarmos um chá bem quente. Não viemos até aqui para passar mal, não é mesmo? — Segura meu queixo e me obriga a olhá-lo.

Pega a chaleira que deixamos em cima da estufa a lenha e prepara duas xícaras de chá. O primeiro gole me aquece a garganta. Dentro da cabana as sombras se espalham como gazes escuras. Permanecemos em silêncio. Sabemos que às vezes as palavras apagam esse calor frágil e ao mesmo tempo profundo que acende as pessoas.

45. ♐

Depois de dar muitas voltas cheguei à colina diante do mar onde fica o cemitério. O vento assobia com força, e as nuvens se reúnem no céu. Os primeiros túmulos estão cercados por grades brancas. Têm flores secas e redemoinhos de vento. São os túmulos das crianças. Caminho pelas aleias cercadas de sepulturas quando, de repente, de longe, distingo a árvore de mamãe. Apresso o passo. De todos os túmulos da família, o de mamãe é o que fica mais perto do caminho que desce para o mar. Quando o avisto, meu coração começa a bater com força, como se alguém batesse no meu peito por dentro. EU CONSEGUI.

— Feliz aniversário, mamãe — eu a cumprimento em voz alta.

Me acomodo na jardineira de pedra que cerca a sepultura e olho para cima através da densa ramagem da árvore. Tiro o vaso azul do canto onde está jogado, lavo-o em uma torneira e o encho de água. Como não trouxe flores, percorro os túmulos tirando uma flor daqui, outra dali, de maneira que meu roubo não seja percebido.

Ouço vozes que provêm de algum lugar do cemitério. Uma mulher gorda, de calça cor-de-rosa, caminha depressa na minha direção por uma das aleias. Um menino com expressão irritada segue-a a alguns metros de distância. Me encosto em uma lápide de pedra branca para que não me descubram. Não sei por que me escondo. Não sou nada além de um menino que visita o túmulo de sua mãe. Ao pensar isso, saio do meu esconderijo e sigo meu caminho com a cabeça erguida.

Coloco as flores na superfície lisa do túmulo de mamãe e vou enfiando-as uma a uma no jarro azul. Quando termino, tiro de minha mochila sua fotografia e a apoio no vaso, de cara para o mar. A névoa não me permite ver o horizonte, só o brilho agitado das ondas batendo nas rochas.

É hora de lançar mão do butim que consegui hoje de manhã na cozinha. Peguei na geladeira um leite achocolatado e um iogurte e, na despensa, um saquinho de cereais e outro de batatas fritas. Resolvo comer as batatas fritas e tomar o iogurte. O vento fica mais frio. Visto o gorro de lã e o casaco.

Quando já estou satisfeito, me deito na relva, ao lado do túmulo. O mar imita a cor plúmbea do céu e se mexe como a pele de um animal inquieto. Mamãe me olha da sua fotografia.

— Não sei se você percebeu, mas vim sozinho até aqui. Acho que durante a viagem cresci alguns centímetros, sinto que estou mais alto. Queria lhe pedir algumas coisas, mas desta vez são maiores do que de costume. Por favor, não deixe Alma ir embora com aquele homem, cuide também de Lola, embora ela sempre me chateie, e faça com que B.H.M. seja o amigo que eu estava esperando.

As ondas se agitam e cobrem as rochas com sua espuma. Em certo momento acho que avisto uma grande baleia-branca. Assim o tempo vai passando, lentamente. Pouco a pouco entro em um mundo sem fundo, onde não há batatas fritas, nem iogurtes, nem senhoras gordas de calça cor-de-rosa, nem idiotas que mandam mensagens, nem furacões que destroem cidades, nem pessoas que se atiram no mar desesperadas.

Onde não existe a morte. Uma bandada de pássaros traça linhas no céu e depois se afasta mar adentro até ficar invisível. Me pergunto por que desenham essas formas. Talvez sejam mensagens secretas destinadas aos sábios. Pego minha mochila e penduro-a no ombro. Prendo a foto de mamãe com uma pedra na lápide e me asseguro de que seus olhos estão olhando para o mar.

Desço o caminho íngreme e pedregoso que leva até as rochas. Sob meus passos, os seixos se soltam. Se não tiver cuidado, poderei sair rolando. Por isso desço muito, muito lentamente, olhando com atenção onde coloco o pé em cada passo. Respiro com força, e uma lufada de ar puríssimo entra em meus pulmões. Quando paro, fico observando os pássaros que cruzam o céu com suas mensagens. Aguço o ouvido para seus grasnidos penetrantes e distantes. Escuto gritos de crianças. No alto do barranco, não muito longe do lugar onde mamãe está, avisto a mulher com cara de sanfona. Crianças correm ao seu redor. Ela levanta a mão. Não consigo ver seu sorriso, mas sei que está lá, com suas centenas de rugas também sorrindo para mim. Gostaria que mamãe, se estivesse viva, fosse como ela. Continuo descendo com os olhos cravados no caminho. Quando chego ao recife, estou exausto. A mulher e as crianças desapareceram. Subo em uma pedra e descanso. O mar se agita, as ondas ficam mais altas, mais vigorosas. Me livro da mochila e avanço alguns metros por um penhasco negro e liso que se levanta sobre a água, como um grande terraço inclinado. Fico observando o céu, até que o sol começa a descer entre os farrapos de nuvens escuras. Levanto o braço como Kájef me ensinou e fecho os olhos. Vejo o sorriso da mulher, vejo o lado luminoso do rosto de mamãe, vejo a mim, grande e sorridente em seus olhos brilhantes, vejo uma barcaça no meio do mar, vejo o que não voltará, vejo centenas de pássaros levantando voo, vejo o impacto, os ferros retorcidos sobre minha cabeça, o rosto ensanguentado de mamãe, ouço seu grito, vejo meu coração bater debilmente entre minhas costelas, vejo Kájef no fundo do mar, seu corpo se agitando, como o de um peixe. Tudo isso está dentro de mim, tudo isso sou eu.

46.⌛

É Yerfa ao telefone. O ônibus que traz Tommy de volta do colégio deveria ter chegado há uma hora.

— Liguei para o celular do motorista e ele me disse que Tommy não estava na porta quando as crianças saíram da escola — acrescenta Yerfa.

— Mas como é possível? Ele pegou o ônibus de manhã.

— Eu disse a mesmíssima coisa ao homem. Mas ele respondeu que o esperou por um bom tempo e que depois teve que ir embora e pronto.

Ligo para o colégio. Sou transferido para a inspetoria. Depois de um momento, o inspetor me informa que olhou o livro de presença e que Tommy foi marcado como ausente. Argumento que é impossível. Tommy saiu esta manhã para o colégio, como todos os dias.

— A professora de Tommy já foi embora, mas tentarei localizá-la para saber de mais detalhes — me diz.

Volto a falar com Yerfa e lhe peço que procure a agenda telefônica de seus colegas de escola. Tommy deve ter ido para a casa de algum deles — talvez para fazer um trabalho — e se esqueceu de nos avisar.

Atendo um paciente. Quando termino, ligo para o colégio. O inspetor deixou o número de seu celular com o segurança.

Falo com ele. Diz que conversou com a professora e que, de fato, Tommy não foi hoje à aula.

— Você está me dizendo que o perderam no caminho de casa ao colégio? Porque saiu de manhã no ônibus escolar, *seu* ônibus — acentuo com sarcasmo —, isso eu posso lhe garantir. É uma coisa muito grave. Tem noção? Muito grave.

— Sim, eu sei. Vou entrar imediatamente em contato com o diretor. Enquanto isso, sugiro que ligue para a professora. Ela poderá lhe dar mais informações sobre Tommy. Nunca se sabe, talvez tenha matado aula...

— Acho difícil acreditar que Tommy tenha feito uma coisa dessas — afirmo com vontade de gritar uns palavrões.

Mantenho a calma. Sei que é inútil repreender o inspetor. Ele me dá o número do telefone da professora. São 7 da noite. Se Tommy não chegou esta manhã ao colégio, está desaparecido há 11 horas. É muito tempo para um menino de 12 anos. Ligo para Maná. Lola está passando alguns dias em sua casa. Pergunto se teve notícias de Tommy.

— Depois de falar com você ontem à noite, Lola ligou para ele e conversaram um pouco.

— Não comentou nada?

— Não. A verdade é que nem lhe perguntei. Por quê?

— Não, por nada.

— Tem certeza?

— Claro, não se preocupe — minto, para não a alarmar. — Agora preciso desligar. Um paciente me espera. Dê um beijo em Lola e diga a ela que amanhã ligo sem falta.

Disco o número de Alma. Não responde. Começo a sentir uma inquietação que mal consigo suportar. Ligo para o celular do meu primo Pedro Ortúzar. Não somos amigos íntimos, mas ele conhece bem o ministro do Interior. Um alerta seu e a máquina de busca entrará em ação. Cai na secretária eletrônica.

Peço-lhe que me ligue com urgência. Ao pronunciar a palavra "urgência" experimento uma sensação asfixiante.

Peço a Carola, minha secretária, que ligue para todos os hospitais e postos de saúde de Santiago. Espero e tento pensar. Depois de um tempo, Carola me informa que ligou para todos os lugares e que não há sinal de Tommy. Diz que ainda faltam alguns postos de saúde da periferia. Ligo para o escritório de Pedro no Parlamento. Sua secretária me diz que está em sessão. Peço-lhe que, por favor, tente tirá-lo do plenário, pois se trata de um assunto grave. Espero com os cotovelos apoiados na escrivaninha. Ouço as vozes que vêm do corredor. Tudo o que acontece no outro lado da porta me parece insignificante. Toca o telefone. É Pedro. Conto. Pedro se assusta, tem um filho da mesma idade de Tommy.

— Vou ligar imediatamente para o comandante dos Carabineiros. Acho que é o melhor a fazer.

— Obrigado, Pedro.

Avisa que um tenente irá a minha casa para levantar meus antecedentes.

— Relaxe. Ligo de volta assim que tiver alguma notícia. Fique tranquilo, vamos encontrá-lo, você verá...

Tento dizer alguma coisa, mas fico com um nó na garganta e não consigo articular palavra alguma. Você verá... você verá... Sua voz fica ressoando dentro de mim. Antes de sair, peço a Carola que não comente com o pessoal da clínica o que aconteceu. O mais provável é que se trate de um equívoco. Ao dizer isso, desejo que seja mesmo.

A caminho de casa, disco outra vez o número de Alma. Não responde. Talvez o lugar onde está não tenha um bom sinal. Se Tommy não foi à aula por vontade própria, como sugeriu o inspetor, devia ter algum motivo, mas qual? Talvez tenha tido problemas com seus amigos, mas quem são seus amigos?

Conheço algum amigo de Tommy? Se tem algum, eu não estou sabendo, isso é tudo.

É o final do dia, quando as sombras da última hora da tarde se transmutam em noite. Não posso evitar um sobressalto. Onde está meu filho? E se alguém o sequestrou para pedir dinheiro? Estaciono o carro na rua para o caso de precisar sair. Observo o jardim. A visão me acalma. Os arbustos, entremeados de flores, cercam um caminho que leva à porta principal. Tommy deve estar em algum lugar no qual ainda não pensei.

Yerfa me espera na porta. Seus olhos estão vermelhos. Sentamos à mesa da cozinha. Pergunto se notou algum comportamento incomum de Tommy. Conta que tem estado sem apetite e deprimido, que há duas semanas saiu de bicicleta e chegou quando já havia escurecido. Ela não percebeu porque Tommy lhe dissera que estaria na casa do vizinho. Evito perguntar por que não me contou antes. Não é momento para censurar Yerfa.

— E lhe disse aonde tinha ido? — pergunto com voz pausada.

É impossível que Tommy tivesse ido muito longe. Quando saímos juntos de bicicleta, sua capacidade vascular é afetada muito depressa.

— Não quis me dizer.

Me tranco no escritório. O silêncio torna a ausência de Tommy dolorosamente real. Ligo para Cristián, o menino que vive na casa vizinha. Pergunto se viu Tommy, se lhe disse alguma coisa em particular. Responde que há dias não sabe dele. Yerfa bate na minha porta.

— São os Carabineiros, Dr. Juan — anuncia com voz assustada, como se fôssemos dois delinquentes que vieram prender. Peço-lhe que os faça entrar.

Dois homens com seus quepes de serviço na mão entram na casa. Um deles, evidentemente de patente superior, me estende a mão e se apresenta como o tenente Sergio Ríos. É um homem moreno, de pernas arqueadas e nariz aquilino. Ostenta um ar altivo. O outro, por sua vez, tem a cintura larga e flácida e o olhar compassivo de um pai de família. Convido-os a se sentar. O tenente pergunta, eu respondo, o subalterno anota. Atrás dos modos secos e precisos, posso intuir o mundo de onde provém. Um mundo de brigas, bravatas e ameaças físicas. De vez em quando, o subalterno ergue a vista do caderno e, sem abandonar sua posição de escuta, parece se desculpar pela falta de cortesia do superior.

— Vamos precisar de uma foto do menino — me pede o tenente. — Também teremos que ver seu quarto.

Falou todo o tempo do "menino". No corredor, paro diante de um dos desenhos de Tommy: O labirinto do Minotauro. Tommy fez dezenas de desenhos representando a história de Teseu, mas é este o que Alma mais aprecia, porque chamou o fio de Ariadne de "O fio que leva ao amor".

— Foi feito por meu filho — aponto, sabendo que não dão a mínima para o que estou mostrando.

O tenente pigarreia e seguimos nosso caminho. Entramos no quarto de Tommy. Acendo a luz. Os homens passeiam nos $5m^2$, observando. A presença desses dois estranhos no quarto de meu filho me dá uma inevitável sensação de desgraça. Abrem seu closet, fuçam suas gavetas, seus cadernos, pegam seus brinquedos com uma mistura de desdém e falsa curiosidade.

— Sente falta de alguma coisa? — pergunta o subalterno.

Olho em volta.

— De nada.

Quer saber como ele estava vestido.

— Com o uniforme escolar. A última vez que nos vimos, esta manhã, estava indo para o colégio.

— Preciso de uma descrição detalhada do uniforme.

— Posso lhe dar uma fotografia que tiramos este ano em uma atividade do colégio.

Antes de descer a escada passo em meu quarto e pego uma foto de Tommy que está na minha mesinha de cabeceira. Antes de ir embora, o tenente Ríos afirma:

— Isto vem a calhar. Com esta foto, todas as nossas unidades ficarão em alerta para procurar seu filho. Boa noite.

O subalterno se despede com um aperto de mão e um sorriso derrotado. Nenhum dos dois me diz uma palavra de esperança. Certamente a experiência ensinou-os a evitá-las.

Ligo de novo para meu primo Pedro. Digo que os Carabineiros estiveram aqui.

— Olhe, homem, fique tranquilo, está me ouvindo? Certamente ele aparecerá a qualquer momento. De qualquer maneira, estão averiguando nos hospitais e nos postos de saúde se houve um acidente. Por via das dúvidas. O major com quem falei me disse que coisas como essa acontecem com frequência. Os meninos saem por aí porque estão com algum problema, mas voltam rapidinho. É uma forma de chamar a atenção.

Agradeço e desligo. Gostaria de ter conversado com ele por mais tempo. Sua voz me dá confiança e também a ilusão de que não estou sozinho nisso. Ligo para Alma, ouço seu telefone tocar em meu ouvido. Como gostaria que estivesse aqui.

Deveria avisar meu pai ou algum de meus irmãos, mas, além de ficar quebrando a cabeça como eu, eles pouco poderiam fazer para me ajudar. Além disso, não saberia o que lhes dizer. Que Tommy fugiu? Aonde poderia ir se nunca saiu sozinho de casa? Que um psicopata o sequestrou e que está em um porão onde, se não o encontrarmos, vai passar os próximos vinte anos de sua vida? Levanto da minha escrivaninha respirando aceleradamente. Lá fora, a brisa faz ranger os frondosos galhos do carvalho. Volto a sentar e olho a lista que Yerfa me deu. São 8h45. Ainda posso falar com alguns de seus colegas. Antes ligo para a professora. Pergunto se Tommy teve algum problema no colégio.

— Bem, fora suas faltas, acho que vai bem, normal, sempre um pouco retraído, o senhor sabe, mas não mais que de costume.

— Faltas?

— Nos últimos tempos tem faltado bastante. No entanto, sempre trouxe uma justificativa assinada por sua mãe.

Talvez Tommy tenha estado resfriado. Costuma estar. Alma, provavelmente, não quis me preocupar e por isso não me disse nada. É comum que eu saia antes de Tommy. Quero saber se se dá com algum amigo em particular. Diz que não tem amigos. Suas palavras não me surpreendem, mas ainda assim me entristecem. Suplica que a mantenha informada.

Yerfa me espera no corredor. Pergunto pelas ausências de Tommy. Ela diz que há meses não falta ao colégio. Conto o que me informou a professora. Yerfa insiste que Tommy tem ido regularmente às aulas. Noto seu nervosismo, o temor ancestral de ser acusada. Sei que diz a verdade.

— Tente dormir, Yerfa. Veremos amanhã.

Subo a escada ligando para Alma. Volto a tentar, uma e outra vez. Discar seu número me aproxima dela.

Apago as luzes. Meus passos ressoam no corredor onde Lola e Tommy costumam correr. Quando fecho a porta do meu quarto, o silêncio se deixa cair, implacável. Um silêncio que absorve tudo o que me cerca, tudo o que imaginei imutável.

São 9h30 da noite. Sento na beira da cama. Sobre minha mesinha de cabeceira o telefone se cobre de um véu de mutismo, como se intuísse a ansiedade que sinto pelo simples fato de olhá-lo na penumbra. Esta imobilidade me mata. Se alguém tivesse sequestrado Tommy e quisesse um resgate, já teria entrado em contato comigo. Ligo a televisão com o controle remoto. Vejo as notícias do dia. Não aguento as vozes nem o mundo que irrompe na tela. Reduzo o volume a zero. Na superfície fria de vidro, as imagens se movimentam em silêncio. Um homem cego percorre as ruas da cidade ao lado de um cão policial. Esforço-me para pensar em algo concreto, mas meu cérebro não funciona bem. Levanto e vou à janela. No meu jardim, cuidadosamente iluminado pelas paisagistas, explode a primavera. Eu o odeio, odeio sua calculada exuberância e a ilusão de felicidade que me provoca.

⌛

Não durmo, respiro com dificuldade, me agito de um lado para o outro da cama. As imagens se sucedem em minha cabeça sem ordem, laceram meu cérebro, me sacodem. Enxugo minhas mãos suadas, depois a testa. Tenho a impressão de que estou submerso em um poço de piche.

Lembro-me de quando encontrei pela enésima vez Tommy escondido, gravando nossas conversas. Gritei-lhe algumas ofensas, peguei-o por uma orelha e tranquei-o em seu quarto. Ouvi-o chorar atrás da porta, mas resisti à tentação de consolá-lo. No dia seguinte, com mais calma, entrei em seu quarto. Deitado na cama, Tommy fazia o avião vermelho voar sobre sua cabeça. De fora, com um alvoroço estival, chegavam vozes de crianças brincando no jardim vizinho. Gostaria que Tommy estivesse ali, com elas, e imaginei que ele desejava a mesma coisa. Perguntei por que gravava as conversas alheias. Olhou-me com desconfiança sem responder. Esperei sua resposta. Depois de um tempo me disse que fazia aquilo para encontrar a ordem invisível das coisas.

— Não gravo apenas o que os outros dizem — afirmou —, gravo também minha própria voz, ideias, essas coisas. Quando as digo em voz alta, faço com que existam.

Suas palavras me impressionaram. No entanto, não cedi. Devia impedir que Tommy continuasse se intrometendo nas conversas dos adultos. Elogiar sua lucidez seria lhe dar meu aval. Enquanto recorria mais uma vez a meu discurso sobre o valor da privacidade, não tive coragem de olhá-lo nos olhos. Continuei falando com dureza enquanto andava com as mãos cruzadas atrás das costas. Pensei mais tarde que poderia ter sido mais conciliador. Por isso, em nossa conversa de ontem me esforcei para ser honesto. Manifestei-lhe a dor que seu comportamento me provocava. Mostrei-me vulnerável. Acreditei que estávamos de acordo, que havíamos alcançado um grau maior de intimidade, que lhe mostrar meus sentimentos teria mais poder de convencê-lo do que argumentos éticos e intelectuais. Talvez tenha cometido um erro, mas qual?

Se Alma estivesse aqui, me ajudaria a entender. Alma. Faz tempo que não precisava dela dessa forma. Tenho a impressão de ter feito uma viagem ao seu lado, mas sem ela. Em cada lugar em que estivemos fomos nos deixando mais sozinhos, mais abandonados. Esta longa noite zomba de meus esforços para fingir que tudo está bem, que Alma não está se afastando, que Tommy não fugiu de casa, que somos uma família feliz. Você tenta dominar a dor e acaba ferindo mais alguém, porque nada é estático, porque a famosa Virtude é uma grande mentira, em nome da qual nos tornamos intransigentes e desumanos. Então peço a Soledad, onde quer que esteja, que o ajude a voltar.

⌛

Desperto confuso, suado. Percebo um vazio, como se um ladrão tivesse entrado em meu corpo e roubado algo essencial.

Em meu ouvido toca um telefone inexistente. Minha roupa está molhada, meus músculos estão retesados; tenho a impressão de ter dormido dentro de um buraco. Por um momento sinto alívio de estar em minha cama, mas no mesmo segundo a recordação de Tommy me assalta. Levanto de repente e caminho até seu quarto. Em meu estado abobalhado imagino que o encontrarei dormindo. Deito em sua cama.

A distância vejo um indivíduo tombado, com as mãos cobrindo seu rosto, enquanto um tubérculo vai se inflando dentro de seu estômago. É evidente que podia ter feito as coisas de outra maneira. Todos podemos. No entanto, não se trata de uma questão de culpa, mas de sobrevivência. Afundava com Soledad. E a única forma que tive de evitá-lo foi me escondendo em minha toca. Foi ali que estive todos estes anos; como os sobreviventes das guerras que, ignorando a chegada da paz, permanecem escondidos em seus abrigos subterrâneos. Deixei que passassem o tempo, Alma e a vida. Recordo a mão de Alma segurando a minha na peça de teatro das crianças. Estava me dando a oportunidade de sair de meu esconderijo, de protestar por suas contínuas ausências, de lhe manifestar a falta que me faz, de retê-la ao meu lado.

Contemplo a ordem obsessiva de Tommy, seus brinquedos alinhados nas estantes, os aviões, os soldados galácticos, as motos em miniatura, os lápis dispostos sobre a mesa, o computador. Tommy costuma passar horas diante dele. Ligo-o. A tela se ilumina, mas preciso de uma senha para continuar. Tento com seu nome, sua data de nascimento, tento recordar o nome de seu amigo imaginário, Kofa, Kafa, procuro alternativas, mas tudo é inútil. Não consigo entrar.

O telefone toca. Corro para meu quarto a fim de atender, mas tropeço no caminho e dou uma pancada no cotovelo. É meu primo Pedro. Pergunta se tenho notícias de Tommy. Sua voz denota preocupação. Diz que falou com o comandante dos Carabineiros e que não há sinais dele. Pelo menos não está morto, penso.

— Você conseguiu dormir? — Sua inflexão se torna mais suave e íntima.

— Um pouco.

— Juan, você ligou para seu pai?

— Como você sabe que não?

— Imaginava. O mais provável é que Tommy esteja em algum lugar são e salvo, mas de qualquer maneira a família precisa saber.

— Você tem razão.

Segundos depois de ter desligado, meu celular toca. Vejo o nome de Alma na tela. Ouço sua voz:

— Juan! Recebi 22 ligações suas. Ontem deixei o telefone no carro e não tinha me dado conta até agora. Aconteceu alguma coisa? — Ouço sua entonação ao mesmo tempo sedosa e infantilizada.

— Sim.

Tenho dificuldade de conversar com ela agora que, finalmente, a ouço tão perto. Minha pele está virada para fora, com suas terminações nervosas expostas.

— O que aconteceu? — me exorta, impaciente.

Seu timbre vem correndo de longe em minha direção. Sem me dar conta, fecho os olhos e absorvo o calor que me provoca.

— Fale, você está me assustando.

— Tommy desapareceu.

Tenho a impressão de que não sou eu quem diz essas palavras que retumbaram em meus ouvidos persistentemente nas últimas horas.

— Mas como pode ter desaparecido? — me interroga quase gritando.

Explico-lhe passo a passo o que aconteceu desde que Yerfa me ligou na clínica. Apesar de meus esforços para manter a calma, meu tom de voz é desesperado. De tempos em tempos, ela me interrompe e pergunta algum detalhe. Por instantes fica calada, parece que não está ali, imagino que cobre o telefone para que não a ouça chorar.

Pouco a pouco a pressão que oprime meu peito começa a ceder. Ao relatar os últimos acontecimentos para Alma, esses se tornam mais reais e ao mesmo tempo menos peremptórios. Sei que para ela o desaparecimento de Tommy é tão violento quanto para mim, que ninguém mais sente o que nós dois sentimos por ele. E essa certeza me une a ela como nunca antes.

— Estou voltando agora mesmo. Demorarei algumas horas.

— Eu a espero — digo com a voz alquebrada.

Sinto alívio. Como se alguém tivesse agarrado meu pescoço e de repente o houvesse largado.

Segundos depois de desligar, volto a chamá-la. Pergunto pelas faltas de Tommy. Qualquer informação pode ser valiosa.

— Eu não assino nenhuma justificativa há pelo menos cinco meses, Juan.

— Então eles as falsificou.

— Não me ocorre outra possibilidade.

— Isso muda a situação — afirmo.

— Me espere, logo veremos juntos...

— Alma, sei que nos últimos tempos não tenho feito as coisas direito...

— Não diga isso agora. E, além do mais, é um assunto nosso.

— Precisamos tanto conversar...

— Nos vemos daqui a pouco.

— Te amo. — Alma desliga, sem ouvir minhas últimas palavras. Prometo a mim mesmo repeti-las quando apertá-la entre meus braços.

47.♒

Na cama, enfiado até o nariz debaixo dos cobertores, Leo se espreguiça. Eu olho para ele do umbral da porta com o celular na mão.

— O que você faz aí? — pestaneja com força tentando abrir os olhos.

— Tommy desapareceu. Aparentemente fugiu de casa. Preciso ir, Leo.

— Como?

— Preciso ir — repito, virando o rosto para evitar seu olhar inquisitivo. Um medo funesto se instalou em meu estômago.

— Mas que história é essa? Vocês não eram uma família feliz? — observa com a mistura de jactância e zombaria que o ouvi adotar dezenas de vezes, mas nunca dirigida a mim.

O amante solícito me ataca com seus dardos. Farpas das quais não sei como me proteger. Dou a volta e pego minha bolsa no armário.

— Me desculpe — ouço-o dizer às minhas costas —, às vezes não sei o que digo. — Levanta-se, envolve meus ombros com os braços e me puxa para si. — É que eu gostaria que ficássemos até tarde na cama — explica, e me dá um beijo. — Quando foi?

— Ontem. Não voltou do colégio. Juan ficou me ligando desde ontem à noite. Larguei o celular na caminhonete ontem de manhã, depois de falar com Lola. Não sei como, nunca o esqueço. Quando acordei, foi a primeira coisa em que pensei, que estava sem o celular. E ali estavam as ligações. Pobre Juan.

Ao dizer isso me dou conta de que nas últimas semanas havia esquecido a possibilidade de que ele pudesse me comover.

— Tenho que ir agora — digo, ao mesmo tempo em que me desvencilho do abraço.

Começo a me vestir. Leo veste seus jeans, uma camiseta, e se senta na cama. Fica me observando. Entro no banheiro e deixo a porta entreaberta. Enquanto escovo os dentes, olho-o pelo espelho. Está com os cotovelos sobre as pernas e o olhar fixo na única janela da cabana. Ao me deter em seu rosto, percebo um sinal de ansiedade na curva dos lábios.

— Quer que eu vá com você?

— Não sei. Como você quiser.

— Não. Como você quiser.

Vou até a porta.

— Não sei mesmo, de verdade — enfatizo, e acho que estou sendo honesta.

Uma parte de mim deseja que Leo nem sequer se faça essa pergunta, que continue ao meu lado com uma vontade férrea, à prova de tudo, inclusive contra minha própria opinião, que sua necessidade de estar comigo seja mais forte do que qualquer acontecimento, enquanto a outra quer viajar de volta os 150 quilômetros pensando em Tommy, lembrando-se dele, resmungando a sós a culpa que sei que me cabe nesse assunto.

— Quando você chegar em casa, não creio que eu possa ser muito útil. A menos que queira que eu dirija e assim você fique mais tranquila — sugere, erguendo a vista para mim.

Seus olhos me atravessam.

— Não é necessário, Leo, você tem razão. Uma vez lá, não há nada que você possa fazer. Não tem sentido que você perca esses dias.

Leo afasta o olhar e esfrega o queixo. Desde o primeiro dia na estrada que não mencionamos sua proposta. Suponho que ficou esperando que eu me pronunciasse. Imaginei que conversaríamos hoje.

— Você pode ficar escrevendo — acrescento.

— Certamente.

Vejo Leo jogar-se na cama. Sua camiseta cinza se recorta contra os lençóis. Tudo ao meu redor parece se esvaziar.

Quando estou pronta para partir, Leo pega minha bolsa. Seguro seu braço e caminhamos juntos até a caminhonete, como dois amigos. É uma manhã clara. Umas poucas nuvens passam lentamente sobre nossas cabeças. A brisa é tão suave e o ambiente tão sereno que minhas preocupações parecem pertencer a outro mundo. Leo me abraça. Percebo sua contenção. Penso em Tommy, e um tremor me sacode.

48.⌛

Depois do banho e do café da manhã, me tranco no escritório. Ligo para a clínica e peço a Carola que suspenda as consultas de hoje. Disco o número de papai e conto o que está acontecendo. Ainda está furioso com a história dos pássaros, mas atrás de sua voz débil há sinais de comoção. Pergunta por detalhes da busca em que eu não reparei. Avisará meus irmãos, me diz. Quando desligo, o silêncio volta a desabar. Ando de um lado para o outro. Espero. O tempo passa em cima de mim com o poder destrutivo de um tanque. Meus irmãos ligam, um a um, assustados.

Volto ao quarto de Tommy. Sento em sua cama, no mesmo lugar onde há duas noites tivemos nossa conversa. O que aconteceu nesse meio-tempo? Tenho medo e sei que não posso fazer nada para remediá-lo. Lembro-me das vezes em que entrei em seu quarto e o encontrei com o olhar fixo nesta mesma janela.

Ligo de novo seu computador. Volto a rondar em torno de seu nome, nosso sobrenome, digito datas importantes, alguns de seus brinquedos, penso em seus desenhos, escrevo: Minotauro, Teseu, Ariadne, fio, Alma, Soledad. Encontrei a senha. Estou dentro. Como não me ocorreu antes? Abro sua pasta de documentos. Encontro um que se chama *Caixa de Letras de Tommy*. É um quadrado formado por frases. Ao lê-las descubro que é uma sequência de insultos. Meu Deus! Pela forma como estão escritas parecem mensagens enviadas por e-mail, mais provavelmente por algum de seus colegas. Há quanto tempo Tommy suporta isso? Essa deve ser a razão por que fugiu. Continuo pesquisando. Descubro uma pasta que tem o nome mp3. Contém vários arquivos, mas encontro um que chama minha atenção: DEZ DESCOBERTAS SOBRE MAMÃE. Abro e ouço minha própria voz:

— *Carmen, que prazer vê-la!*

— *Não nos vemos há muitos anos.*

— *Cinco, seis?*

— *Pelo menos.*

É o casamento de Miguel. Há uma pausa. Certamente Tommy editou a gravação.

— *Em todo caso, por sorte Juan voltou a se casar; a doença de Soledad foi tão triste e fulminante...*

— *Doença? É incrível a quantidade de mentiras que engolimos.*

— *De que mentira você está falando?*

— *Ai, meu Deus, não devia ter dito isso. Sinto muito. Não me perguntem mais nada, por favor.*

— *Agora você não pode nos deixar assim, sem saber de nada.*

— *Soledad não morreu de uma doença. Se suicidou.*

— *Mas não havia morrido de aneurisma cerebral?*

— *Isso foi o que disseram para evitar um escândalo, mas Soledad se suicidou. Digo e assino embaixo.*

— *É um dos segredos mais bem guardados da família Montes.*

Tudo começa a se esclarecer e a se obscurecer ao mesmo tempo. Fecho os olhos. Não posso acreditar que Tommy tenha vivido com essa angústia nas últimas semanas. Balanço a cabeça bruscamente e respiro fundo várias vezes. No silêncio de seu quarto, o que mais desejo é abraçar meu filho. A gravação continua.

— *Como você mudou, Alma. Está muito bonita, mesmo.*

É a voz de um homem que não me soa familiar.

— *Este é Tommy.*

— *Olá, Tommy, eu sou Leo, um velho amigo de sua mãe.*

"O segredo mais bem guardado", digo para meus botões com sarcasmo.

Tommy fala:

— *Eu acho que quando papai fica olhando para lugar nenhum e parece não ouvir ninguém está pensando em mamãe.*

Pressiono minhas pálpebras com os dedos. Me sinto enjoado. Tommy continua falando:

Primeira, se enforcar. Segunda, comer veneno de rato. Terceira, dar um tiro na cabeça, na boca ou no coração. Quarta, deixar que um carro o atropele.

Foi assim que Soledad tirou a própria vida. Recordo seu crânio aberto pelo impacto, seus punhos fechados. Levanto e caminho agitado para espantar essa imagem. Na noite anterior prometi passar para buscá-la no meio da tarde e trazê-la para casa. Jantaríamos juntos "como nos velhos tempos" e depois eu a levaria de volta para Aguas Claras. Havíamos tentado fazer isso várias vezes, mas minutos antes de sair Soledad desistia. Sua incapacidade de se recuperar, sua falta de inteireza, sua debilidade me levavam a sentir compaixão, mas também me exasperavam. Dizer mais uma vez a Tommy que sua mãe continuava doente no hospital, que lhe mandava todo seu amor, que logo voltaria para casa; as mesmas frases, a mesma expressão desiludida em seu rosto infantil. E eu esqueci. Esqueci que Soledad me esperava. Ela foi à porta principal com a bolsa a tiracolo. Atravessou a rua no exato momento em que um caminhão passava a toda velocidade. Não houve ninguém, entre as muitas testemunhas, que não tivesse confirmado que Soledad se atirara espontaneamente sob as rodas do pesado veículo. Alguns dias depois, o doutor me confessou que na terapia daquela mesma manhã Soledad, de forma velada, havia anunciado o que faria. O fato de eu não ter ido ao encontro que havíamos marcado não tinha relação com o que fizera. Quis acreditar em suas palavras. O conhecimento dessa minúscula verdade não me aliviou nem um pouco. Depois disso tentei sulcar a dor como quem cruza um território infernal. Tratei de me formar, tornar-me mais forte, esperando aprender com a viagem. Foi a única maneira que encontrei de dar um sentido à sua morte.

Transcorreram nove anos, e seja o que for que aprendi agora me é inútil. Onde está a fortaleza que acreditei ter construído ao longo do tempo? Estou tão desvalido como então. Talvez não se aprenda nada com a dor, apenas se passa por ela, uma vez e outra, em solidão. Eu deveria ter estado ali por causa de Tommy! Sinto uma urgência incontida, vontade de sair correndo, de quebrar alguma coisa, de gritar... Ouço sua voz pausada e um pouco afônica; pronuncia cada palavra com cautela:

— *Quinta, enfiar-se no fundo da piscina e respirar até que os pulmões se encham de água. Sexta, atirar-se de um edifício ou de uma árvore muito alta. Sétima, tampar o nariz e a boca até sufocar. Oitava, parar de comer e de beber água. Nona, cortar as veias do pulso. Décima, dormir na neve. Décima primeira, enfiar a cabeça no forno com o gás ligado.*

Tommy continua. Sua voz, tão vívida, torna sua ausência ainda mais dolorosa.

— *Segunda descoberta: O avô de mamãe foi o fundador de um colégio para senhoritas em Buenos Aires de nome Santa Ana.*

Não sei como chegou a isso, mas é verdade.

— *Descoberta apêndice: Com os amigos se compartilham as mentiras.*

Também não sei onde encontrou sua descoberta apêndice, mas também topou com uma verdade.

— *Eu não sei o que sua mãe via em mim. Ela era muitíssimo mais inteligente do que eu. Passava para me pegar em seu carro e saíamos por aí. Não íamos aos lugares aonde iam as outras mulheres. Íamos ao bairro universitário, em Macul, porque ela estudou história da arte. Soledad era muito culta. Sentávamos em uma taberna que se chamava Las Terrazas e tomávamos café e fumávamos, e tomávamos mais café e fumávamos mais. Isso era tudo. Mas ficávamos tão felizes!*

É a voz de Corina. Posso vê-las saindo lindíssimas da casa.

— *Os grandes filhos da mãe...*

— *Quem, tia?*

Eu sei quem são os filhos da mãe. Todos nós. Todos que vivemos acomodados debaixo de nossas couraças de civilidade e decência, cercados de falsidades que nos protegem do mal.

— *Terceira descoberta: Como o freixo, mamãe tinha um dragão em suas raízes, e, por mais que tenha lutado para derrotá-lo, o dragão acabou vencendo a batalha.*

— *Quarta descoberta: De acordo com o que diz o Sr. Milowsky, mamãe era judia e eu também sou.*

Mas quem é esse Sr. Milowsky? Onde esteve Tommy durante todo este tempo enquanto eu o imaginava em seu quarto, isolado de tudo?

Quinta descoberta: Mamãe morreu na rua, diante de Aguas Claras.

Durante os segundos que demoro para ver essa horrível imagem na cabecinha de Tommy, durante esses poucos segundos, sinto orgulho pelo fato de ter chegado tão longe.

— *Descoberta apêndice: A verdade surge das profundezas, alterando a ordenada superfície das coisas.*

Meu Deus. Tenho medo de suas descobertas, de sua lucidez, das ideias que cruzam sua mente, de seus sentimentos profundos e complexos que eu nunca percebi.

— *Sexta descoberta: O avô de mamãe, meu bisavô, escondeu que era judeu para ser aceito pela sociedade.*

— *Descoberta apêndice: Alma contou o seguinte ao papai: quando esteve pela primeira vez com o vovô, ele perguntou se ela era judia. Ela respondeu que não era, e vovô ficou muito contente.*

Talvez fosse a ocasião de arrancar a verdade das profundezas onde estava.

— *Sétima descoberta: Eu acho que vovô, assim como meus colegas, não gosta de judeus.*

— *Oitava descoberta: O elemento de mamãe, assim como o meu, é a água.*

— *Vovô, queria lhe desejar um aniversário muito feliz. Também queria lhe contar que tenho uma amiga chamada Sarah. Ela é judia. Nasceu em Buenos Aires e tem um sotaque maravilhoso. Sua família trabalhava fazendo velas para o Shabat. Vovô, você sabe o que é o Shabat?*

— *Tenho certeza de que você pode nos dizer o que é.*

— *Não creio que seja o momento.*

— *Porque se trata de judeus?*

— *Você está passando dos limites, garotinho. Tenha muito cuidado! Ouviu?*

— *Sim, estou aqui, no jardim da casa do meu sogro, a uns poucos metros do lugar onde nos encontramos...* — Agora é Alma quem fala. — *Você tem razão. Tudo isso é ridículo. Não podemos sequer pisar na rua juntos, porque morro de medo, e sei que é irracional, mas não posso evitá-lo. E, além disso... Não posso lidar com tudo isso, Leo. Não é o que quero... Você não me ouviu... O que está tramando?... Você pensou em tudo... Não sei... Trata-se de uma despedida, então... Sim, vejo... O lugar aonde você quer me levar tem mar?... Não, não disse que sim, estou apenas perguntando... Eu também quero ver você... Tenho que desligar... Você não deveria ouvir as conversas dos adultos. Isso não se faz, e você sabe!*

— Não tenho culpa de você não ter me visto. Eu não estava escondido. Estava aqui.

— E o que fazia aqui?

— Não fazia nada.

— Eu amo muito você, Tommy.

— Essa mulher é outra Alma, e eu não a conheço.

Eu também não conheço essa mulher. Meus olhos ardem. De repente, tudo o que me cerca — a escrivaninha de Tommy, seus aviões, o jardim, o ruído cheio de frescor dos irrigadores ligados e até eu mesmo — me parece confuso e insensato.

— Vovô, fui eu quem abriu a gaiola.

— Não diga besteiras, menino.

— É verdade. Eu abri a gaiola.

— Como você se atreveu a fazer isso? Está louco? Este menino está absolutamente louco! Tão louco como a mãe dele! A culpa é sua, Juan. Nunca lhe deu uma educação como a gente. Trata-o como se fosse um imbecil, e o que conseguiu? Isto. Você não tem caráter para lidar com o que lhe coube viver. É uma desgraça. Agora saiam daqui, saiam, a festa acabou.

— Nona descoberta: Vovô tem razão, papai é um homem fraco e eu estou louco, como mamãe, por isso não consigo contar até dez antes de ferir os outros.

Claro que tem razão. Sou um homem fraco, incapaz de evitar que seu filho sinta o que sente, um homem que não tem coragem de se opor a seu pai e de impedir que o mundo que construiu com tanto esmero desabe.

— Yerfa me contou que você continua com a história do seu amiguinho imaginário. Eu já disse mil vezes, Tommy, que isso não é bom para você. É legal imaginar, mas as coisas que imagina não são mais importantes que a realidade. Eu sei que é divertido criar suas próprias brincadeiras, ter um mundo próprio, mas é na realidade que você se alimenta, onde se relaciona com os demais... Você imagina o que aconteceria se todos vivêssemos sempre em um mundo imaginário?

De qual realidade estou lhe falando? A dele, de repente, se tornou imensamente mais real do que a minha.

— Décima descoberta: Mamãe sabia que "isso" era o que fazia que eu fosse quem sou, e era "isso" o que ela amava em mim. Não havia ninguém no mundo que mamãe amasse tanto como a mim, não há ninguém no mundo que me ame como ela me amou e não há nada no universo que eu ame mais que minha mamãe.

— Eu também amo isso em você, Tommy — digo em voz alta. — E não há ninguém no mundo que eu ame tanto como você. Acredite. Quem dera que você pudesse me ouvir.

49.♒

Avanço agarrando o volante com as duas mãos sem tirar os olhos da estrada. Penso em Tommy, em suas brincadeiras silenciosas, em seu caminhar desengonçado, em suas perguntas, nas 22 ligações perdidas de Juan.

Cheguei à cidade. O céu é de um cinza uniforme. Pego a autoestrada subterrânea, me enfio debaixo da terra. São 11h05. Onde Tommy passou a noite? E se sofreu um acidente? Uma dor quase insuportável me assalta. Tommy deve ter notado meu distanciamento, minha atitude ensimesmada. Não sei quanto conseguiu ouvir da conversa com Leo, mas, dado o comportamento que teve naquela tarde, é evidente que entendeu o que acontecia. Tento recordar os momentos que passei com ele nos últimos dias, evocar suas expressões, suas palavras.

Se o tivesse diante de mim, me levantaria de um pulo, o apertaria em meus braços e lhe diria que estivemos pavorosamente perto de nos perder, mas que, não importa o que aconteça entre seu pai e eu, ainda temos um ao outro, ainda podemos editar suas gravações, aprender o alfabeto com as mãos, compartilhar outros segredos. Diria que o amo e que meu amor é muito maior do que o telescópio que tem meu nome. Mas Tommy está longe, não posso lhe dizer nada disso e sinto tanto.

A autoestrada emerge de debaixo da terra. Olho para o céu, as gaivotas seguem o traçado do rio em direção à montanha que aparece atrás da bruma. Estava decidida a sair escorregando de minha velha pele como uma serpente, e se agora hesito é porque intuo que, depois de atravessar as pedras cortantes para me desprender dela, minha pele continuará coberta de chagas e feridas. Ouço uma buzina. Mergulhada em meus pensamentos, fiquei parada diante de um semáforo. Acelero.

Embora não me seja difícil imaginar uma vida ao lado de Leo, um elemento novo penetra em minha consciência: a impressão de estar fugindo de uma coisa com a qual logo poderia me encontrar outra vez. Talvez as crises tenham relação aos assuntos que andam mal por muito tempo e que ocultamos ou relegamos para não os enfrentar. Quis escapar, e isso não tem nada de ruim, mas, quem sabe, talvez para deixar tudo isso para trás teria que torcer o braço de meus fantasmas, a distância, em silêncio.

É estranho que apenas umas horas atrás isso fosse invisível. Os pensamentos, como o desejo, podem levá-lo a qualquer lugar. Mas também, como na paixão, me sinto presente, enlaçada ao que sou e ao que abarco. Imagino Tommy, Juan, Lola. Vejo seus rostos, prodigiosamente reais em seus detalhes, e as caixas vazias começam a se encher com uma emoção poderosa e viva.

Piso no acelerador. Logo estou diante de casa. Abro a porta. Tenho a impressão de ter saído daqui há um século, tantas foram as reviravoltas dos últimos dias, das últimas horas. Sob a luz âmbar do vestíbulo não se ouve ruído algum.

Como se rebobinasse um filme, recuo no tempo, em busca dos sentimentos que me uniram a Juan, e descubro que estão presentes, feridos, mas ainda vivos. Aparece com clareza a primeira imagem que guardo dele, o homem agradável e de tom sereno que salvou Edith. Apesar de seus gestos discretos, Juan transmitia uma força e uma segurança que inundavam o espaço e nos apaziguavam. Recordo-o observando minha barriga de dois meses, a forma que seu abraço adquiriu, considerando e acolhendo esse ser que se interpunha entre nós dois.

Caminho até seu escritório. Nos jarros, as flores estão murchas, e seu aroma rançoso se infiltra no corredor. Abro a porta. Juan, sentado na cadeira giratória diante da janela, está com o telefone no ouvido. Ao me ouvir entrar, se vira para mim. Quero abraçá-lo, mas o desprezo estampado em seu rosto me detém. Não entendo. Mesmo assim, me aproximo. Levanta da cadeira e com a mão erguida me indica que espere. Me dá as costas e continua falando. O ar tem um cheiro doce e pesado. A luz do sol se ondula sobre as lombadas dos livros da biblioteca.

— Obrigado. Vou mantê-lo informado — conclui e desliga.
— Olá. Estava de saída.

Observa-me com desconcerto, mas em seguida desfaz a expressão com um ríctus de urgência.

— Teve notícias? — pergunto.

— Não. Ainda não. Estou indo para a casa de papai.

— Vamos, então.

— Não é necessário. Prefiro que você fique.

— Eu vou com você, Juan.

— Quero ir sozinho. — Seu tom é irritado.

— Por quê?

— Como por quê? Passei uma noite aqui quebrando a cabeça, pensando que alguma coisa pode ter acontecido com *meu* filho, e sou perfeitamente capaz de continuar levando isso sozinho.

Anda de um lado para o outro com um ímpeto sombrio, passa o dorso da mão pela boca com força. Seus olhos brilham febris, como se estivesse doente. A agressividade é a forma que adota para se defender das emoções que não sabe como controlar. Vi-o fazer isso centenas de vezes, e a cada uma delas me afastei dele um pouco mais. Mas hoje não. Dessa vez posso ver seu coração, como se tivesse se desprendido de seu tórax.

— Sinto muito. Eu quero ir com você... Me perdoe — digo. E quando pronuncio essa última palavra, minha voz adquire um timbre falso.

— De que tenho que perdoá-la? — Para de ir e vir. Me olha de frente com um semblante inquisitivo e assustador. Suas pálpebras ficam vermelhas.

— Por não estar aqui quando precisava de mim, por ter esquecido o celular no carro, por ter demorado...

Juan solta uma gargalhada lúgubre e depois diz:

— Esqueça. — Me descarta com um gesto da mão, se vira e sai para o corredor.

Eu vou atrás. Juan sobe as escadas, entra em nosso quarto e fecha a porta atrás de si. Vou à cozinha cumprimentar Yerfa. Tomo um café enquanto o aguardo. Yerfa reza em um murmúrio persistente. Pego com as mãos a caneca e aproximo-a do meu peito. Penso na solidão de Tommy, em sua decepção. Nunca imaginei que poderia ferir dessa forma uma pessoa que amo.

Termino o café, me despeço de Yerfa e vou à rua esperar Juan. Quando aparece, me aproximo dele. Tenho o impulso de acariciar seu rosto, aliviar sua inquietação, mas antes de iniciar o gesto fico paralisada diante de sua expressão mordaz e ao mesmo tempo ausente, como se uma ideia tivesse se apoderado dele. Ficamos um diante do outro, imóveis. Reúno forças, estendo a mão e alcanço sua face. Juan aperta os olhos e me olha, da mesma forma que se observa através da luz o interior de uma habitação estranha. Sinto uma repentina lufada de medo. Acontece rapidamente, não consigo reagir. Juan agarra meu pulso e o aperta com força. Dói. Durante um segundo penso que não é o pior, pelo menos quebrou sua indiferença. Me solta e, sem afastar seus olhos cheios de violência, exclama:

— Não me toque! Você ouviu? Não me toque nunca mais!

— O que eu lhe fiz? — pergunto sem olhá-lo. Minha voz sai apagada.

Juan não responde. Repito com força:

— O que eu lhe fiz?

Ainda sinto o contato de suas mãos ferozes.

— Não precisa continuar mentindo. Sei de tudo. — Suas palavras contêm uma ira imensa e obscura.

— O que você sabe? — me aventuro a perguntar.

Juan não responde. Minha cabeça começa a funcionar depressa, procurando, imaginando, penetrando nos desvãos de minha memória até dar de cara com a gravação de Tommy em Los Peumos. Em algum momento, Juan deve tê-la escutado. Continua sem falar, sem me olhar, encapsulado, e não o culpo. Como poderia?

— Não vale a pena, Alma, não agora. Não tenho tempo para isso. Tenho que procurar Tommy — diz, começando a andar em direção ao automóvel.

Vou atrás. Entro no carro e me sento ao seu lado. Aperto os olhos. Não posso chorar. Seria inútil.

— Não me deixe fora disso. Preciso ver Tommy, preciso saber onde está, como está — peço repentinamente, impelida por um sentimento que oprime meu peito.

— Para quê? — Leva a mão à testa. Sei que lamenta ter aberto uma fresta em sua fortaleza.

— Também é meu filho.

— Por favor, não, Alma. De verdade, não continue. Não quero conversar com você, não quero estar ao seu lado, sua presença me enoja, a única coisa que preciso agora é concentrar minha energias em encontrar Tommy — diz, e depois emite um som de exasperação.

— Está bem, mas me deixe ir com você. Eu imploro.

Permanece calado, sem ligar o motor do carro. Tem as mãos no volante e o olhar fixo na rua deserta. De repente suspira, e sem afastar a vista da calçada ouço-o falar:

— Mesmo que tudo isso não estivesse acontecendo, a história de Tommy, quero dizer, eu não lhe perguntaria. Não quero saber. Espero estar falando com clareza. Não sou esse tipo de homem. — Seu tom não tem matizes. Dirige-se a mim como se eu fosse uma desconhecida.

— E que tipo de homem você é?

— Esse é um assunto que de agora em diante não tem a menor importância para você — afirma laconicamente.

O fato de Juan não me dizer na cara o que ambos sabemos, que sou responsável pelo sumiço de seu filho, em vez de me aliviar me provoca tanta angústia que quase não consigo respirar. Como queria poder lhe falar. Acabo de entender o sentido da confissão. É uma forma de liberar os sentimentos que não podem ser suportados. Nos segundos de mutismo que se seguem, algo se desintegra em um canto do carro. Olho de relance o perfil tenaz de Juan e descubro que seu amor está morto.

— Imploro que você saia daqui. Você não faz parte dessa história. Não mais — insiste. Tem uma expressão solitária e hermética.

Abro a porta do carro e saio. Juan liga o motor e em poucos segundos desaparece da minha vista.

50.⌛

Não vou à casa de meu pai; na verdade, não vou a lugar algum. Apenas dou voltas de um lado para o outro em meu carro. Sou incapaz de ficar quieto ou de falar com algum ser humano até que este maldito celular toque e alguém me diga que Tommy está bem. E enquanto avanço, as ruas, as pessoas, vão perdendo consistência e sentido, como se visse o mundo através de raios X e descobrisse que atrás de seu rosto visível não há absolutamente nada. Uma crosta sem seiva. O mundo e os homens ocos. Meu celular está tocando. Olho a tela. É um número que não tenho registrado. Meu pulso se acelera.

— Falo com o Dr. Juan Montes?

— Sim — afirmo.

— Bom dia. Sou o tenente Ríos, estive ontem à noite em sua casa.

— Bom dia.

— Me desculpe, Dr. Juan, mas vou direto ao assunto. Encontraram o corpo de um menino na costa, a uns 2 quilômetros ao norte de Los Peumos. Pelas características descritas pelo cabo que cuida da área, trata-se de um menino de não mais de 8 anos, o que não corresponderia a seu filho.

— Meu filho tem a estatura de um menino de 8 anos — murmuro. Minha voz mal sai da garganta.

— Também não está usando uniforme de colégio. E seu filho estava de uniforme — continua o oficial Ríos.

— Como está vestido? — pergunto com um fio de voz.

— Com jeans e um casaco de lã vermelho. Está sem sapatos. A água deve tê-los levado. Enviamos pela internet a foto que o senhor nos deu, mas o menino teve o rosto desfigurado por uma batida que sofreu ao cair e não foi possível confirmar sua identidade.

— A casa do avô e o túmulo da mãe dele ficam em Los Peumos — sussurro. O oficial, sem me ouvir, continua falando.

— Segundo me foi informado, os meninos da aldeia matam aula nessa área. É um lugar perigoso, e não é a primeira vez que acontece. Deve se tratar de um menino que vive nas redondezas e, como as aulas ainda não terminaram, ninguém deu parte de um desaparecimento. Há dois meses, o corpo de uma menina ficou no necrotério até o começo da noite sem que ninguém o reclamasse. Foi o que me informou o cabo responsável. Estou lhe contando isso para que não tenha muita certeza de que se trata de seu filho. Tomás, não é mesmo? Bem, gostaria de lhe pedir que fosse até lá para esclarecer as dúvidas.

— Onde está? — pergunto secamente.

— Neste momento o corpo está sendo levado para o hospital San Benito de Los Peumos.

— Como o encontraram?

— Dr. Juan, não se apresse tanto. O mais provável é que não se trate de seu filho.

— O mais provável — digo sem a menor convicção. Enquanto falamos dirijo em direção ao aeródromo.

— Quando chegar ao hospital, pergunte pelo cabo Rojas. Ele está esperando pelo senhor.

— Estarei lá em 40 minutos — concluo e desligo.

Dirijo a toda velocidade pelas ruas engarrafadas de Santiago. Ultrapasso um Mazda e depois um Fiat, avanço um sinal amarelo no exato momento em que está ficando vermelho, depois ultrapasso um caminhão de entrega e um ônibus escolar. Enquanto continuo e continuo, de um lugar distante e imóvel de meu ser vejo se mover uma cidade que me é estranha.

⌛

Libero o combustível, ligo os motores, entro na pista, recebo a autorização de decolagem, puxo o manche para trás, levanto o nariz do meu teco-teco e segundos depois estou voando. Acima das árvores e dos telhados, o fulgor do céu adquire tons amarelos. Atravesso uma camada de nuvens baixas e depois me enfio em um trecho cheio de luz. Ao sul flutuam algumas nuvens enfeitadas de cinza. Cruzo o céu em velocidade constante. O motor emite um som monótono que pulveriza o tempo. A altura funciona como anestesia local.

E então surge um menino em minha cabeça. Forçosamente é produto da minha imaginação, porque é impossível que Tommy esteja sentado no banco do copiloto. No entanto, tudo nele é muito real: seu olhar sonolento e ao mesmo tempo penetrante descansando no meu, os dedos finos de suas mãos, sua pele branca, seus pés que pendem do assento demasiadamente alto, e esse gesto, tão próprio dele, de coçar a cabeça para adquirir força quando se dispõe a falar. Mas Tommy não vai falar comigo, porque Tommy é o menino que encontraram em Los Peumos. Gostaria de me espatifar em uma queda vertical no mar. Ninguém vai me dizer que o sofrimento e a morte são parte substancial da vida, ninguém vai me apontar que sem eles a existência fica incompleta. Tommy está morto, morto... E isso não tem sentido.

Um grito abre caminho em meu esôfago. É um alarido de um tom estranho, profundo, que explode e me atravessa dos pés à cabeça e depois fica vibrando com toda intensidade. De meu corpo emergiu um ser cuja matéria é disforme e maltratada, que sente medo e está sozinho.

51.♒

Enquanto prepara o café, Maná me observa com uma de suas abomináveis expressões de sapiência. A caminho de sua casa, lhe telefonei para contar a história de Tommy. O resto não consigo dizer. Seria entregar minhas armas ao inimigo. Ela também não me pergunta por que estou aqui em vez de estar com Juan, procurando Tommy. Sentada à mesa da cozinha, espero a hora de ir buscar Lola no colégio. Quero abraçar minha filha. A bolsa que trouxe para a casa de Maná está em meus joelhos. Seu pijama de maçãs aparece em uma fresta do zíper mal fechado. Sinto vontade de pegá-lo e levá-lo ao nariz, mas me contenho.

A mesa está coberta de caixinhas de contas com as quais Maná borda uma figura com tronco humano, cabeça de galo e duas serpentes no lugar das pernas. Varro com o olhar cada um dos cantos, seus móveis de madeira que guardam dezenas de cestas e vasilhas. Tento imaginar suas histórias, mas é inútil, não consigo tirar Tommy da cabeça. Maná se senta ao meu lado. Serve duas xícaras de café e depois estende em seu colo um pano bordado.

— É Abraxas. Uma divindade que une o divino e o demoníaco. Você sabe por que a estou bordando?

Faço que não com a cabeça.

— Para não esquecer um princípio básico. Que devo aceitar as trevas dentro do meu ser se quiser alcançar uma cota mínima de paz. Este foi um dos grandes assuntos abordados por Jung — me explica. Para de falar ao constatar que mal a ouço.

Tommy chegou a me dizer certa vez que Maná o levava a pensar nas bruxas boas. Eu quis saber a que se referia, e ele me respondeu que eram aquelas que podiam fazer tanto o bem quanto o mal, uma habilidade que as tornava duplamente poderosas. Maná pega algumas continhas douradas e as passa por uma agulha. Seus movimentos são pausados e atentos. As nuvens da manhã começam a se dissipar e alguns buracos azuis emergem aqui e acolá. Volta e meia Maná desvia o olhar do seu trabalho e me observa. Me detenho em seus cabelos grisalhos, nas rugas que circundam seus olhos, que, ao invés de murchá-la, lhe conferem uma aparência repousada. Dir-se-ia que ela mesma as deixou se assentar em seu rosto. Não havia reparado nisso, mas Maná carece da sombra de resignação que as mulheres cheias de rugas e pele flácida, como ela, costumam projetar. Ouvimos os ecos de uma máquina ao longe. O resto é silêncio. O sossego de sua cozinha e de seu mundo.

E então acontece. A casa de água desmorona. Não tenho mais onde me esconder. Começo a chorar com o corpo agitado por convulsões. Me dobro em duas e enterro a cabeça nas mãos. Choro encurvada para a frente, expulsando um veneno de meu corpo. Minha mãe me envolve e me puxa ao seu peito. Ouço seu coração em meu ouvido. Não sei quanto tempo permaneço assim, gemendo em seus braços, até que consigo me desgrudar de sua camisa molhada. Levanto a cabeça e passo as mãos no rosto.

— Pus tudo a perder — digo em um sussurro.

— Isso é impossível. Olhe o esforço que eu fiz para pôr tudo a perder e aqui está você.

— Eu consegui. Fiz tudo o que pude para ser diferente de você. Jurei que nunca iria ferir ninguém como você me feriu.

Maná cruza as mãos, comprime uma contra a outra, as leva aos lábios.

— Fui construindo tudo conscientemente. Pensei que conseguiria. Pensei que havia conseguido... — Faço um gesto de desespero com a mão, e minha voz não sai.

Maná respira fundo. Nunca antes a havia encarado dessa forma. Livrar-me de sua influência era também ignorar a responsabilidade que lhe cabia em minha vida.

— Alma, às vezes... — murmura, e deixa a frase inacabada. Olha para a janela sem respirar e depois exala um suspiro que preenche o espaço. — Às vezes, por mais esforços que façamos, a vida passa por cima de nós. Nossas condutas e sentimentos não nos pertencem por completo. São determinados também pelo que os outros nos dão e nos tiram, pelo que nos calam ou nos dizem, pela nossa história. Tantas coisas...

— Se acreditasse no que está dizendo, poderia aliviar a maldita culpa, mas e a dor, como você alivia a dor?

— É que há um espaço, um ínfimo espaço que nos pertence. É aí que está nossa essência. É ela que nos faz ser o que somos, que nos permite mudar o curso da viagem. Como as velas das fragatas. Às vezes basta um movimento imperceptível para que as coisas mudem. — Adota um tom de voz cuidadoso e profético que crispa meus nervos.

— Que azar, porque estas eu também queimei — intervenho.

— Ah, não. Isso não mesmo. As velas são indestrutíveis. Inclusive continuam flamejando quando você está morto, na recordação das pessoas que o amaram.

Não posso acreditar que esteja falando essas idiotices, nem ouvindo as metáforas baratas da minha mãe.

— Maná, enquanto Juan sofria o indizível pelo desaparecimento de Tommy, eu estava com outro cara. É disso que estou falando. Não da porra de suas velas nem de seus barquinhos. Você percebe? — grito. — Enquanto ele me ligava sem parar, eu estava na praia, feliz, fodendo. Tommy percebeu tudo, por isso fugiu. Juan também sabe. Você entende? Estou falando desta merda. — Afasto o olhar para controlar o turbilhão de raiva e medo que toma conta de mim.

Maná abaixa os olhos e aperta meus dedos. Procuro me acalmar. Passo o dorso da mão no nariz e inspiro.

— Se Tommy fugiu, essa não foi a razão, não a única, pelo menos — diz cautelosa.

— Como pode ter tanta certeza? — indago com apreensão.

— Porque as coisas nunca são assim. Nunca estão isoladas. Tommy é um garoto muito sensível, não podemos dizer que seu pai o ajudasse muito com isso, e também era vítima de agressões no colégio.

— Como você sabe?

— Sei porque a mãe de um de seus colegas, a quem dou aulas de meditação, comentou comigo. Aparentemente, um dos meninos, arrependido, contou à mãe dele o que estava acontecendo e assim alguns pais acabaram sabendo, entre eles essa mulher que conheço.

— E por que você não me avisou?

— Fiquei sabendo há poucos dias e estava esperando o momento adequado para lhe contar.

— Todo mundo sabe, menos nós.

— Decerto Tommy não quer que vocês saibam. É terrivelmente humilhante.

— E o que mais você sabe? — pergunto ressentida.

— Que as situações nunca são o que aparentam. Não de todo, pelo menos. Que fazemos o que podemos, embora muitas vezes isso não baste. — Seus olhos se enrugam como se fosse chorar.

— A que você se refere?

— O que vou lhe dizer não é uma forma de me redimir. Está claro? Quero que você possa analisar as coisas de outro ponto de vista, só isso. Está lembrada da passagem para Barcelona? De onde acha que saiu?

— Foi você?

Maná confirma com um gesto de cabeça. De repente me lembro do cartão-postal de Edith que chegou à sua casa. Foi ela quem me indicou a Edith e pediu que me contratasse. Deve tê-la conhecido em alguma de suas andanças antes de se casar com meu pai. Minha viagem e Edith, os dois grandes milagres que salvaram minha vida e que eu atribuí a meus próprios desígnios, são de sua responsabilidade. Uma fina rede de apoio que foi urdida às minhas costas. Só falta Juan. Juan tinha ido ao restaurante porque alguém infiltrara meu nome, junto com uma crítica gastronômica do jornal *El País*, em sua passagem. Tenho uma vaga recordação de ter ouvido Maná dizer que trabalhara em uma agência de viagem. Pergunto a ela.

— Durante um tempo, sim. Mas foi há anos atrás.

— Então foi você quem enviou Juan ao restaurante de Edith.

Maná faz um gesto negativo com a cabeça e abaixa os olhos para pegar uma continha. Sei que está mentindo. Um dia antes, as revelações de minha mãe teriam colocado abaixo meu alicerce. Mas que importância tem tudo isso agora se Tommy está desaparecido?

— O que fizemos ou não fizemos, o bom e o ruim que você herdou de nós, é o legado que lhe deixamos. Agora é sua vez.

— Não consigo parar de pensar em Tommy, não consigo parar de pensar que talvez esteja sofrendo, que não sei onde está. Não sei o que fazer, *mamãe*... — confesso, pronunciando a palavra impronunciável.

— Eu também não sei. Nisso estamos sozinhas, Alma. Você não sabe quanto gostaria... — Seu queixo treme e as lágrimas começam a correr por sua face. Mesmo assim, não esconde o rosto.

Chora por mim. Esta talvez seja uma dessas mudanças de rumo das quais me fala. Apesar de suas certezas, Maná sente menos medo do que eu das ironias do destino e das perguntas sem resposta.

Ambas olhamos para fora, para o retângulo de céu que se avista pela janela. Aparentemente é assim que sobrevém o perdão, não com os tambores e as salvas de palmas das grandes revelações, mas se infiltrando cuidadosamente pelas janelas das cozinhas.

52.⌛

O frio me invade neste quarto sem janelas. Espero o cabo Rojas. O mundo externo está longe. Meu pai, meu irmão, meus pacientes, a clínica; toda essa vida minuciosa carregada de rituais que pareciam imprescindíveis. De repente uma pergunta surge em minha mente com tal clareza que me estremece: "Por que você soltou os pássaros?"

Não me ocorreu que Tommy talvez tivesse um motivo para fazer o que fez. Devia ter lhe perguntado. Devia ter ouvido o que tivesse para me dizer. E em vez daquela conversa fiada que disparei em seu quarto, teríamos podido nos sentar sossegadamente para conversar. Talvez sua resposta não tivesse me agradado, talvez tivesse me doído e irritado, e eu não teria saído de seu quarto com a satisfação de ter cumprido uma tarefa, mas agora recordaria essa tarde não como um passo a mais na impecável educação de meu filho, nem como uma das tantas conversas semelhantes que tivemos, mas como um momento autêntico e essencial.

Meu celular toca. É Yerfa.

— Dr. Juan, acabo de encontrar um bilhete de Tommy.

— O que diz?

— Diz: Não se preocupem comigo. Fui ver mamãe em Los Peumos. Hoje é o aniversário de sua morte. Volto no ônibus das 6. Muitos beijos para todos. Tommy.

— Onde o encontrou?

— Na despensa, quando fui pegar o arroz para fazer o almoço.

— Na despensa?

— Sim, ali mesmo. Não entendo por que o deixou tão escondido.

— Para que não o encontrássemos depressa.

— E então onde ele está, Dr. Juan? Onde está meu menino?

— Já saberemos, fique tranquila.

O cabo Rojas abre a porta olhando de lado a lado; parece que está entrando em um campo inimigo.

— Obrigado, Yerfa. Ligo mais tarde.

Rojas me oferece a mão e aperta a minha com força. Percebo o contato de sua pele áspera. Apesar de seu uniforme desalinhado, é um homem de certa forma gentil. Saímos para o corredor apinhado de gente que espera ser atendida. Ao passar, um menino com um machucado no rosto me olha desafiador. Caminhamos sem dizer palavra. A sala refrigerada fica no fundo.

⌛

O cabo Rojas vira o rosto. Não me é difícil reconhecer Tommy neste corpo destroçado. Olho as maçãs do rosto de meu filho cortadas, seus lábios fendidos, seus olhos abertos e machucados, seu tórax e seus braços inchados. Um dos pés se soltou do resto da perna e está unido ao seu corpo apenas pela cartilagem. O osso de seu quadril aparece no meio da carne branca. Suas orelhas, por sua vez, estão intactas, e também o pescoço, claro e liso. Seus cabelos muito escuros ainda brilham. Passo meus dedos pelo contorno de seu corpo gélido. Alguém ri atrás da porta. Meus lábios estremecem, e da minha garganta escapa um gemido que silencio rapidamente. O homem que sustenta no ar o pano branco me pergunta:

— O senhor está bem?

— Pode cobri-lo — respondo.

53. ♒

— O que está acontecendo com você, mamãe? — Ouço Lola me perguntar. Franze o nariz e levanta os ombros.

Estamos em seu quarto, e enquanto ela devolve ao seu lugar os brinquedos que levou para a casa da minha mãe eu a observo. Tommy está desaparecido há 34 horas. Lola perguntou por ele assim que chegamos, e eu respondi que havia saído com Juan. Lamentou não ter estado aqui para acompanhá-los. De volta em casa me sinto como um soldado solitário, entrincheirado atrás de um arbusto, esperando que algo aconteça. Pego Lola pela cintura e a rolo na cama.

— O que acontece é que tenho vontade de devorá-la inteirinha, como se fosse um leitãozinho.

— Ai, mamãe, eu não sou um leitãozinho — rebate, aferrando-se a mim.

— É sim. — Dou-lhe beijos no pescoço, esse lugar tão suave onde ainda perdura sua primeira infância.

— Não, não sou, sou um coelho, lembre-se — diz, firmemente grudada ao meu corpo.

— Eu sei, mas é que os coelhos não são tão saborosos.

Damos voltas na cama com nossos corpos unidos. Chegamos à borda e depois rolamos até o lado oposto; os movimentos vão ficando cada vez mais rápidos até que de repente caímos no chão, abraçadas. Ela abre os olhos com ar travesso e ri imitando os personagens dos desenhos animados. São sons intermitentes e agudos que nos fazem rir ainda mais.

Impressiona-me o fato de ser capaz de rir dessa forma e ao mesmo tempo sentir o que sinto. Recordo que brincava assim com Tommy quando era menor. Quando Juan nos flagrava, me advertia que tivesse cuidado e voltava a fechar a porta. Penso que ele teria gostado de brincar assim com seu filho, mas ele não conhecia o caminho que leva aos abraços sem propósito. Agora Tommy cresceu e os dois perderam essa experiência para sempre. Talvez Juan e eu, sem saber, estejamos presos naquilo que Maná chamou de "o legado". Há uma parte de nós da qual é difícil nos desprendermos, mesmo quando isso nos fere, e que define nossa vida em grande medida, tão grande que preferimos ignorá-la. Diante de sua visão fugaz, nosso instinto fecha a porta — como Juan ao me ver agarrada ao corpo de seu filho — e acreditamos que fomos nós que resolvemos fechá-la. Aperto Lola com mais força.

Volta à minha memória a serpente que, depois de atravessar as pedras afiadas para se livrar de sua pele, descobre que as chagas não desapareceram. Me impressiona não ter pensado nisto antes: curá-las não é um exercício solitário, pois não têm relação apenas comigo. Agora vejo tudo com tal clareza que me dá vontade de sair gritando.

— Então não vamos nos levantar do chão nunca? — pergunta Lola.

Meu celular toca dentro da minha bolsa. Levanto e procuro-o desesperadamente até encontrá-lo. Na tela aparece o nome de Leo. Acho que transcorreu um longo tempo desde que o deixei hoje de manhã. Lola se senta em sua cama e crava em mim seus olhos castanhos, consciente da minha ansiedade.

— Espere um pouco, sim? É uma ligação importante da produtora.

Ela me dirige uma careta com a boca aberta, como se perguntasse: “Desde quando você me dá explicações sobre uma ligação telefônica?”

Entro no meu quarto. Vejo minha bolsa de viagem semiaberta no chão. O resto do aposento tem um aspecto impecável, como se na minha ausência tivessem me desterrado.

— Alma, você está aí?

— Sim.

— Encontraram Tommy?

— Não.

Leo fica mudo por uns segundos. No fundo se ouve o rugido de um carro passando.

— Sinto muito.

— É horrível, Leo.

— Você está em casa, não está?

— Como você sabe?

— Estou aqui fora, na frente da sua caminhonete.

A frondosa árvore diante da minha janela não me permite vê-lo.

— Por que voltou para Santiago?

— Não tinha muito sentido ficar lá. Quero falar com você.

— Não é fácil sair agora.

Leo não diz nada. Percebo que não vai ceder.

— Espere um pouco, já vou.

Do umbral avisto Leo no outro lado da calçada.

Sua presença, tão próxima do meu mundo, me comove. Abro a porta da caminhonete e lhe digo:

— Venha, entre antes que isto vire um escândalo.

Leo atravessa a rua e pula para dentro. Enquanto me afasto a toda velocidade do meu bairro, Leo coloca sua mão na minha coxa. Ficamos calados. Sinto uma fadiga demolidora. Avanço sem rumo determinado, evitando as avenidas principais. Abro a janela, a atmosfera é agradável.

— Podemos ir a algum lugar — propõe em tom brusco.

Eu não seria capaz de entrar em um espaço público e ver que a vida dos outros segue seu curso enquanto Tommy está em algum lugar que desconheço. Paro em uma esquina qualquer, descemos da caminhonete e começamos a caminhar. É uma rua de belas casas, algumas ainda não ocupadas. No fundo se avista uma avenida de palmeiras transplantadas e vários edifícios escuros. A tarde se desvanecendo tem a textura da casa de vidro: a de um mundo fictício suspenso no tempo. Um mundo ao qual não pertenço mais.

— Aconteceram tantas coisas desde hoje de manhã — me animo a dizer.

— Posso imaginar — concorda Leo. Percebo cautela em sua voz.

Continuamos caminhando sem nos tocar. A quietude ao nosso redor se torna densa, como uma mordaça.

— Sinto muito, Leo. — Observo a sombra profunda que cruza seu rosto. — Sinto muito mesmo.

— Não precisa decidir agora. Posso esperar. — Me comovem sua desolação e sua humildade. — Eu não tenho pressa — acrescenta.

Abraço-o com força. Leo me beija, o contato de sua pele me fere. Não consigo suportar. Afasto-me dele.

— É a culpa, não é mesmo? — inquire.

— Não. Não é a culpa. O mais provável é que me arrependa. Quando você estiver instalado de novo em Bogotá, com outra mulher, eu vou estar sozinha.

Não posso lhe contar o que aconteceu com Juan.

— Você se lembra do que me disse quando nos encontramos no casamento de Júlia? — me pergunta.

— Não.

— Você me disse que se contentava em não se sentir sozinha. Parece que não pensa mais assim.

— Sim, ainda penso.

— Então se sente sozinha comigo?

Os dias compartilhados com Leo me parecem distantes, até mesmo alheios.

— Responda. Você se sente sozinha comigo?

— Às vezes.

— E com Juan?

— Quase sempre.

— Então?

— Por acaso você não sente a mesma coisa, por acaso não está me pedindo para vivermos juntos porque está cansado dessa solidão e tem a ilusão de que ao lado do outro poderemos mitigá-la de alguma forma? Não foi você quem me disse que o que unia as pessoas era o desespero? Você deixou isso bem claro na primeira noite em que ficamos juntos para que não houvesse mal-entendidos.

— Mudei de opinião. E quer saber por quê? Porque com você não me sinto desesperado. Pensei que sentia a mesma coisa, mas acho que me enganei.

Chegamos ao lugar onde se erguem as palmeiras. Nada disso faz sentido enquanto Tommy não aparecer. Mesmo assim continuo falando.

— Com o tempo, vamos ficar ainda mais sozinhos. Depois de tentar e falhar, vamos estar muito mais sozinhos.

— Veja, Alma, os acontecimentos em si mesmos não significam grande coisa, são tão afortunados ou desafortunados como os que nunca acontecem. A única diferença é que quando acontecem temos a opção de lhes dar sentido. É o que eu lhe proponho: dar a isso um sentido que atenda a nós dois.

Nosso diálogo me parece uma pantomima, uma cópia da realidade. Sinto o impulso de sair correndo.

— Dar-lhes sentido... — murmuro.

— Exatamente — afirma Leo. Um sorriso se insinua no canto de sua boca.

— Me perdoe, nada disso tem sentido agora, não sei o que estou fazendo aqui. Tommy desapareceu, algo terrível pode ter lhe acontecido, não sei onde está, e juro que sou incapaz de pensar em outra coisa que não seja ele.

Ficamos em silêncio.

— Entendo.

— Tudo mudou, Leo — afirmo, tremendo.

— De forma definitiva?

A escuridão escala o céu e me afunda. Não temos mais nada a compartilhar. Leo pega minha mão e a aperta, como querendo me manifestar um sentimento extenso e ao mesmo tempo final.

54.⌛

Observo a fotografia de Soledad presa com uma pedra em sua lápide. Seus olhos escuros olham o mar, o lugar onde Tommy deve ter caído. Foi ele quem a deixou aqui. Atrás de seu rosto eclipsado pelas manchas roxas, Soledad tem uma expressão pacífica, luminosa até. Nos buracos de seus olhos, suas pupilas brilham. Uma lufada abre caminho entre os tecidos compactos de meu corpo. Choro. Lá embaixo, as ondas se espatifam contra as rochas. Vejo Tommy, seu olhar certeiro me atravessa e me abre. Nele vislumbro um homem alienado dos objetos externos, um homem que percebe a realidade vagamente, através de fugazes faíscas de consciência. Todas as minhas certezas se desvanecem, inclusive esta que agora enuncio. Tommy. Recordo seu desenho do Minotauro, o desenho que sempre me pareceu muito feminino. Posso vê-lo com tanta clareza como se estivesse na minha frente. Entro no labirinto. Penetro em seus corredores, os da consciência de Tommy, seu mundo vasto no qual nunca tive coragem de entrar, por inépcia, por temor de me encontrar com sua dor, com a lembrança de sua mãe tentando se suicidar. Como foram desafortunados meus esforços, como foram falsos. Deixei-o sozinho no labirinto, e ele, a sua maneira, encontrou a saída.

Preciso voltar. Mas como? Olho para o mar. As águas cinza arranham as rochas, e no céu as nuvens se expandem como uma mancha de tinta. Recordo que tenho um celular no bolso. Tiro uma fotografia da água, e outra, e outra, procurando capturar seu brilho fugaz. Talvez, congelando os instantes, consiga encontrar a ranhura, o diminuto halo de luz que indica a saída do labirinto.

Penso em Alma. Mais que pensar nela, é sua imagem que aparece, como se tivesse estado aguardando o momento de se tornar visível. Recordo as palavras de Tommy. Não há outra pessoa no mundo a quem eu possa contar que ele está morto, que vi seu corpo destroçado e que algo está morrendo em mim neste exato instante; não há mais ninguém no mundo a quem possa confessar que nunca havia sentido tanto medo.

Disco o número do seu celular.

— Juan? — Ouço-a dizer imediatamente — Juan, Juan... — repete com ansiedade.

— Tommy está morto — digo.

Sou invadido por uma sensação de irrealidade, como se isso estivesse acontecendo em outro lugar, com outro homem.

— Morreu no mar, diante do túmulo de Soledad — digo em seguida.

Alma não responde. O silêncio nos embarga, um silêncio em cujo fundo zumbem nossas respirações. Sei que está chorando, que fecha os olhos ansiando escapar do horror que a domina. É o que faço.

— Juan, onde você está? — pergunta. Sua voz é cautelosa. Suas palavras parecem avançar por uma tela que a qualquer momento pode se rasgar.

— No cemitério de Los Peumos.

— E quem está com você?

— Estou sozinho.

— Juan, você vai me esperar, não vai?

Choro outra vez. Não tento abafar meus soluços.

— É isto que faremos. Você me espera e conversamos. Concorda?

Eu digo que sim, que concordo.

— Não vou desligar até chegar aí, está me ouvindo? Já estou saindo. Estou dentro da caminhonete e ligo o motor. Não vou deixá-lo, Juan. Não vou largá-lo. Agora estou colocando o fone de ouvido. Assim poderemos continuar falando. Espere um segundo. Pronto.

Sei que está com a janela aberta e que seus cabelos ruivos se agitam no ar.

— E enquanto dirijo, para não adormecer, você pode me contar alguma coisa. O que quiser.

Sei que passa o dorso da mão no nariz repetidamente, que tem uma expressão decidida e que está com o pé grudado no acelerador.

— E se não quiser falar comigo não me importa... — declara.

Posso vê-la morder os lábios até que doam.

— Alma — digo finalmente —, é que você é o fio.

— Do que você está falando? Eu sou um fio? Apenas isso? Um mísero fio? — Ouço-a rindo, é um riso rouco.

— Tudo isso. Você é o fio que Tommy me deixou para que eu possa sair do labirinto, porque sozinho não vou conseguir. Você se lembra?